KB265803

당신을 만나는 개와 늑대의 시간

한차현 소설집

이른아침

차례

대답해 미친 게 아니라고

대답해 미친 게 아니라고

1

그때 전화 우는 소리가 나를 흔들어 깨웠다. 눈뜨고 보니 잠 속의 일이다. 하도 생생한 꿈이라 깨어났음에도 여기가 아직 그쪽 세상인가 잠깐 헷갈린다. 점심 먹으며 따끈하게 낮술 한잔했던 탓이겠다. 모니터 앞에 앉아 마우스를 만지작거리다 잠이 들었던가.

"서울 인력입니다."

"여보세요."

"말씀하세요."

"어, 심부름센터죠?"

여자다. 음색이 적당히 가늘고 높으며 발음 끄트머리가 입천장에 상쾌하게 올라붙는다. 스물셋 혹은 스물셋의 외모를 가진 미혼 여성이 분명하다.

"맞습니다. 무엇을 도와 드릴까요."

"저기요. 어, 뭐라고 해야 하나."

"전화통 대고 말씀하기 곤란하면 그러지 않으셔도 됩니다. 원하시면 저희 쪽에서 상담차 방문을."

"곤란한 게 아니라, 뭐냐 하면, 제가 어딜 좀 가야 하거든요."

"어디를 가신다는 말씀인지."

"주홍섬이요. 남해."

"아, 주홍섬. 그런데요?"

"같이 가주실 분이 필요해서요."

"같이, 라면……."

"처음부터 내내 동행해 주셔야 하는 거죠. 시작부터 끝까지."

"당일로 말인가요."

"섬까지 들어가야 한다니까요. 빠듯하게 잡아도 여든다섯 시간은 걸릴 거예요."

여든다섯 시간이라. 3박 4일을 그렇게 말할 수도 있는 것이다.

"신변 보호가 필요하신 건가요."

"타고 갈 차와 운전기사가 필요한 셈이죠. 그런 일은 안 해주시나요?"

"제 말씀은, 원하시는 게 정확하게 뭔지."

"혼자서는 그렇게 멀리까지 가본 적이 한 번도 없어서요. 여럿이 여행 갈 때 쫓아다닌 적은 있지만. 운전도 못하고. 차도 없고."

달큰한 잠기운이 걷히고 있다. 수화기를 쥐고 일어나 허리를 비틀었다. 등뼈에서 우두둑 뭐 부러지는 소리가 난다.

"잘 알겠습니다. 견적서 넣어 드릴까요?"

2

인터넷을 열고 주홍섬을 찾는다. 아는 척 넘어갔지만 듣기도 처음 듣는 지명이다. 주홍. 주홍섬. 2백 개 넘는 웹 페이지가 쏟아진다. 군(郡)이 만든 홍보 사이트도 있고 여행사가 올려놓은 정보도 있다. 주홍섬. 전라남도 신안군 주홍면. 면적 44.13제곱 킬로미터, 해안선 길이 86.4킬로미터로 우리나라에서 열여섯 번째 큰 섬이다. 인구는 4,792명(2005년 10월 기준). 목포에서 서쪽으로 약 54킬로미터 떨어진 곳, 자은도와 도초도 사이에 있으며…….

심부름센터를 찾는 사람들은 크게 두 가지 부류이다. 돈이면 세상 모든 것을 할 수 있다고 믿는. 그리고 돈이면 자신이 원하는 모든 것이 가능하다고 믿는. 전화로 이메일로 드물게는 방문을 통해 하루 10여 건씩 쏟아져 들어오는 의뢰의 내용들이란, 어느 소설책에 나오는 대목처럼, 한마디로 다양하다. 난잡하달 정도이다. 헤어진 남자 친구에게 받았던 편지와 선물들을 돌려주고 대신 머리카락 한 줌만 얻어 와 달라는, 대개 그 이상이거나 이하이다. 같은 반 아이를 죽여 달라는 초등학생이 있고 30퍼센트 파마 할인권을 아직 못 쓰고 있어서 그러는데 넉넉잡고 다섯 시간만 애 좀 봐줄 수 있겠냐는 아줌마가 있다. 아무래도 미심쩍은 아내를 뒷조사해 달라는 의뢰가 있는가 하면, 무슨 연유에선지 제 아내가 제대로 바람 피우고 다니도록 수를 써달라고 하는 요구도 있다.

서쪽 해안은 다도해 해상 국립공원에 속하며 북쪽 해안으로 원평 등 해수욕장 두 곳이 있다. 고려 시대에 축성한 것으로 알려진 '성치산성'과 천연기념물 332호로 지정된 '칠발도 해조류 번식지', 1982년 무게 7.8킬로그램의 운석이 떨어졌던 지점에 조성된 '운석공원'이 볼거리이다. 고구마, 마늘, 양파 등의 농산물 외에 근해에서는 멸치, 농어, 참조기, 가자미, 붕장어 등 다양한 어종이. 교통편은 고속 쾌속정 남해 프린스 뉴 골드. 대흥 고속 카페리. 출발 시각 10:00, 13:20, 15:00. 일반 카페리호는 남해 대흥 7호 남해 대흥 3호. 오후 13:20, 15:00, 19:00……

해안 도시까지 고속도로 몇 시간을 달려, 몰고 간 차를 배에 싣고 내처 바다를 건너, 난생처음 접해 보는 섬 구석구석을 일주하고, 그렇게 3박 4일 아닌 여든다섯 시간을, 누군지 알지 못할 스물셋 혹은 스물셋의 음성을 가진 여성 의뢰인과 단둘이? 아무래도 이번 일은 프리랜서들에게 넘길 건은 아닌 듯하다. 젊은 여성 의뢰인과의 여든다섯 시간이라서가 아니고, 한편 그 때문이다. 등기부 등본 몇 통을 떼는 따위가 아닌 것이다. 화이트보드에 침 뱉듯 갈겨 놓은 메모를 바라본다. 27일 목요일. 남해 주홍섬 동행 건. 방금 전 수화기를 들고 누군가와 그런 대화를 나누었다는 것이, 그러한 사실 혹은 기억이, 아닌 듯 까마득해진다. 꿈은 아니겠지.

3

여자의 머리칼은 비 그친 오후의 하늘색. 초록 눈동자 하얀 얼굴에 손목은 주간지 한 권보다 가늘다.

"심부름센터에서 오셨죠?"

"안녕하세요."

나는 조금 당황한다. 여자를 만나 형식적인 인사를 주고받는 순간, 도대체 뭘 어떻게 해야 할지 모를 당혹에 풍덩! 첫인상 때문일지 모른다. 현실감 없는. 치명적인 무엇에 홀린 듯한. 불안한. 살아 있는 무엇을 대하는 것 같지 않은. 또 어떤 표현이 있을까.

"다행이지 뭐예요."

"뭐가요?"

"심부름센터에서 그런 일까지 해주는지 몰랐거든요."

“저도 몰랐습니다.”

“주홍섬, 실은 몇 년 전에 회사 언니들과 같이 갔었어요. 여름휴가 때.”

“그렇군요. 요번에 다시 가시는 건 무슨 볼일이라도.”

“그런 편이죠. 아무려면 일없이 그 먼 데까지 찾아가겠어요?”

“하긴.”

“그런데 막상 가려니까 걱정이 막 생기는 거예요. 잘 찾아갈 수 있을까. 무섭기도 하고.”

“모르는 사람과 함께 가는 것이 무섭지 않겠습니까.”

내뱉고 보니 그것 참 쓸데없는 소리구나 싶은 후회에 관절이 다 시큰거린다. 쓸데없는 정도가 아니라 해서는 안 될 소리였다. 내 말을 못 들었거나 제대로 이해 못한 모양이다. 얇은 입술을 잠시 삐죽이더니 되묻는다.

“그런데 아저씨가, 아니 사장님이 저랑 같이 가실 건가요?”

그때다. 문득 떠오르는 게 있다. 사흘 전의 꿈 말이다. 낮술에 녹아 책상 위에서 까무룩 잠들었다가, 전화통 울어 대는 성화에 깨어나서는, 아니 그럼 여태 꿈을 꾸고 있었단 말인가, 어리둥절해지고 말았던.

4

신발 밑창이 떨어졌다. 꿈이라는 것이 대개 그렇듯 어쩌다 밑창이 떨어지고 말았는지 어떻게 그 사실을 깨닫게 되었는지 등등은 전혀 캄캄하다. 어두운 거리. 도심지 폐허이다. 3차 대전 후 암울한 미래 세계, 그렇게 설정된 SF 영화의 한 장면을 꼭 닮은. 잔해로 남은 밤거리에 누더기를 걸친 사람들이 불안한 낯으로 서성이며 쓰레기 더미를 뒤지고 드럼통에 불을 지피고, 고철이 된 자동차들 무덤 위로 정찰기 한 대가 어두운 하늘을 소리 없이 가르고. 담벼락 아래 자리 잡고 고장 난 우산이며 떨어져 나간 냄비 꼭지 따위를 수선해 주는 아주머니, 신발 두 짝을 받아 들고는 연신 혀를 찬다.

"으이구, 어쩌다가 신발이 이 지경 될 때까지 마냥 싸돌아다녔을까."

그런데 어쩔 셈인지 투박한 끌과 펜치며 뭉뚝한 가위로 밑창과 관계없는 부분까지 연신 뜯어내고만 있다. 꿈속의 나는, 밑창이 하도 심하게 닳아서 저런 식으로밖에 못 고치는 모양이네, 생각했고, 그래서 불안했다. 하는 수 없이 수리를 맡기긴 했지만 주머니 속에는 고작 천 원짜리 석 장과 백동전 한 개뿐이었다. 저렇게 작업이 커지면 수선비가 만만치 않을 텐데.

"저기요, 얼마 정도 할까요."

"천 원. 한 짝에 오백 원씩."

"……됐다."

"뭐가 됐어요?"

"아니, 아니에요."

시야가 눈부시게 밝아 오더니 오토바이 몇 대가 퉁명스러운 엔진 소리를 퍽퍽 내뱉으며 멈춰 선다. 쇠구슬 박힌 가죽점퍼를 맨살에 걸치고 얼굴에 울긋불긋 회칠을 하고 앵무새 머리를 요란하게 틀어 올린 청년들. 아주머니의 꾀죄죄한 얼굴이 단박에 어두워진다.

"헤이, 우리 아줌마 안녕?"

는실난실, 건들건들, 꺼덕꺼덕, 갖은 불량을 떨며 다가와서는 크어억 가래침을 뱉어 붙이고 주변을 맴돌다가 연장함을 툭툭 걸어 찬다. 누군지 알 수 없지만, 이 상황에 그다지 도움이 될 이들 같지는 않아 보인다.

"뭐야 이거. What the fuck…… 신바알?"

아주머니의 손에서 신발을 냉큼 빼앗아 든다. 철사로 눈두덩을 꿰맨 앵무새의 미간에 표독스러운 주름이 잡힌다.

"요런 쓰발. 내가 말 안 했나? 요따우 지랄 좀 제발 말라고."

"어이구, 왜들 또 와서 행패야."

"생각을 해보라고 생각을. 요따우 잔일거리 밑 찢어지게 해봐야 어느 세상에 빚을 갚겠어. 응? 알아듣게 설명을 해주는데 행패라니 씨불년이. 그간 이자 밀린 것만 얼만데 말좆 같은 쌍년이. 약 좀 팔아 보라는 건 들어 처먹지도 않으면서 순 개씨팔년이."

휘익. 가련한 신발 두 짝이 허공으로 날아간다. 저편 어둠으로 너

덜너덜한 새처럼 멀리멀리 사라진다. 이런 젠장. 순간 눈앞이 캄캄해진다. 이제 뭘 신고 집까지 돌아가지? 그때였다, 전화 울음소리가 날 흔들어 깨운 것은.

신발이라니. 그것도 다 떨어진 신발이라니. 빌어먹을 낮 꿈이 나에게 뭔가를 일러 주려는 것 아닐까. 인터넷으로 주홍섬 관련 자료를 뒤적이며 한편으로는 그 해답을 찾았다. 꿈. 해몽. 신발 꿈. 천 원짜리 신발 수선. 찢어진 신발. 꿈에 신발이 나왔을 때 등등. 검색창에 도깨비 같은 글자들을 썼다 지우고 썼다 지우고, 그리하여 찾아낸 것이 고작 다음과 같은 문구 하나였다. 구두를 사거나 얻는 경우, 입학 운이나 취업 운이 뒤따르는 경우라고 합니다. 반대로 구두를 잃는 꿈은, 가까운 누군가 먼 길을 떠나게 됨을 의미합니다.

가까운 이? 먼 길? 꿈보다 세 배는 애매한 해몽이었다.

5

이틀 뒤. 밤색 멜빵 가방을 멘 여자가 커다란 슈트케이스를 들고 나타났다. 차 옆에 서 있는 나를 향해 받아들이기 어색한 눈웃음을 함빡 보낸다. 날아갈 듯 들뜬, 애써 감추지 않아 얼굴과 걸음걸이에 그런 기색이 고스란히 드러난. 짐을 받아 트렁크에 싣고 뒷문을 열어 주자 그게 아니라는 표정이다.

"옆에 탈게요. 그래도 되죠?"

“안될 건 없지만.”

“아, 차에서 좋은 냄새 난다. 이거 포푸리죠?”

“출발합니다. 벨트 매세요.”

평일의 고속도로는 한산하다. 날씨도 좋은 편이다. 톨게이트 지날 무렵 허락도 없이 라디오에 손을 대더니 가져온 CD를 덜컥 집어넣는다. 괴상한 음악이 흘러나왔다. 창밖에 시선을 고정시키고 한동안 음악 감상을 하던 여자는 평택 지나서부터 한 줌 남은 얌전함조차 던져 버렸다. 심부름센터 있잖아요, 언제부터 그 일 하셨어요? 할 만해요? 회계 사무소 번역 사무소 같은 데보다는 아무래도 분위기가 험하겠죠? 자격증 같은 게 있어야 하나? 조폭들이랑 같이 일할 때도 있나요? 차 안의 물건에 함부로 손을 대기까지. 담요도 있네. 잠복근무할 때 덮고 자는 건가 보다. 이거 도청기 아닌가요? 아니, 몰래 카메라 검사기인가? 두어 시간을 더 달렸다. 차창 왼편으로 시커먼 물길이 둥실 나타났다. 서해다.

“오우, 드디어 바다. 우리 휴게실에 들러요.”

화장실에 다녀온 여자는 스낵 코너로 직행한다. 유부국수와 손가락 김밥을, 꼬치 어묵에 볶은 통감자를, 햄 토스트를, 맥반석 구이 오징어를, 그야말로 먹고 먹고 또 먹는다. 그 마른 몸 안에 많이도 들어가는구나 싶다.

“잘 먹죠, 나.”

“배 안 불러요?”

"조금요."

"대단하네."

"원래 잘 먹어요. 아기 가진 뒤로는 특히."

"아기?"

담배를 꺼내 물던 손동작이 스륵 멈춘다.

"뭐야, 아기를 가졌다고?"

"예."

"배 속에?"

"그럼 무르팍이나 손등이겠어요? 배 속. 바로 여기."

감자 찍었던 이쑤시개로 거침없이 아랫배를 가리킨다. 이런. 어쩔 수 없이 얼굴이 굳는다.

"미치겠네. 아니 왜 그런 얘기를 안 했어요?"

"그런 얘기라뇨."

"임신하신 거 말입니다. 거참."

"물어보지도 않았잖아요."

"물어보지 않아? 몸에 병이 있거나 하면 미리 말해 달라고 한 거 생각 안 나요?"

"임신한 게 병인가 뭐. 아니 왜 화를 내세요?"

"화를 내는 게 아니라 하도 어이가 없어서 이러는 거 아닙니까."

"뭐가 그렇게 어이가 없는데요."

"이거 보세요. 중간에 무슨 일이라도 생기면, 아니, 그런 경우가 없도록 모든 책임을 지고 있는 사람이 바로 나란 말입니다."

"그런데요?"

"그러자면 내가 모르는 게 있어서는 안 된다 이겁니다. 아무리 사소한 거라 해도 말이죠. 그래서 계약서에도 그런 내용이 적혀 있었던 거고. 무슨 말인지 모르겠어요?"

"알겠어요. 애 밴 년이 뻔뻔하게 그런 주제를 숨겨서, 그게 기분 나쁘다 이거잖아요."

"나 참. 그런 얘기가 아니라."

티격태격하다 보니 차 세워 놓은 곳까지 왔다. 열쇠를 꽂고 운전석 문을 열었지만 냉큼 들어서지 못하겠다. 세 발짝 뒤처진 곳에 여자가 뻣뻣이 팔짱을 낀 채 서 있다. 조금 심했나. 그런 것도 같다. 왜 그렇게 큰소리를 쳤을까. 못할 소리는 아니었다. 혹시 모를 사고를 미연에 방지하는 차원에서, 그런 사실을 알고 모르고의 차이는 클 수밖에 없다. 처녀와 임산부와의 차이만큼이나 말이다. 그래도 조금 심했나. 기왕 이렇게 된 것, 좋게 말할 수도 있었는데. 휴게소 건물 너머 산자락에 시선을 던졌다. 검은 새 한 마리가 파득 파드득 기를 쓰고 등성이를 넘고 있다. 화가 많이 났을까.

여자가 다가왔다. 조수석에 냉큼 들어서더니 소리 나게 문을 닫는다.

"기사 아저씨, 그만 출발합시다."

6

해 질 무렵 해안 도시에 이르렀다. 내처 선착장으로 차를 몰았다. 오래된 도시의 좁고 복잡한 거리는 퇴근 시간까지 겹쳐 몹시 혼잡했다. 두 번인가 와본 도시지만 여객 터미널은 처음이다. 조금 헤맸지만 목적했던 시간 이전에 도착할 수 있었다. 짠 내 가득한 어시장 동네.

부리나케 달려간 매표소에서 뜻밖의 사실을 접했다.

"아니, 7시에 떠나는 거 있다고 했는데?"

"5시 30분에 마지막 배 출발했다니까요."

"……왜요?"

"왜라뇨 손님. 마지막 배가 그 시간에 있으니까 그렇죠."

"저기요. 인터넷에서 봤을 때는 분명히."

"그건 제가 잘 모르겠고요, 하여튼 5시 30분 배가 아까."

매표소 직원과 입씨름할 문제가 아니다. 전화로 재차 확인을 하지 않았던 게 잘못이라면 잘못이었다. 하여, 낯선 바닷가 선착장 동네에서 꼼짝없이 하룻밤을 붙들려 있어야 할 판. 여자의 눈치를 살폈다. 뜻밖에도 별문제 될 게 없다는 표정이다.

"어차피 이 시간에 섬으로 들어가 봐야 밤이니까. 내일 환할 때 바다를 건너는 것도 나쁘지는 않겠죠."

"운항 시간 바뀌었으면 홈페이지 자료를 수정해 놓든지 아예 없애 버리든지. 자식들이 지네 멋대로야."

시내로 돌아 나올까 하다가 아예 근방에 차를 대기로 한다. 어차피 다음 날 일찍 움직여야 할 것이고 더 이상 운전대 잡기도 지겨웠다. 슬슬 막막해지기 시작한다. 아직 이른 시간인데, 물론 당장 섬에 들어간대서 크게 달라질 것도 없지만, 여관방에 마주 앉아 고스톱을 칠 것도 아니고, 함께 무엇을 하며 긴긴 저녁과 밤 시간을 보낼 것인가.

어시장 쪽으로 걸었다. 안으로 들어갈수록 규모가 상당했다. 고깃배 나란히 묶여 있는 바닷가에서 짜고 비리고 눅눅한 바람이 쉬지 않고 불어왔다. 온갖 생선들 가득 늘어놓은 좌판마다 아낙들이 세찬 남도 억양으로 지나가는 이들을 외쳐 부른다. 파장 무렵이다. 강아지처럼 앞장서 싸돌아다니던 여자가 건어물상에서 40장짜리 김 한 톳과 마른 멸치를 사 들고 온다.

"그런 건 뭐 하러?"

"뭐라도 사지 않고는 못 배길 것 같아서요. 언젠가는 쓸모 있겠지 뭐. 김밥을 말건 멸치 볶음을 하건."

그러더니 아랫배에 손을 가져간다.

"같이 놀자고 하네."

"예?"

"저도 좋은가 봐요. 발로 막 차고."

어시장 끄트머리에 딸린 대형 회 센터에 들어갔다. 사람들 붐비기는 오히려 더하다. 하긴 슬슬 술 먹고 밥 먹고 할 시간이다. 이리

로 오세요 싸게 잘해 드릴게 더 들어가셔도 별것 없어요. 입구에서
부터 옷소매 잡아당기고 어깨 감싸는 호객 행위에 시달리다 겨우
자리를 잡았다. 신을 벗고 올라와 앉는 자리인데 뒷자리 손님과 살
짝살짝 등이 닿을 정도. 어디로 뭐가 들어가는지 넘어오는지 모를
소란 속에 여자는 밥을 먹고 나는 술을 마셨다. 고무 앞치마 두른
횟집 주인들이 뜰채로 물고기를 건져 내고 시멘트 바닥에서 파닥
거리는 놈을 기절시키는 모습을 보며 묵묵히. 군말 없이 밥 한 그릇
잘 비운 여자가 잔을 내밀었다.

"나도 한잔 줘봐요."

"술, 안 되잖아요."

"상관없어요. 몇 잔 정도는."

"에이, 그래도."

"괜찮다니까요."

뻣뻣하게 빈 잔을 들이밀고 있다. 어쩔 수 없이 술을 채워 주자 홀
짝, 거침없이 비워 낸다. 내 시선이 불안했던 모양이다.

"걱정 말아요. 이렇게 20개월 넘도록 아무 일 없었으니까."

"걱정 안 합니다. ……지금 20개월이라고 했어요?"

여자가 웃었다.

"말씀 안 드렸구나. 저요, 배도 이렇게 안 나오고 몇 개월 안 돼 보
이지만 실은 임신한 지 꽤 됐어요. 1년 8개월이 넘었으니까."

"에이, 무슨 농담을."

"믿어지지 않겠죠. 처음엔 나도 그랬으니."

"어라?"

"정말이에요. 뭐 얻어먹을 게 있다고 그런 거짓말을."

체내에서 10개월을 성장하는, 통상 그렇게 진행되는 태아의 성장 속도는 사실 '임신과 육아 365일' 같은 책에서 천편일률로 소개하는 내용과 똑같지는 않다. 그럴 수밖에 산모와 태아가 가진 유전적인 요인에 따라—신체의 발육과 노화에 관련된 모든 과정이 그렇듯— 산술적으로 산정된 평균치와는 어느 정도 차이가 생기기 마련인 것이다. 칠삭둥이가 있는가 하면 예정일을 넘기고도 문이 열리지 않아 몇 주씩 산모와 주위 사람을 고생시키는, 그런 경우. 여자는 그 속도가 지나치게 더딘 편이었다. 놀라울 정도로 말이다. 키 2센티미터에 체중 4그램, 심장이 보이며 박동을 준비하는, 머리와 몸통이 구분되는, 뇌와 신경 세포 80퍼센트가 분화되는, 시신경 청각 신경이 발달하는 임신 6~7주 차에 해당하는 그 상태가, 여자의 경우 임신 9개월째에 확인되었다. 그렇게 오해되기 십상이지만 사산(死産)은 아니었다. 그럴 수 있을까. 하긴 햄스터의 임신 기간은 보름이 되지 않으며 회색 고래는 13개월이 넘는다. 같은 포유류인데도 말이다.

"염려하실 것 없겠습니다. 성장 속도가 놀랄 만큼 느릴 뿐 태아의 발육과 산모의 신체 변화 등 모든 것이 정상이니까요."

여자는 담당 의사의 감동 젖은 얼굴 표정까지 고스란히 흉내 냈다.

"얼마나 좋아요. 품 안의 자식이라는데, 품 안도 아니라 배 속인데, 남들은 이러고 싶어도 못하는 건데."

"하긴, 이 험한 세상 되도록이면 천천히 내보내는 것도."

"두말하면 귀찮죠."

여자의 잔에 두 번째 술을 채우며 지나가듯 물었다.

"그런데, 이런 거 여쭤 봐도 될라나."

"뭐요?"

"애 아빠 되시는 분 말입니다. 저기, 물론 잘 계시겠죠? 제 말은 다른 게 아니라."

"쉬운 말을 참 어렵게 하시네."

6-1

2년 전이다. 주홍섬 원평 해수욕장. '원평 25시 마트' 앞이었고 여름 바다 너머로 붉게 해가 떨어질 무렵이었다. 피서객들을 상대로 비닐 튜브를 팔고 수박 모양의 비치 볼을 팔고 카메라 필름을 팔고 쌀과 김치와 그 밖의 잡다한 것들을 파는 가게 앞 평상에 누군가 앉아 있다. 남자였다. 지친 얼굴, 처진 눈매와 콧잔등의 우묵한 곡선을 발견한 여자는 정신을 잃고 그 자리에 쓰러졌다. 그럴 뻔했다. 숨이 막혔다. 죽을 것 같았다. 함께 휴가 여행을 온 회사 여직원들은 숙소가 있는 백사장 저편으로 멀어져 가고 있었다. 여자는 그들을 대신해 아이스크림 네 개를 사러 온 길이었다.

"아, 안녕하세요."

여름철이었지만 몹시 추워 아랫입술이 덜덜 떨렸다. 극한의 고통에 무모하게 몸을 던지듯, 두려움에 와들와들 떨며 남자에게 다가갔다. 이런 순간이. 내게 이런 순간이, 어째서 찾아오고 만 거지? 눈물이 날 것 같았다.

"……안녕하세요."

빤히 여자를 올려다보던 남자가 왼쪽으로 한 번, 오른쪽으로 한 번, 천천히 고개를 돌렸다가, 다시 시선을 맞추고 가만히 응답했다. 면도날 같은 목소리. 속이 울렁거렸다. 오바이트가 쏠렸다. 정말이지 왈칵 토할 것만 같았다.

해수욕장에서 조금 떨어진 민박집은 2층이었고 창밖으로는 바다가 아니라 짓다 만 횟집 건물의 흉물스러운 풍경이 내려다보였다. 그곳에서 여자는 남은 휴가 3일을 보냈다. 동행한 이들에게 사정을 말할 틈도, 방법도, 정신도 없었다. 군에 간 집주인 아들이 썼다던 2층 방에서 사흘 내내 남자의 품속을 누볐고 남자의 이름을 불렀고 남자의 꿈을 꾸었다. 화장실에 딸린 샤워 꼭지는 녹이 슬었고 1인용 침대는 걸터앉기만 해도 삐걱삐걱 우는 소리를 냈으며 주인 여자가 뜨악한 얼굴로 들여오는 세 끼 식사에서는 오래 묵은 쌀독 냄새가 났다.

6-2

횟집을 나온 밤 시간. 여자의 이야기는 사람을 홀랑 취하게 했다. 정신이 번쩍 나게도 만들었다. 선착장 근처 모텔에 여자의 숙소를 잡아 주고 거리로 나왔다. 사우나를 찾아 나설까 하다가 주차장 쪽으로 걸었다. 차에서 밤을 보낼 생각이었다.

7

아침부터 날씨가 수상했다. 하늘은 새벽이 미처 달아나지 못한 것처럼 찌푸렸으며 늦은 아침을 사 먹고 난 즈음부터는 비까지 흩뿌리기 시작했다. 가장 좋지 않은 것은 바람이었다. 머리칼을 단숨에 헝클어뜨릴 만큼 거친 바람이, 우우 울음소리를 흘리며, 바닷가로부터 어시장 거리거리를 쉬지 않고 헤집고 있었다. 포구에 묶인 뱃머리가 널을 뛰듯 크게 출렁거렸다. 여객 터미널에 찾아갔다. 혹시 했던 의구심이 사실로 드러났다.

"여긴 늘 이래요, 바람이 조금만 세도 무슨 주의보, 파도가 조금만 높아도 무슨 경보."

배가 못 뜬다는 것이다. 매표소는 아예 자물쇠까지 채워 문을 닫았고, 텅 빈 대합실 벤치에는 늙은 청소부 혼자 앉아 담배를 피우고 있었다.

"언제쯤 운항하게 될까요."

"아무도 모르지요. 저놈의 바람이 쉬지 않고 1년을 불지 10년을 불지. 걱정 말아요. 아무리 비바람이 환장을 해도 며칠씩 사람 발을 묶어 두는 경우는 여태 못 봤으니까."

"그러면."

"두고 보시라고. 내일 아니면 오늘 오후에 배가 뜰 테니. 모르긴 몰라도."

어쩔 수 없는 일이었지만, 그래서 더 짜증이 치밀었다. 일껏 하룻밤을 기다려 주었더니, 기약 없는 시간을 또 얼마나 더? 딱딱하게 굳은 내 얼굴에 여자는 오히려 달래려고 들었다.

"내일 가면 되죠. 내일 안되면 모레 가면 되고. 뭐, 우리가 뭘 잘못한 건 아니잖아요."

시골 다방. 어항 속 비늘 벗겨진 붕어들을 구경하며 신문을 뒤적이며 〈전국 노래자랑〉 재방송을 보며 달고 진한 커피를 홀짝이며 무시로 드나드는 검은 얼굴의 손님들을 힐끔거리며 시간을 보냈다. 선착장이 마주 보이는 식당. 비바람 여전한 바다로부터 등을 돌린 채 점심을 들었다. 언제 다시 배가 뜰지 모른다는 생각에 근방을 벗어날 수 없었다. 갈 데도 없었지만.

고깃배가 들어오지 않아 생기 죽은 어시장 골목을 집 동네 산책하듯 어슬렁거리다가, 우체국 옆 건물에서 반갑게도 PC방 간판을 발견했다. 밀린 메일을 확인하고 필요한 몇 군데에 답장 편지를 보내고 전화 서너 통을 거는 동안 여자는 온라인으로 고스톱을 쳤고

스포츠 신문 홈페이지에 들어가 연재만화를 보며 낄낄거렸다. 그렇게 3시가 되고 4시가 지났다. 온종일 흐렸던 하늘이 고스란히 어두워져 갔다. 배는 뜨지 않을 모양이었다.

8

"당분간 신세를 져야 할 거야. 내겐 지금 아무도 아무것도 없어. 뭘 부탁할 사람도, 생활을 위해 할 수 있는 어떤 것도. 하지만 언제든지 말해. 내가 부담스럽다면. 지금, 혹은 나중 언제라도 그런 생각이 든다면."

"그런 소리 마. 난 이렇게 눈물이 날 것 같은데."

짧았던 여름휴가가 끝나고, 여자는 남자와 함께 도시로 돌아왔다. 세상은 그새 수백 년 세월이 흐른 것 같았다. 함께 여행을 떠났던 사무실 동료들은 물어뜯을 기세로 여자에게 덤벼들었다. 여자 때문에 귀한 휴가를 송두리째 망친 그들이었다. 바다에 빠져 죽지 않았다면 이웃 섬 마을의 술집에 팔려 갔을 거라 믿었단다. 여자는 아무 말도 하지 않았다. 버스 종점 동네의 11평짜리 오피스텔에 새 화분을 들여놓듯 남자를 숨겨 놓았다는 사실은 여자 혼자만으로도 충분히 벅찬 비밀이었다.

남자는 말수가 많지 않았다. 어딘가 집중하는 것에 그다지 익숙하지 않은 편이었다. TV를 볼 때 그랬고 함께 밥을 먹을 때 그랬으며 잠을 자고 책을 읽고 섹스를 나눌 때도 그랬다. 그래서 남자는 늘 슬프고 지쳐 보였다. 여러 날이 지났다. 남자는 신문지 위의 고사리처럼 조금씩 시들어 갔다. 여자의 일상은 남자와 함께하는 집 안에서의 시간과 그 밖의 사소한 시간들로 나뉘었다. 삼겹살을 먹는 회식 자리에 참석하거나 친구를 만나고 백화점에서 쇼핑을 즐기고 지방 도시에 사는 가족들에게 찾아가는 등의 일과들은 이제 더이상 여자를 구속하지 못했다. 인터 옵틱스 120밀리미터 플로우 라이트 굴절형. 뭐든 해주고 싶었던 여자에게 남자가 유일하게 부탁했던. 육안의 130배, 11등성과 목성의 줄무늬까지 관찰할 수 있다는 그 물건의 1박 2일 대여료는 일주일치 구내식당 식권 액수와 맞먹었다. 펼치면 싱글 침대가 되는 소파와 책상과 TV와 화장실과 주방 시설을 제외하면 남는 공간이 없는 11평 오피스텔을 온종일 지키며 남자가 유일하게 집중하는 일은 천체 망원경으로 밤하늘을 들여다보는 것이었다.

"아기. 우리 아기."

보름달이 뜬 저녁. 여자의 무릎을 베고 누운 남자가 속삭였다.

"뭐라고?"

"우리 아기가, 바로 여기."

신비한 표정에 젖어 여자의 아랫배를 어루만진다. 이해할 수 없었다. 생리가 끝난 게 고작 2주 전이다. 불을 켜지 않았으므로, 창 밖 건물 그림자를 비껴 선 달빛이 소파 위 가득 젖어들었다.

"이제 걱정할 필요 없어. 우리가 잠시 헤어지게 된다 해도 말이야. 네 안에 우리가 자라고 있으니까."

다음 날 점심시간을 이용해 회사를 나섰다. 버스를 타고 네 정거장. 산부인과는 3층에 있었고 계단을 오르는 다리가 줄 인형처럼 후들거렸다. 그날 아침, 약국에서 산 임신 진단기에 소변을 묻혔었다. 검사 표시창에 선연하게 나타난 보라색 두 줄, 양성. 병원에서의 검사 결과 역시, 놀랍게도, 남자의 말 그대로였다.

8-1

남자에 대해 쉬지 않고 지껄이는 여자는 꿈을 꾸는 것 같다. 깊은 꿈에서 깨어나지 못하는 사람 같다.

9

밤이 왔다. 모텔에 다시 여자를 집어넣고 선착장 거리로 나왔다. 전날 불편하게 밤을 보냈으므로, 이틀 밤을 차에서 지새우는 것은 고달픈데다가 우울한 일이었으므로, 숙소를 잡기로 한다. 불빛 고운 모텔은 왠지 내키지가 않고 여관은 베갯잇에 누군가 흘린 치모가 붙어 있을 것 같고. 그러다가 발길이 닿은 곳은 엉뚱하게도 생맥주집이다. 이를테면 낯선 객지의 숙소에 홀로 들기 위해 술기운이 필요했을 것이다.

　어쩌다 그런 일이 생겼을까. 건물 지하의 생맥주집은 밖에서 보기보다 넓었다. 그에 비해 손님은 많지 않았고 어디선가 나무판자 썩는 냄새가 끊임없이 풍겼으며 시끄럽게 틀어 대는 가요가 3년 전에 유행했던 것인지 10년도 더 지난 것인지 헷갈리면서 신경에 거슬렸다. 5백 시시를 두 잔 마시고 세 잔째 시켰다. 취하지는 않았다. 즐거운 일은 없었지만 그렇다고 심기가 뒤틀릴 만한 무엇이 있는 것도 아니었다. 그럼에도 어쩌다 그런 일이. 화장실에서 소변을 보고 돌아서다 누군가와 부딪쳤다. 군복 앞섶이 활짝 열린 군인이었다. 얼굴이 새카매질 정도로 술에 취한 군인은 그 바람에 깨끗지 못한 화장실 바닥에 벌러덩 자빠졌다. 그렇지 않더라도 몸을 가누기 어려운 상태였다. 버르적거리는 그를 일으켜 세웠다. 아이고오 죄송함다 충성 추웅성, 웅얼거리는 그를 놓아두고 돌아섰다.

　자리로 돌아오니 놀랍게도 여자가 앉아 있다. 이런. 잘못 본 거 맞지? 탁자 위 눅눅한 팝콘을 씹으면서 이쪽을 멀뚱히 바라본다. 세 번째 술집 만에 찾아낸 거라고 대꾸한다. 잠도 안 올 것 같고, 천장 보며 멀뚱히 누워 있는 것도 못할 노릇이고, 어디선가 치사하게 혼자 술 한 잔 하고 있을 것 같더라구요 분명히. 내 딱 맞췄지. 그새 주문을 했는지 종업원이 5백 시시 한 잔을 가져와 내려놓는다.

　이상한 냄새가 난다고 투덜거리면서 여자는 홀짝홀짝 술잔을 비웠다. 안주 한 접시를 주문하고 잔 밑에 고인 물기를 냅킨으로 닦아

내고 원 세상에 저게 언제 적 노래냐고 투덜거리고. 그러던 무렵이다. 그러니까 화장실에서 돌아온 지 고작 5분이 지났을 것이다. 누군가 다가왔다. 키가 큰, 가죽점퍼의 남자이다.

"아저씨예요?"

"……예?"

"아저씨가 우리 애한테 뭐라 했냐고."

다짜고짜 짧은 말끝을 들이댄다.

"우리 애, 라뇨?"

"그랬다는데. 좆같은 군바리 새끼 존나 구리다고. 그러고는 냅다 떠다밀었다며."

조금 전 화장실에서의 일이, 새카맣게 술 취한 군인이 떠오른다. 느닷없이 나타난 남자 역시 사복을 입었을 뿐 군인 신분임을 그제야 깨닫는다. 무슨 오해로 그처럼 시비를 거는 것인지 이해할 수 없다. 아니, 대강 알 것 같다.

"아, 씨발 뚜껑 열리네. 아저씨가 군바리들 짬밥 한번 타줘 봤어? 왜 착한 애 붙들고 시비를 걸어 시비를."

키가 큰 사복 군인도 얼굴에 회칠을 한 것처럼 희멀건 할 뿐, 취했다. 몹시 취해 있다. 청년들 몇이 테이블 주위로 험상궂게 모여들었다.

"이거 봐요. 무슨 소리를 어떻게 들었는지 모르겠는데."

"닥쳐 아저씨. 이런 씨발 말좆 같은 냄비 하나 끼고 앉았으면 단

줄 아나. 군바리들 존나 구리면 구렸지 시비는 왜 거는데.”

“하아, 이 친구. 정말로 입 걸구만.”

어쩔 도리 없이 자리에서 일어섰다. 그러나 배 터지게 욕먹고 앉아 있기가 뭣해서 그랬을 뿐이다. 가만, 언젠가 이런 상황에 놓인 적이 있는데. 구슬 박힌 가죽점퍼를 입은 앵무새 머리 양아치들에게 둘러싸여 꼼짝없이 신발을 잃고 말았지. 그때였다, 귀 뒤쪽에서 빠른 속도로 닥쳐오는 뭔가가.

“씨이밸름 잦 까고 있네!”

화장실에서 만났던 새카만 군인이다. 술 취한 군홧발에 왼쪽 뺨을 세차게 걷어채었다. 와장창! 맥주잔을 쓸어안으며 테이블 아래로 쓰러졌다. 발길질이 몇 번 더 오가고 여자가 비명을 지르고 종업원이 달려왔다. 어디를 어떻게 차였는지 숨 끝이 턱 막히고 입 안이 찝찔했다. 화도 나지 않았다. 뻐근한 통증에 정신을 차리고 보니 여자 혼자 울상을 짓고 있다. 군인들은 사라지고 없었다.

10

남자가 집을 떠났다. 버스 종점 동네의 오피스텔에서 2개월째가 되던 저녁이다. 퇴근해 샤워를 마치고 나오니 눈이 휘둥그레질 저녁 식사가 식탁 한가득 차려져 있었다. 남자가 준비한 성찬 앞에서 여자는 가슴이 무너진 사람처럼 눈물을 흘렸다. 세 시간 동안, 아무 소리도 내지 않고.

"울지 마. 말했잖아. 영원히 함께하기 위해 잠시 할 일이 있다고. 그래서 잠시 다녀오는 거라고."

"난 이제 죽을 거야. 당장 내일 아침에 어떻게 눈을 떠야 할지 생각이 나지 않아."

못 보던 외출복을 입고 식탁 맞은편에 앉은 남자를, 두려웠으므로, 여자는 바라볼 수 없었다.

"처음 만남을 생각해. 그날 이후 우리는 그 이전의 너와 내가 아니야. 만남이 우리를 진화시켰다고."

남자는 현관 구석에 있는 검은 가방을 집어 들었다. 신을 신느라고 슬프게 굽은 등을 보았을 때, 여자는 그제야 뜻밖의 사실 한 가지를 아득히 떠올렸다. 남자에 대해 아는 것이 별로 없다는. 나이도. 생일도. 이름도. 고향도. 연락처도. 하는 일도. 가족 관계도. 같이 있을 때는 조금도 중요하지 않았던 것들.

"어디로 가는 거야."

"멀어."

"……."

"상상도 못 할 거야. 남극보다도 멀고 지구 정반대편의 우루과이보다도 멀지."

"언제, 언제 다시 만날 수 있어?"

"오래 걸리지 않아. 그러기 위해 떠나는 거니까."

엘리베이터가 남자를 집어삼켰다. 여자는 손등으로 눈물을 닦으며 실내로 돌아왔다. 창문에 다가갔다. 잠시 후. 오피스텔 입구 계단에 남자가 모습을 드러냈다. 가방 든 뒷모습이 밤거리 속으로 보이지 않게 사라져 갔다. 남자의 처음이자 마지막 외출이었다.

11

머리통에 알사탕만 한 혹이 났고 아랫입술이 조금 찢어졌다. 팔꿈치가 까지고 옆구리와 무릎에 멍이 들었다. 다행히 그게 전부였다.

"또라이 새끼들. 미친 새끼들. 나라 지킨다는 것들이 단체로 민간인을 까다니."

여자가 쉬지 않고 투덜댔다.

"힘이 남아돌면 수재민들 집 짓는 거나 돕지. 그따위로 술을 처먹고 다니면서."

"아야."

"성질 많이 죽었어 내가. 재떨이로 손이 막 가는 걸 겨우 참았네. 깡패 새끼들."

"아! 이거 봐요. 살살 좀."

"조심할게요. ……하는 짓들이 그 모양이니 구린 군바리 소리를 안 듣고 배겨?"

"그런 말 안 했다니까."

“안 했다구요?”

“내가 미쳤다고 그런 시비를 걸겠어요.”

“정말? 그거 완전히 미친 새끼들이네? 아니, 그럼 왜들 몰려와서 지랄거렸데?”

“헤이. 아까 설명할 땐 뭐 듣고. 나 입 놀리기 힘드니까 말 좀 고만 시켜요.”

약국에서 머큐로크롬에 연고에 파스며 반창고며 잔뜩 사 들고는 갈 데가 없어 여자를 뒤따랐다. 그리고 여자의 모텔 방 침대에 벌렁 ‘눕혀졌’다. 상처를 따끔하게 적시는 화학 약품보다 더 참기 힘든 것은 그런 구실로 여자 앞에 벌렁 드러누워 있다는 사실이었다.

“됐어요, 그만 해요.”

“이거 마저 붙이고요. 안 잡아먹을 테니까 잠깐만 움직이지 좀 마요.”

가장 견딜 수 없는 것은, 다름 아니라 감촉이다. 길고 얇은 손가락. 귓불이며 뺨을 살짝살짝 스치고 가는. 손끝 닿는 부분마다 저릿저릿 이상한 기운이 살갗을 파고든다. 늦은 밤 시간. 바닷가 동네의 외진 숙소. 베갯잇에 치모 대신 값싼 스킨로션 냄새가 남아 있는. 파도 소리도 들리지 않는 이 방 안에서 그간 얼마나 많은 남자와 여자와 남녀가 밤과 낮 시간을 보내고 떠났을까. 목덜미에 소름이 돋는다.

!

손을 잡아 쥔다. 제법 단단한 악력이다. 조심히 끌어당긴다. 머뭇 머뭇 저항하던 내 손끝이, 그만, 여자의 아랫배에 멈춘다. 올 굵은 면 티셔츠의 얄미운 감촉에 손바닥이 화끈 오므라든다, 불을 만난 연체동물처럼.

"가만있어 봐요."

"이 손 좀."

"잠깐만. 발로 차는 거 안 느껴져요? 애도 지금 화가 났나봐."

"글쎄, 난 잘."

"쉿! 가만히 느껴 봐요. 술 처먹은 군바리 발길질보다는 약할 테 니까."

"……."

"지금! 찼죠? 느꼈어요?"

여자의 헐렁한 실내복에서 고운 화장품 냄새가 난다. 체취인지도 모른다. 숨이 막혀 죽을 것만 같다. 화난 사람처럼 벌떡 일어섰다. 침대가 깨갱깨갱 요동쳤다.

"이런. 새벽 2시네."

"어머?"

"가보겠습니다. 주무세요."

12

　지난달 남자가 돌아왔다. 새벽녘. 뺨을 어루만지는 친숙한 감촉에 여자는 잠이 깼다. 불 꺼진 실내에 냉장고 소리마저 숨을 죽였고 창을 가린 블라인드 틈새로 노란 달빛이 새어들었다. 그리하여 남자가 왔음을 여자는 직감했다.

　"……왔구나."

　"잘 지냈어?"

　떠나간 지 1년이 지나고 어느덧 2년째에 접어들었으며, 잠결인 데다, 어떠한 약속도 예고도 없었지만, 남자가 기억 못할 리는 없었다.

　"나를 잊지 않았네."

　"잊다니. 너를 잊다니."

　"혹시나 했어. 네가 나를 기억하지 못하면 어쩌나."

　"어디야. 어디 있는 거야. 빨리 모습을 보여 줘."

　블라인드를 걷었다. 검둥개 같은 새벽 거리가 주황 가로등 아래 잠들어 있다.

　"그럴 수 없어. 지금은 네 앞에 나설 수가 없어. 난 아직 먼 곳에 있거든."

　"먼 곳?"

　"사정이 좋지 않았어. 그래서 이렇게 오랜 시간이 지나고 말았어. 미안해."

어두운 하늘가에 하현달이 걸렸다. 지긋지긋하던 머리맡의 그리
움들이 젖은 소금처럼 잦아들고 있다.

"때가 오고 있어. 오는 9월 31일이야."

"언제라고?"

"9월 마지막 날. 소행성 2006 SN347이 지구와 달 사이를 초속 65
미터로 스쳐 갈 거야. 거기서, 우리 만나자."

"어디. 어디서 말야."

"처음 만났던 곳에서."

어두운 방 안을 둘러보았다. 화장대 커다란 거울 속, 하얀 잠옷을
입은 여자가 얼빠진 얼굴로 서성이고 있다.

"이거 꿈 아니지? 환상 같은 건 아니지? 대답해. 내가 미친 게 아
니라고."

"믿음을 가져. 네가 판단하고 느끼는 모든 것에 대해. 그리고 잊
어. 그럴 수 있다고 생각하는 세계와 그럴 수 없다고 생각하는 세계
의 경계를, 되도록 빨리."

"……."

"나, 만나 줄 거지?"

어딘지 모를 남자의 목소리는 놀랍도록 맑고 아득하다. 눈물은
나지 않는다.

"물론이지. 물론이고말고."

"그날, 멀리 떠나갈 거야. 아주 멀리. 준비할 것은 없어. 너만 있

으면 돼."

13

다음 날 어김없이 배가 떴다. 하늘은 흐렸지만 거리 구석구석을 흔들어 대던 전날의 바람은 밤새 야합이라도 벌인 듯 잦아들었다. 여객 터미널 주변은 아침부터 보이지 않는 활기가 넘쳤다.

10시 20분 남해 고속 카페리 대양 3호. 승객과 차량들을 뱃머리까지 차곡차곡 실은 배가 서서히 움직이며 바다 쪽으로 반 바퀴 돌아섰다. 털털거리는 모터 소리와 기름 냄새가 선상 가득 번지고 있다.

"하이고. 드디어 출발하는 건가."

차에서 내려선 여자가 늘어지게 기지개를 켰다.

바다는 잔잔하다. 검고 푸른 잠에 빠져 있다. 배허리에 철썩철썩 물살이 부딪는다. 다도해. 눈 가는 곳마다 섬과 섬으로 둘러싸여 수평선은 보이지 않는다. 2층 객실에 올라갔다. 신을 벗고 들어서도록 된 마룻바닥에 삼삼오오 모여 앉은 승객들. 척 보아도 외지에서 온 여행자 행색은 아니다. 일찌감치 술판이 벌어지고 화투판이 시작되고 억양 드센 대화가 바삐 오간다. 구석에서 짐 꾸러미를 베고 누워 잠을 청하는 이들도 눈에 띈다. 뭐 마실래요? 매점으로 간 여자가 생수 한 병과 내 몫의 캔 커피를 사왔다.

"정신 하나도 없네."

“왜요.”

“밤새 뜬눈으로 지샜더니.”

배낭 앞주머니에서 조그만 지퍼 백을 꺼낸다. 거기서 하얀 알약 두 알을 집어낸다. 입 안에 털어 넣고 꼴깍꼴깍 생수를 들이켠다.

“어젠 정말 재수 더러웠어. 배도 안 뜨고. 미친 군바리들한테 밟히고. 밤새 한숨도 못 자고.”

“수면제인가요.”

“이거요?”

비닐 봉투를 집어넣으며 입술을 삐쭉인다.

“비슷한 거죠. 효과 면에서.”

효과 면? 참으로 알기가 힘든 여자이다. 내 시선이 따가웠거나 혹은 불안해 보였던 모양이다. 피식 웃는다.

“신경 안정제 종류예요.”

“신경 안정제.”

“사람을 무조건 다운시키는 거죠. 바보 만드는 거.”

“그걸, 왜 먹나요.”

“신경 안정시키려고.”

“으잉?”

“몰라요? 밤만 되면 천장에 이상하게 생긴 벌레가 수십 마리씩 기어 다니고, 방 안에는 보이지 않는 모기떼가 귀 따갑게 잉잉거리고. 이불 위로는 빨갛고 파란 뱀들이 꾸역꾸역 기어오르고.”

"그게. 그러면. 말하자면……."

"맞아요, 정신병."

"어."

"실은 중학생 때부터 학교 가듯 병원 다니고 그랬어요. 집안에 병력도 있거든요. 막내 고모가 미쳐서 자살했으니까."

화투판에 모인 사람들로부터 왁자한 웃음이 쏟아져 나온다. 구석 자리에서 선잠을 깬 누군가 신경질적으로 몸을 뒤친다.

"기도하러 온 목사님 손가락을 물어뜯기도 하고, 가출도 하고, 집에 불도 질러 보고. 그러다가 몇 개월씩 벙어리 모범생으로 지내다가. 그렇게 들쭉날쭉."

"……."

"요 몇 달 괜찮았는데, 어젠 놀라서 그랬나 갑자기 옛날 귀신들이 나타나는 거 있죠. 내 지겨워서 정말. ……이거 봐요, 심각해진 거예요?"

"아니. 심각한 게 아니라."

"미친년이구나, 속으로 그런 생각하고 있죠?"

"아무 생각 안 했습니다."

"걱정 마세요. 내 병은 내가 잘 아니까. 그렇지 않았으면 심부름 센터 같은 데 전화 걸 생각을 했겠어요?"

운동화를 벗은 여자가 객실 바닥에 올라선다. 매일 배를 타는 섬 주민이라도 된 것처럼, 노란 비닐 장판 위에 익숙하게 드러눕는다.

늘어지게 하품을 뱉어 낸다.

“나 좀 잘게요. 우으, 밤새 벌레들이랑 싸웠더니 눈알이 튀어나
올 것 같네.”

14

그랬구나. 그랬던 거구나.

머릿속이 환히 밝아 온다. 지난 며칠이, 아귀가 맞지 않아 삐걱거
리던 모서리들이, 비로소 삐걱삐걱 제자리를 찾아가고 있다.

외딴섬 해수욕장에서 우연히 마주친 운명. 신문지 위의 고사리
같은 남자. 이름도 나이도 모르는 채 헤어져, 2년 뒤 먼 목소리가
되어 돌아온. 1년 8개월 된 태아. 그것들이, 도대체 가당키나 한 소
리인가. 모두 거짓이었다. 거짓이 아니라 허상이었다. 오랜 시간
여자가 몸으로 창조하고 관계 맺어 온 가상의 기억.

원 제기랄. 어쩐지 이상하더라니. 처음부터 이상하지 않은 구석
이 하나도 없더라니. 고속도로 휴게소. 선착장 매표소. 시골 다방.
어시장 횟집. 여관 침대 위의 머큐로크롬액. 지난 며칠의 순간들이
두서없이 얼크러지고 있다. 처음 여자를 만나던 날. 하얀 얼굴, 초
록 눈동자, 비 그친 오후의 하늘색 머리칼. 느닷없이 발목을 잡히
고 만 당혹감. 현실감 없는. 살아 있는 무엇을 대하는 것 같지 않던.
맙소사. 미친년. 순 미친년 아냐!

14-1

배 난간에 서서 참았던 담배를 꺼내 들었다. 바람이 세다. 깊고 검은 바닥을 감춘 물살이 느릿한 속도로 일렁인다. 김 양식장임을 알리는 스티로폼 부표가 얼간이처럼 머리를 끄덕이고 있다. 모아 쥔 손아귀 안에서 어렵게 라이터 불을 켜며 객실 쪽을 바라보았다. 주황색 구명조끼 보관함이 있는 구석 자리에 지난 며칠을 같이 보낸, 누군지 알 수 없는 여자가 웅크린 채 잠들어 있다. 여자 안에 누군가 있다. 여자가 모르고 있을 뿐 여자이기도 하고 아니기도 한 누군가가.

14-2

배가 멈추자 선착장 주변에 잠시 활기가 내려앉는다. 두 시간 가까운 바닷길을 함께 건너왔던 짐차와 승용차들이 좌우로 열린 섬 길을 줄지어 빠져나가고, 짐을 이고 진 섬 사람들이 잰걸음으로 뱃전에서 내려서 대기 중이던 마을버스에 꾸역꾸역 올라탄다. 그러다가 아는 이들을 발견한 사람들은 왁자한 대화를 쏟아 내며 얼굴에 주름이 잡히도록 웃어 보인다.

여든다섯 시간 예정보다 이틀이 늦어진 셈이다. 뱃전에서 차를 몰고 나오며 착잡한 감상에 잠긴다. 감상아니라 계산이다.

섬 일주로는 경사가 심하고 급히 핸들을 틀어야 할 만큼 굽은 길이 잦다. 좁은 2차선 길 좌우로 침엽수림이 빽빽하고, 이따금씩 바다가 저편 산허리 너머로 아찔한 모습을 드러내며 은빛 비늘을 반짝인다. 오가는 차량은 드물다. 한산하달 정도다.

"아, 좋다아."

차창 밖으로 고개를 내민 여자가 노래하듯 악쓰듯 한다. 하늘색 머리칼이 거센 해풍에 팔랑팔랑 날린다.

"좋아요?"

"바람도 좋고 길도 좋고 경치도 좋고. 안 그래요?"

이 먼 곳까지 함께 올 사람이 필요했을까. 왜 필요했을까. 심부름 센터로 전화를 걸어 동행자를 찾은 건 대관절 무슨 이유였을까. 혼자 그곳까지 찾아갈 자신이 없어서, 라고 했다. 막상 가려고 하니까 걱정이 막 생기는 거예요. 무섭기도 하고. 과연 그래서였을까. 겪어 본즉, 할 줄 아는 게 거의 없긴 했다. 조수석에서 지도를 읽어 줄 줄도 모르고 여객 터미널에서 시간표 따라 표를 끊을 줄도 몰랐다. 혼자서는 정말 여관방 하나 잡지 못할 주변머리였다. 그렇다면, 과연 그뿐이었을까.

"여기예요. 내가 왜 말했잖아요."

"남자 분과 함께 왔었다는?"

"맞아요."

주홍섬 운석 공원. 주차장에 차를 대고 매표소로 걸어갔다. 해안가 절벽에 잠시 머물다 가기에 좋은 쉼터가 꾸며져 있다. 꽃길 화단과 분수대, 조각상, 잔디밭과 매점, 정자와 화장실. 그 정도다. '운석이 떨어진 지점'이라는 팻말 옆에 쇠 울타리가 쳐 있고 유리판으로 동그랗게 바람막이를 해놓았으며 그 안은 아스팔트가 아닌 흙땅이다. 1985년 7월 어느 이른 밤. 7.8킬로그램의 운석이 그곳에 떨어졌다. 콰앙 하늘 무너지는 소리에 마른벼락이 떨어졌나 했던 마을 사람들은 다음 날 아침 움푹 파인 구덩이와 길쭉한 돌멩이 하나를 발견했다. 별스러울 것 없는 그 돌, 46억 년 전 태양계가 탄생한 이후 무려 6천만 년 동안 우주 공간을 방황했던, 철과 마그네슘과 니켈 성분의 운석.

"지구상에 발견된 운석구는 2백 개가 넘는대요."

"그렇게나 많이?"

"지름이 몇 미터 정도밖에 되지 않는 것부터 100킬로미터가 넘는 것까지. 남아프리카 브레드포트라는 곳의 운석구는 만들어진 지 20억 년이나 되었다더군요. 여기처럼 생긴 지 얼마 안되고 규모가 작은 운석구는 일본 시마네 현에도 있고."

자신을 둘러싼 허상의 세계를 함께 목격해 줄, 여자가 필요했던 것은 그런 사람 아니었을까. 여자 혹은 여자 안의 여자이기도 하고 아니기도 한 누군가가 필요했던 역할자는.

"달과의 거리를 기준으로 지구에 접근하는 소행성들은 연간 120개가 넘어요. 우리가 모르고 있을 뿐이죠. 대부분이 35인치 TV 수상기보다 작은 크기이고, 개중에는 축구장만 한 것들도 있고. 그중

85퍼센트가 지구 궤도를 벗어나 그들의 비행을 계속하죠. 운 좋게 대기권에 들어온 친구들도 대부분 성층권에 이르기도 전에 공중분해가 되거나 공기 마찰에 연소해 버리고."

8월 21일 지름 120킬로미터의 소행성 2002 MN203이 지구와 달 사이 거리의 3분의 1에 불과한 12만 킬로미터까지 접근했다는 사실이 뒤늦게 밝혀졌다. 영국 BBC 방송의 보도에 따르면, 이 소행성이 지구와 충돌했을 경우 1세기 전인 1908년 시베리아 지역에 떨어져 반경 2천 제곱 킬로미터를 쑥대밭으로 만들었던 소행성의 경우보다 더 큰 피해가 있었을 것이라고 한다. 그런가 하면 올해 3월에도 지름 80미터짜리 소행성이 지구에 48만 킬로미터까지 접근한 것으로……

이상한 일이다. 알 수 없는 이야기가 어디선가 소곤소곤 들려오고 있다. 귓속에 라디오를 조그맣게 틀어 놓은 것처럼.

"운석구라는 건요, 지구가 우주의 영향권 안에 있다는 걸 보여 주는 가장 확실한 증거지요. 연결되었으며 동시에 일부로서 그 자체인."

'남자'가 그런 이야기를 했을까. 운석 공원에서 멀지 않은 마을, 남자가 머물던 민박집. 집주인의 군대 간 아들이 쓰던 2층 방. 화장실에 딸린 샤워 꼭지는 녹이 슬었고 1인용 침대는 걸터앉기만 해도 삐걱삐걱 우는 소리를 내는.

전시실에 들어섰다. 어두운 실내. 다른 관람객은 없다. 견고한 유리 상자 안에 예의 운석이 진열되었고, 조도 낮은 조명등 불빛이 그 형체를 아득하게 비추고 있다. 운석이 떨어지던 당시의 현장 사진과 해외 유명 운석구, 위성에서 찍은 수천 광년 밖의 성운 상상도 등이 액자에 담겨 띄엄띄엄 벽을 채웠다. 조악한 태양계 표본은 중학교 과학실에 비치된 그것보다 나을 게 없어 보인다. 20년 전의 운석이 마을 사람들에게 선사한 것은 '운석 떨어진 섬'이라는 대단치 않은 유명세와 운석 공원, 매년 한 차례 벌어지는 운석 축제라는 행사가 전부. 2년 전 여름. 남자를 만난 것도 축제 기간 중이었다.

캔 음료 자판기와 소파가 놓인 전시관 옆 복도. 갈색 통창 밖으로 절벽 아래 바다가 아득하게 펼쳐져 있다.

"그 사람이요, 실은, 비밀이 있어요."

여자가 다가왔다.

"무슨 비밀이."

"말하자면 출생에 관한 거죠. 그 사람은 근원, 이라고 했지만."

"근원?"

"저도 처음엔 믿지 않았어요. 무슨 개수작을 하나 싶었죠."

"……."

"이 이야기요, 아직 누구한테도 해본 적 없거든요. 미친년 소리나 들을까 봐."

초록 눈빛, 비현실적으로 빛나는.

"소행성을 타고 왔대요. 자기는 지구 사람이 아니래요. 잠깐 이

섬에 들렀다가 날 만난 거고, 그래서 고향으로 돌아가기 위해 잠시
날 떠나는 거라고."

"아."

"그날 밤, 달빛을 빌어 말했어요. 지구로 접근하는 소행성을 타
고 다시 올 거라고요."

"……."

"제 이야기, 못 믿겠죠?"

15

원평 해수욕장. 섬의, 선착장 정반대편에 위치한 곳이다. 운석 공
원에서 30분을 달려왔다. 일주로를 타고 실컷 달리다가 길을 잘못
들었음을 깨닫고 해안 도로 20킬로미터 정도를 되돌아가야 했다.

9월 말의 외딴 섬 바닷가는 귀가 먹먹할 정도로 한산하다. 해수욕
장이라면 당연히 있을 횟집 골목이나 노래방 따위도 문을 닫았는
지 눈에 띄지 않는다. 그리고 백사장은 끝과 끝이 가물거릴 정도로
넓고 길다. 눈 가는 어디에서도 사람 흔적을 찾을 수 없다. 바닷바
람이 세다. 오후가 깊어 가고 있다. 여자가 저만치 앞서 백사장을
걷는다.

과연 이 바닷가에 왔었을까. 그런 적이 있었을까. 2년 전 여름, 회
사 여직원들과 함께 휴가를 떠나왔던 해수욕장이 바로 이쯤이었을

까. 여자의 환상과 현실의 경계가 어디쯤인지 나는 알 수 없다. 아이스크림을 사기 위해 일행에서 빠져나와 들렀다던 가게는 어디에?

"배 안 고파요? 3시가 지났는데."

"글쎄, 뭐."

여자가 이상하다. 섬에 도착했을 때의 화창하던 기운은 어디로 사라졌는지 차분하게 가라앉은 목소리. 생활고에 찌든 소녀 가장처럼 지친 얼굴로 내 끼니를 걱정한다.

"어디 가서 밥 먹어요 우리."

바닷가에서 조금 떨어진 민가 초입에서 조그만 식당 하나를 찾아냈다. 주변을 통틀어 유일한 집이다. 무엇이라도 팔 것 같고 아무것도 없을 것 같은 허름한 실내에는 손님도 주인도 보이지 않는다. 빈 식탁에 앉아 선반 위에서 홀로 떠드는 TV를 한참 쳐다보고 있으려니 고무장화를 신은 남자가 들어선다. 식당 주인이 아니라 어부 행색이다. 되는 음식은 생선찌개밖에 없었다. 여자는 생각이 없다면서 술을 청한다. 운전해야 하죠? 나 혼자 마실게요, 기념으로. 대관절 무슨 기념이냐고 묻자 여자는 병뚜껑을 와그작 돌려 땄다. 찢어지는 기념이죠. 여자는 남자를 만나게 될까. 그런 일이, 언젠가는 가능할까. 모를 일이다. 여자 안의 여자이기도 하고 아니기도 한 누군가가 새로운 허상을 창조하기 전, 나는 선착장을 향해 차를 몰고 있을 터였다. 섬을 떠나는 마지막 배는 저녁 7시에 있다. 배가 고프기도 했지만 서둘러 싸움하듯 밥그릇을 비웠다. 이 기이한 일정을 조금이라도 빨리 끝마치고 싶었다. 낮술에 취해 조금씩 해롱거릴 여자를 보고 싶지도 않았다.

식당을 나와 차 대어 놓은 곳까지 걸었다. 여자가 갑자기 걸음을 멈춘다. 담벼락을 짚고 허리를 꺾는다. 반병 넘게 마신 술을 토해 내는 줄로만 알았다. 주춤거리더니, 그 자리에 쪼그려 앉는다. 끝내는 털벅 주저앉고 만다.

"왜 그래요?"

"……."

하얗게 일그러진 얼굴. 아랫입술을 세차게 깨물고 있다.

"어디 아파요?"

"……아, 아아."

"이거 봐요."

"배가. 배가."

앞이마가 그새 땀에 젖어 번들거린다. 취한 것 같지는 않다. 여자를 부축해 업었다. 놀랍도록 가볍다. 주차된 차까지 정신없이 달렸다. 뒷좌석에 여자를 싣고 시동을 걸었다. 갑자기 무슨 일이람. 비스듬히 누운 여자가 목 멘 신음을 흘리고 있다. 고통스럽게 몸을 뒤친다.

"언제부터 그랬어요?"

"……아까, 아까 식당에서, 그때부터 조금씩. 아아. 아야."

삼거리에서 신호를 기다리며 차창 밖으로 소리쳤다. 저기요, 아줌마. 이 근처에 병원 어디 있나요? 뒷자리 여자가 짧은 비명을 질렀다.

"아기. 아기가 나올 것 같아!"

16

길이 왈칵 다가왔다 멀어져 간다. 해풍에 웃자란 노송들이 차 옆구리를 긁어 놓을 듯 바투 스쳐 가고 있다. 액셀러레이터를 바닥까지 밟았다. 핸들이 죽어 가는 짐승처럼 손아귀에서 부들부들 떨렸다. 가도 가도 좁고 거친 산비탈길. 면사무소가 있는 큰 거리는 아직 멀었는가. 날아갈 것 같은 속도로 20분은 더 달린 것 같다. 체감하는 시간의 속도가 그만큼 불안정하기도 할 것이다. 엄마아악! 여자가 간헐적으로 비명을 터뜨린다. 귀를 막고 싶다. 고통에 창백하게 일그러진 얼굴은 처음 보는 사람의 그것 같다. 입이 마른다. 제발 좀 닥치고 있어! 정 못 참겠으면 신경 안정제나 꺼내 먹으라고!

급커브 길이 나타났다. 브레이크를 밟으며 부랴사랴 핸들을 꺾었다. 포장도로를 벗어난 타이어에서 자갈 구르는 소리가 잘그락거리고 차창 밖으로는 비탈진 숲의 계곡이 아찔하게 다가와 붙는다. 그 너머로 검푸른 바다 물길이 일렁인다.

힐끔 계기판을 보니 시속 110킬로미터를 넘나들고 있다. 서서히

속도를 줄이면서 시선을 쳐들었다. 눈앞 가득 하늘이 드러난다. 창 창히 밝은 하늘 가장자리에, 멀리에서, 작은 빛이 일직선을 끌며 지나쳐 간다. 저건? 지나가는 것이 아니라 이쪽으로 날아들고 있 다. 멈춘 듯 느리게, 아니, 매우 빠른 속도로. 푸른빛이 점점 그 밝 기를 더해 가며 시야를 가득 채운다. 슈우웅. 여태껏 한 번도 들어 본 적 없는 육중한 소리가 음산하게 공중을 가른다. 하늘에서 떨어 진 푸른빛이 저편 길가에서 강력한 폭발을 일으킨다. 그 충격의 진 동이 운전석까지 느껴질 지경이다. 푸르게 번진 빛의 조각들이 와 락 시야를 덮쳐 온다. 얼굴이 후끈 달아오른다. 반사적으로 핸들을 꺾었다. 기우뚱 차체가 요동치는가 싶더니 쾅! 억센 충격이 가슴팍 을 떠다민다. 나무 기둥을 들이받았을 것이다. 눈앞이 뿌옇게 흐려 진다.

그야! 그 사람이 왔어요!

뒷좌석의 여자가 팔을 뻗어 내 몸을 끌어안았다.

17

눈을 떴다. 머리가 깨질 것 같다. 깨진 것도 같다. 눈을 감았다.

다시 눈을 떴다. 운전석에 앉은 상태 그대로다.

전면 차창 밖으로 수풀이 삐딱하게 기울어져 있다. 초점 흐릿한 시야가 부옇다. 몸을 더듬었다. 핸들에 부딪친 가슴팍이 몹시 아프고 목덜미도 뻐근하다. 두어 차례 눈을 감았다 떠본다. 여자가 보이지 않는다. 겨우 차 문을 열고 나왔다. 아름드리 노송 옆구리를 처박은 차 앞부분이 30센티미터 넘게 찌그러졌다. 나무를 들이받지 않았더라면, 비탈을 타고 계곡 아래로 한참을 굴러 떨어졌을 것이다. 여자는 어디에도 없다. 고개를 들어 찻길 쪽을 올려다보던 내가 눈살을 찌푸렸다. 눈부시게 쏟아지는 햇살 때문이다. 아니, 이건? 그리고 보니 주위가 환하다. 지금쯤 산중의 해가 급히 저물어 숲 속이 온통 어두워졌어야 하는데? 휴대 전화를 찾았다. 액정 화면에 뜬 날짜를 확인하고는 더욱 난감해졌다. 오전 8시 20분. 하루가 지나 있다. 그렇다면 열 몇 시간을 꼼짝없이 기절해 있었다는 이야기다. 여자는 어디 갔을까. 차 안을 살폈다. 노상 메고 다니던 배낭이 보이지 않는다. 트렁크를 열었다. 슈트케이스도 없어졌다. 비탈진 수풀을 엉금엉금 기어올랐다. 좁다란 산길이 아침볕을 맞으며 환하게 누워 있다. 지나다니는 차도 사람도 눈에 띄지 않는다.

푸른빛. 하늘가에서 일직선을 그리며 눈부시게 추락하던. 슈우웅 음산하게 대기를 가로지르던 소리. 남자가 돌아왔다고 했던가?

18

지나가는 트럭을 얻어 타고 인가로 내려왔다. 어제 오후 정체 모를 푸른빛이 하늘을 가로질러 산길 어디쯤에 추락했다는 내 이야기를, 경찰서 사람들은 그다지 진지하게 들어 주지 않았다. 정신을 차려 보니 동승한 여자가 사라졌다고 했을 때에도 여전히 시큰둥한 표정이었다. 나를 둘러싼 무관심 사이에서 한없이 무기력해질 뿐. 경찰들이 약간의 관심을 보인 것은 그나마 내 직업에 관한 이야기가 나왔을 때였다. 아하, 흥신소 사장님. 돈이 되려면 우리도 그런 일을 좀 해야 하는데.

주민 등록 번호와 연락처를 남겨 놓고 경찰서를 나섰다. 온몸에 수분이 빠져나가고 있다. 길을 걷다 마주치는 사람들에게, 아마도 다섯 명쯤, 무턱대고 물었다. 혹시 이렇게 생긴 여자 못 봤습니까. 사람들은 의아한 표정으로 고개를 가로저었다. 작은 키에 허리가 굽은 한 노인이 화난 사람처럼 투덜거렸다.

"하늘색 머리에 초록 눈동자? 내가 이 섬에서 120년을 살았지만 그런 사람은 단 한 번도 구경해 본 적 없소이다. 상상도 못했고말고."

내처 걸었다. 발바닥이 아프고 목이 탔다. 원평 해수욕장으로 되돌아온 것은 오후 2시가 가까워서였다. 텅 빈 백사장. 소나무 숲과 보도블록 길과 간이 화장실. 한때는 피서객들을 상대로 비닐 튜브를 팔고 수박 모양의 비치 볼을 팔았을 어느 가게 앞 평상에 주저앉았다. 도대체 어디 있었어요? 여자가 왈칵 나타나서 따질 것만 같다. 목이 탔다. 생수 한 병을 사서 정신없이 들이켰다.

"또 오셨네요."

어제의 식당을 다시 찾았다. 식당 안은 여전히 텅 비었고 어부 같은 주인 남자가 뜻밖에도 아는 척을 한다.

"글쎄요. 잘 모르겠군요."

여자에 대해 묻자 남자는 잠시 난감한 표정을 짓는다.

"실은 제가 요즘 건망증이 이만저만이 아니라서. 왜 그런 거 있지 않습니까. 손에 호미를 들고서 온종일 호미를 찾아 헤매는."

"어제 이 자리에 앉아서, 저는 밥을 먹고 여자는 혼자 술을 마셨는데."

"아아. 물론 그랬겠죠. 그런데 얘기드렸지만 요즘 제가 치매 환자 소릴 들을 정도라서. 이해하세요. 우리 애들 이름도 종종 헷갈린다니까요. 마누라가 가슴을 칠 만도 하죠."

그는, 거짓말을 할 이유가 없다는 얼굴이다.

"여자 분이라. 뭐, 그랬을 테죠. 없는 일 가지고 우기지는 않으실 테니까."

"……."

"그런데 정말 죄송합니다. 잘 생각이 나지 않는군요. 제가 기억하기론 어제 혼자 오셔서 매운탕에 약주 한 병 드시고 일어나셨던 것 같은데. 아니, 제 말 귀담아듣지 마세요. 요즘 통 정신머리가."

19

　나는 무엇을 기억하는가. 내가 기억하는 것들은 무엇인가. 기억하는 것과 기억하는 지금 기억을 기억한다고 믿는 사실은 어떤 연관을 가지고 있는가. 나는 알지 못한다. 여자가 기억하는 남자 혹은 내가 기억하는 여자, 내 기억 속에 기억되는 여자의 기억이 무엇을 기억하고 있는지.

20

　3시 반까지 오겠다던 보험 회사 담당자는 5시가 넘어서야 도착했다. 검은 유리창의 중형 승용차에서 내려선 그는 감색 양복을 입고 있었으며, 내 앞으로 다가오며 짙은 색안경을 벗는 예의를 보여 주었다.

　"M 님 되십니까."

　"아이고, 엄청 늦으셨네."

　조바심이 머리끝까지 찰랑찰랑 차오를 지경이었으므로 인사말이라도 되는 양 그렇게 내뱉었다. 오지 않는 사람을 두 시간 가까이 기다리며 보험 회사로 몇 차례나 전화를 걸었는지 모른다. 출발한 지 꽤 됐거든요? 거리 때문에 시간이 다소 걸리는 것 같습니다 고객님. 그 와중에 뭍으로 떠나는 마지막 배 시간이 성큼성큼 다가왔다. 까딱하면 섬에서 하룻밤을 더 보내야 할 상황이었다.

"몹시 지쳐 보이십니다."

"물론이죠. 나무 기둥에 처박힌 차 속에서 밤을 지새고, 눈뜨자마자 정신 나간 사람처럼 온종일을 걸어 다녔으니까."

"저런. 식사는 하셨고요?"

"이거 보세요. 밥 챙겨 먹을 정신이 어디 있습니까. 완전 거지꼴이 돼서 병원은커녕 약국도 못 가고. 온다던 양반들은 고맙게도 두 시간씩이나 늦게 와주시고."

"어쩌나."

"어서 가시죠. 이럴 시간도 아깝구먼."

"어딜 말씀이십니까."

"현장에 가보셔야 할 거 아닙니까."

"현장이요?"

"이분 이거 왜 이러시나. 보험 회사에서 오신 거 아니세요?"

남자가 빙그레 웃었다. 그의 하늘색 머리칼과 초록 눈동자가, 그제야 눈에 들어온다.

"오해를 하고 계시는군요. 저는 보험 회사 직원이 아닙니다."

"어라."

"인사가 늦었네요. W 님의 부탁으로 온 사람입니다."

"W? 아, W."

남자가 차 쪽을 향해 손짓했다. 조수석 문이 열리고, 감색 양복을 입은 또 한 명의 남자가 내려선다.

"감사했다고 전해 달라셨습니다. 인사도 드리지 못하고 떠나 죄송하다고."

"그 여자, 지금 어디 있나요."

"떠났지요. 기다리던 남자 분과 함께."

천으로 둘둘 만 것을 전해 받은 남자, 그것을 내 앞에 내민다.

"이건."

"어제 저녁에 이 아기를 낳고 떠나셨습니다. 다행히 순산이었지요."

아기 포대, 눈물 나게 가볍다. 화장터에 들어가 몇 시간 만에 되돌아온 나무 상자를 받아 든 기분이다.

"딸입니다. 예쁘죠?"

"어, 뭐, 예."

"잘 키워 주십시오."

"뭐라구요?"

하마터면 들고 있던 것을 내동댕이칠 뻔 한다.

"잘 키워? 내가? 나 참 기가 차서."

"어어, 모르시는 사항인가요."

남자가 고개를 갸웃거린다.

"이상하군요. 아실 거라고 했는데."

"알긴 뭘 알아? 이 사람들이 장난하나."

"저기. 그러면 심부름센터에서 온 분이 아닙니까?"

"그건 맞지만. ……아니 뭐야, 그럼?"

포대기 안. 감은 눈을 잔뜩 찌푸린 아기가 손톱만 한 입술을 오물거린다. 무릎에 힘이 빠지고 있다. 여자가 의뢰했던 일이란, 바로 이런 종류? 맙소사, 난 아직 내 꿈속에 있어! 낮술에 취해, 지금 사무실 의자에 앉아 꾸벅꾸벅 졸고 있다고!

"그럼 저희는 이만 물러가 보겠습니다."

꾸벅 고개를 숙인 남자들이 등을 돌렸다.

"잠깐!"

포대기를 안고 있었으므로 손을 뻗지는 못하고, 입으로만 다급하게 그들을 불러 세웠다.

"저기. 뭐 하나만 물읍시다."

"말씀하시죠."

"도대체 이게, 이 상황이, 제기랄, 현실입니까 환상입니까. 아니면 내가 지금 미쳐 있는 겁니까."

남자의 입가가 묘하게 일그러졌다. 검은 안경을 쓰고 있었으므로, 그게 웃는 건지 안쓰러운 표정을 짓는 건지 확실치 않았다.

"대답하지 않겠습니다. 뭐라고 해봐야, 어차피 M 님 편한 대로 해석할 테니까."

"뭐가 어째?"

"대신 이렇게 말씀드리죠. 현실과 비현실은 어차피 하나라고. 왜냐하면 그 두 세계가 보이지 않는 통로로 서로 연결되어 있으니까."

"통로라."

"날생선과 그로써 만든 젓갈은, 전혀 다르지만 결국은 같습니다. 우유와 치즈의 관계가 그렇고 장미 나무와 목관 악기가 또 그렇지요. 부디 이해를 하셨으면 좋겠는데."

"……."

"가겠습니다. 그럼 수고하십시오."

등을 돌리던 남자, 깜빡 잊을 뻔했다는 표정.

"아! 시간 나시면 먼저 신발부터 하나 장만하셔야 하겠습니다."

"신, 신발?"

"모르실까 봐 일러 드리는 겁니다. 보십시오. 신고 다니기엔 너무 낡았군요."

시선을 떨구었다. 맙소사. 때 타고 찢어져 걸레가 다된 신발 사이로 발가락이 들여다보일 지경이다. 언제 이렇게 해졌을까. 어쩌면 신발이 이 지경이 될 때까지 마냥 싸돌아만 다녔을까. 억울했다. 섬 바람이 세차게 불어왔다. 포대기 속 아기가 구슬픈 울음을 터뜨렸다.

사랑이라니, 여름 씨는 미친 게 아닐까

사랑이라니, 여름 씨는 미친 게 아닐까

0

여호와께서 모세에게 일러 가라사대 이스라엘 자손에게 고하여 이르라. 사람을 여호와께 드리기로 서원하였으면 너는 그 값을 정할지니 너의 정한 값은 20세로 60세까지는 남자이면 성소의 세겔을 따라 은 50세겔로 하고 여자이면 그 값을 30세겔로 하며 5세로 20세까지는 남자이면 그 값을 20세겔로 하고 여자이면 10세겔로 하며 1개월로 5세까지는 남자이면 그 값을 은 5세겔로 하고 여자이면 그 값을 은 3세겔로 하며 60세 이상은 남자이면 그 값을 15세겔로 하고 여자는 10세겔로 하라. 그러나 서원자가 가난하여 너의 정가를 감당치 못하겠으면 그를 제사장의 앞으로 데리고 갈 것이요

제사장은 그 값을 정하되 그 서원자의 형세대로 값을 정할지니
라. (레위기 27장)

1

그는 50년대 사람이었다. 정확한 나이는 모르지만 적어도 50년대
사람인 것은 분명했다. 50년대 사람. 그것은 듣는 이로 하여금 어,
그래? 하며 새삼 사람의 얼굴이나 입성 따위를 빤히 쳐다보게 만드
는, 그런 힘 아닌 힘을 가진 수식어였다. 여기서 이야기가 재미있
게 진행되려면 그가 그 나이대의 그것과 걸맞지 않은 사고방식이
나 외모를 소유하고 있다는, 그런 식의 서두가 앞장서는 편이 유리
하리라. 그러나 천만에 그는 머리 꼭대기에서 발가락까지 50년대
식, 이 시대 40대 후반 남성이 가질 만한 내적 외적 특성들을 뭐 하
나 빠뜨릴새라 두루 갖추고 있는 인물군의 한 명이었다.

2

무엇보다 나는 돈이 없었고 직장이 없었으며 겨울이 올 때까지
최소한 380만원이란 돈이 필요한 반면 그때까지 그만한 액수를 마
련할 수 있는 방법이 무엇인지조차 알지 못했다. 공기총을 들고 은
행을 털거나 중고차와 서류 몇 장으로 보험 사기극을 벌일 만큼 배

포가 크지도 못했고 말이다. 어디 한 군데 허술한 구석 없이 온 세상이 꽉 막혀 있던 그 무렵 내 앞에 나타난 것은 2억원짜리 즉석복권이 아니라 잉크 냄새 따끈한 타블로이드판 지역 생활 정보지 한 부였다. 남자 가정부 구함. 공중전화 부스에 들어가 일곱 자리 전화번호를 열나게 눌러제낀 나는 구인란 귀퉁이에 다음과 같이 받아 적었다. 방배동 사거리에서 사당 방면으로 직진, 전방 7, 80미터에서 화타약국을 끼고 들어서 두 번째 골목에서 좌회전. 네 번째 초록 대문집.

"어서 오세요."

뒤를 보는 중이었던 모양이다. 공교롭게도 말이다. 까내린 바지를 추켜올리지도 못하고 인터폰으로 방문객을 확인하고는 문을 따주고 부리나케 변기로 돌아갔으리라. 혼잣생활이란 게 때로 그렇게 부잡스러운 상황을 만들기도 한다는 것을 나도 모르지 않았다. 화장실 너머에서 그의 외침이 왕왕 울렸다.

"소파에 앉아 잠시만 기다리세요. 금방 나갑니다. 아침에 분명히 일을 봤는데 이거 참."

처음 뵙겠습니다, 아까 전화 드린 사람입니다. 30분 전부터 준비해 두었던 인사말을 나는 써먹을 수 없었다. 늙은 나무의 속을 통째로 파내고 집을 지었을까, 거실은 온통 흑갈색 나무의 단면이다. 군데군데 밟힐 적마다 아프게 삐걱거리는 마룻바닥과 사방 벽면과 사슴 조각상과 소파의 팔걸이와 구식 샹들리에가 위태로이 덜렁이는 천장에 이르기까지 수백 년 세월이 곰삭은 나이테 곡선이 거실을 얼기설기 어지럽히고 있다. 잠시 후 쏴아아아, 좌변기 물 내려가는 소리에 이어 15센티미터쯤 열려 있던 화장실 문이 활짝 제껴졌다. 엉겁결에 자리에서 일어서며 확인한 바 하반신에 아무것도 걸치지 않은 차림이다. 허벅지 사이 시커먼 물건에 나도 모르게 미간을 찌푸리고 말았다. 여유만만한 동작으로 하얀 면 팬티와 이어 헐렁한 고무줄 반바지를 꿰어 입은 그가 뚜벅뚜벅 다가왔다. 불쑥 손을 내민다.

"반갑네 이거. 아, 손은 씻었으니 걱정 말고."

도톰한 입술에 눈썹이 짙고 앞이마가 반쯤 벗겨진 50년대 남자가 만면에 밝은 웃음을 띠며, 그러나 한 순간 주의 깊게 내 위아래를 훑기 시작한다.

"말 편하게 해도 되지? 암만 봐두 내가 큰 아저씨뻘은 더 되어 보이는데."

"그러세요."

"그래 그래, 하인이라고?"

"예, 여름 하(夏)자에 참을 인(忍)자."

"여름 하. 이런 우연이 있나. 나도 여름이거든. 앞으로 여름 씨라고 불러도 좋아."

"그러죠, 여름 씨."

"하인. 하인. 기구하네. 평생 남의 하인 생활이나 해먹으라고 지어진 이름은 아니겠지. 어쨌거나 세상은 열심히 살고봐야 해. 그 나이 때라면 특히."

여지껏 내 이름을 가지고 그 비슷한 농담을 하지 않은 사람은 없었다. 그렇게나 직설적인 충고는 물론 처음이었지만. 하지만 어쩌랴, 나는 돈도 직장도 없었고 은행강도나 억대 보험 사기극을 모의하기엔 심장이 턱없이 작았으며 무엇보다 겨울까지 380만원이라는 돈이 저녁 밥값만큼이나 필요했다. 부엌으로 건너간 여름 씨가 쟁반에 컵 두 개를 받쳐 들고 왔다. 주황색 탁한 액체는 떨떠름하고 걸쭉했다.

"간단해. 내가 필요한 것은 같이 있어줄 사람이야. 보다시피 난 혼자거든. 외로운 인간이라구. 이 나이 될 때까지 개새끼는커녕 물비린내 나는 청거북 한 마리 키운 적이 없으니."

집에서 갈아 만든 진짜 당근 주스야, 사과 과즙을 섞어 맛을 내는 공산품하곤 질이 틀려, 변비와 빈혈에도 좋고. 나는 입사서류에 가물가물한 한자 이름을 그려 넣듯 당근 주스를 다 마셔버렸다.

"4년제 출신이지?"

"고졸인데요."

"저런, 고졸. 그렇구나. 상고? 특목고?"

"인, 인문계요."

내세울 것 없는 학력 이야기에 목이 움츠러들었다.

"하긴 뭐. 대학 졸업장이 밥해 주고 빨래하는 것은 아니니까."

여름 씨는 한껏 관대한 표정을 지어보였다.

"결론적으로 말할게. 내게 필요한 것은 가족이자 친구라구. 외로운 사람에게 정말로 필요한 건 혼자 즐길 수 있는 조각그림 맞추기나 포르노 테이프가 아니라 곁에 있어줄 사람이거든. 가족이 뭐야. 밥해 주고 빨래 널어주고 가끔 걸레질이나 좀 해주고, 시간 나면 테레비 같이 보며 연예인들 욕도 나누고."

"예."

"앞으로 몇 달 간은 내 거동이 많이 불편해질 거야. 그 보조 역할을 훌륭히 해줄 수 있으리라고 난 기대하는데, 어때?"

그는 가정부를, 또는 가족이자 친구를 구하는 데 있어 이것저것 따지고 고를 마음은 없는 것 같았다. 만난 지 3분 만에 간단하게 채용 문제가 결정난 판이니 말이다. 빈약한 허벅지를 쩍 벌리고 소파에 기대어 앉은 여름 씨의 오른손은 러닝셔츠 밖으로 둥그렇게 드러난 아랫배를 연신 어루만지고 있었는데 나는 방금 전에 목격한 그의 하체를, 복실복실 시커먼 털과 늘어진 남성을 좀처럼 머리에서 떨쳐버릴 수 없었다.

"잘 부탁합니다."

"부탁은 내가 해야지. 질 나쁜 가족이나 겁대가리 없이 빌붙는 친구 새끼처럼 게을러도 좋다는 말은 아니니까. 나는 일하지 않은 하인에게 또박또박 월급을 내줄 만큼 돈이 썩어나는 사람이 아니거든."

"명심하겠습니다."

"이 집에서의 생활은 얼마든지 자유로워도 좋아. 기본적인 규칙만 존중해 준다면 뭐."

"기본적인 규칙이라면."

"이런 거 말야. 제 시간에 출근하고. 제때 제대로 된 식사 준비해 주고, 알겠지만 내가 홀몸이 아니니까 말이지, 굳이 추가하자면 세면대와 변기가 밥그릇처럼 늘 청결했으면 더 좋겠고."

"예."

"알아서만 해준다면 냉동실에 고기 몇 근이 없어진다고 다 큰 청년을 나무라기야 하겠어."

"고기라구요?"

"아아니, 손버릇이 나쁠 것 같다는 소리가 아니고, 이를테면 서로 간의 믿음이 중요하다는 얘기지. 하여간 반가워. 대단히 반갑다구."

그리고 여름이 시작되었다. 장마철 끝나면서 한낮의 대기는 30도를 오르내리고 태양빛은 숨이 컥 막힐 정도로 강했으며 강원도 가는 도로는 바캉스 차량으로 연일 몸살을 앓고 여인들은 탄력 있게 그을린 어깻죽지를 내놓고 거리를 활보했다. 그리고 밤이면 바람 한 점 없는 열대야가 선잠 빠진 사람들을 괴롭혔다. 여름 씨의 집은 계절과 상관없이 제법 시원한 편이었다. 바람이 잘 통하는 구조도 아니고 에어컨도 없었지만, 지붕과 천장 사이가 넓게 들뜬 50년대 식 가옥 구조 덕이었다.

3

"배 많이 나와 보여?"

벽거울 앞에 서서 요리조리 허리를 비틀어보던 여름 씨의 표정이 진지하다. 아닌 게 아니라 그의 배는, 길쭈름하게 불거져 나온 모양부터 중년 남성의 복부비만과는 뭐가 달라도 달라 보였다. 볼품없이 마른 체형이라서 더욱.

"텔레토비 같군요."

"텔레토비? 그 퍼렇고 뻘건 애기 도깨비들?"

"농담입니다. 보기 좋아요."

"보기 좋다는 소리가 농담이겠지. 아이구 허리야."

소파에 주저앉는 그의 얼굴이 오래된 사브레 비스킷처럼 푸석푸석하다.

"피곤하신 모양이네요."

"거기도 애 가져봐. 손발이 얼마나 저리고 쑤시는지. 노상 졸리면서도 정작 잠은 얼마나 들기 힘들고 또 자주 깨는지. 정해진 날짜에 꼬박꼬박 호르몬 주사를 맞는 기분이 어떤지."

여름 씨는 임신 6개월에 들어섰다. 인공 수정한 태아와 태반을 복

72

부에 이식 받은 지 이제 5개월째를 넘어섰다. 50년대 사람. 그 말에는 듣는 이로 하여금 하던 행동을 잠시 멈추고 무연히 등 뒤를 돌아보게 만드는 무언가가 있다. 이승만. 6·25. 마릴린 먼로. DDT. 자유당. 통화개혁. 우장춘. 시발택시. 태풍 사라호. 물론 나는 십진법을 통해 적당히 뭉뚱그려진 그 시절과 아무런 관계가 없는 사람이다.

— 내일모레면 내 나이가 쉰이야.

처음 임신 사실을 밝히면서 여름 씨는 말했다.

— 이 나이 먹어 필요한 건 돈도 명예도 아니야. 약국에 걸린 싸구려 표어의 결론처럼 건강도 아니고.

— 아이라는 말인가요, 중요한 게.

— 모든 사람에게 그렇지는 않겠지. 세상엔 사람 머릿수만큼이나 다양한 가치관이 있으니까.

— 아이가 필요하면 꼭 낳아야 하나요? 남자라도?

— 물론 아니야. 입양이라는 편리한 제도가 있고, 엉덩이 넓적한 씨받이를 두어 명 들이는 방법도 없진 않으니까.

— 그런데 왜 이렇게 힘들게.

그러자 여름 씨는 TV 공익광고 속의 바른생활 소년처럼 건전한 표정이 되었다.

— 말했잖아. 내 나이 이제 쉰이라고. 남자 나이 쉰에 한 번쯤 임신을 해보는 것도 썩 의미가 없는 일 같지는 않더군. 나폴레옹이나

징기스칸이 임신했다는 말은 들어보지 못했잖아.

그러고는 시키지도 않은 말을 변명하듯 둘러댄다.

— 미친놈 보듯 하지 마. 심심풀이로 애를 가질 만큼 미친 건 아니니까.

— 그렇게 안 봤어요.

— 실은 내가 말야, 세상에 엄청나게 빚을 졌거든. 이 나이 먹도록 모아놓은 게 땅 문서나 건물 등기가 아니라 그 잘난 채무증서들뿐이라면 말 다했지. 하긴 사람이란 게 태어나 죽을 때까지 빚 내고 빚 갚고 빚 내주고 빚 독촉하는 게 일이라지만, 이건 빚지고 독촉당하며 살아온 기억밖에 없으니. 세상을 잘못 만났는지 태어나길 거지 팔자로 태어났는지. 그러니 어째, 양로원 구석에 처박힐 때까지 살면 얼마나 더 살겠다고.

— 아이를 낳아서, 그래서 세상 빚을 갚으시려는 건가요.

— 아침에 깍두기 먹었어? 뭐 그렇게 또박또박 따지고 들어. 하여간 그래. 작대기 하나 없는 맨손으로 막다른 골목 끝에 몰려놓으면 누구건 기적 같은 탈출이나 반격을 꿈꾸는 법이거든. 그런데 제미 씨팔, 내가 선택할 수 있는 상황이라곤 아무 것도 없더라 이거야.

아랫배에 손을 가져가 정성스레 원을 그리며 쓰다듬는다.

— 애를 갖고 자기 뱃속으로 키워낸다는 거. 뭐, 도둑질보다는 훌륭한 일이겠지. 그 정도로 해두자구. 시시콜콜 알아봐야 기분만 더

러워질 테니.

　반복하건대 그즈음 내게 중요한 것은, 내일 모레 쉼을 앞두고 임신을 선택한 그의 상황이나 마찬가지로, 겨울이 오기 전까지 마련해야 할 380만원의 돈이었다. 누구나 꿈꿀 자유는 있는 법이니까.

4

　"깜빡 잊고 있었지 뭐야, 요즘엔 기억력까지 흐릿해져서. 이거 가져가라구."

　"어어."

　"이제 내겐 쓸모가 없는 거거든."

　"……."

　"쓰던 물건 준다고 기분 나쁘게 생각하지 마. 내 생각은 그래. 비싼 돈 주고 산 물건 버리느니 쓸 만한 사람이 가져가는 게 낫지."

　저녁 설거지를 끝내고 마른 속옷과 수건을 개켜 서랍장에 정리하는 일까지 마치고 집을 나서려는데 여름 씨가 종이 박스 하나를 들고 뒤따라왔다. 내용물을 꺼내본즉 여성의 하체를 본뜬 남성용 자위기구였다.

　"뭐야. 이런 거 처음인가 봐?"

　"아니 뭐."

　"그렇구나. 힛."

허여멀건 고무 엉덩이. 부드러운 실리콘 재질이며 성기 삽입 부위만 갈아주면 반영구적으로 쓸 수 있다는. 그나저나 그 물건을 '쓸 만한 사람'으로 나를 점찍은 근거가 뭘까.

"챙겨 가. 이래봬도 50만원 짜리야."

"비싸군요."

"여자 경험 있지? 그렇다면 이게 진짜 못지않다는 걸 금세 깨달을 걸. 안 한다고 앙탈도 안 부리고, 빨리 끝냈다고 툴툴거리지도 않고."

하마터면 양 손에 들려진 종이상자를 바닥에 떨어뜨릴 뻔했다. 제품의 장점을 친절하게 소개해 주던 여름 씨가, 무슨 의미인지, 손을 뻗어 왼쪽 엉덩이를 살짝 꼬집었던 것이다. 깊은 밤. 어둔 방 안. 실리콘 엉덩이. 씨근덕거리는 숨소리. 홀로 고무 엉덩이에 올라타고 용을 써대는 여름 씨의 뒷모습이 날벌레처럼 눈앞에 어룽거렸다.

"실은 이제 이딴 거 쓸 힘도 없고, 집 안에 이런 물건을 두는 게 태교에 좋을 리 없을 거 같아서. 그렇다고 이 물건을 결식아동돕기 바자회에 내놓겠어? 그러니 그렇게 변태 쳐다보듯 하지 마."

대꾸할 말을 찾지 못하고 우물거리는데 여름 씨는 씁쓸하게 중얼거렸다.

"뭐든 정리해야 한다구. 버리지 못하고 여태 끌고 다닌 것들 말야. 나이가 나이인데 그딴 허접쓰레기들이 좀 많겠어. 이제 정리해야지. 그런 때가 왔으니까."

　가을이 오면서 여름 씨는 심각한 우울증에 빠지곤 했다. 해질 무렵 풀벌레 소리. 호르몬 주사로 인해 커져가는 가슴. 얇은 구름 낀 하늘. 막 끓인 김치찌개의 텁텁한 냄새. 시시하게 이어지는 수목드라마 줄거리. 그를 우울하게 만드는 것은 세상 어디에도 존재했다. 여성 월간지에서 임신 우울증이라는 단어를 발견한 것이 그 무렵이다. 그 기사에 따르면 임신을 한 사람이, 물론 거의 대부분 여성의 경우지만, 시도 때도 없이 우울해지거나 신경이 예민해지는 것은 밥 먹고 배부른 만큼이나 당연한 현상이라는 것이다. 더불어 피곤한 사람은 나였다. 나이 든 임산부를 종일 수발하는 일이 얼마나 조심스럽고 까다로운지 아는 사람은 알리라.

　"죽어가는 건가, 내 몸이 내 몸이 아냐. 감각이 없다니까."

　"송 박사님이 오늘 뭐라시던가요?"

　그즈음 여름 씨의 외출은 대단히 번거로운 행사의 하나였다. 눈에 띄게 불러오른 배를 헐렁한 옷 안에 감춰야 했기 때문이다. 달이 차고 여성 호르몬의 투약 기간이 늘어나면서 두드러진 가슴과 배를 더 이상 속일 수 없게 된 요즘은 중부 대학병원의 송 박사가 격주에 한 번씩 집을 찾았다. 따지고 보면 더 편해진 일이건만 송 박사의 왕진은 여름 씨를 한 번 더 우울하게 하는 이유가 되었다. 이게 뭐야. 집구석에서 마냥 돼지새끼처럼 뒹굴면서. 미이라도 아니고.

"아무 이상 없이 무럭무럭 자라고 있으니 걱정 말라는군. 피곤하고 그런 건 임산부 누구나 경험하는 일이라고. 그리고 내가 늙어서 심할 수도 있는 거라고."

"예에."

"제기랄. 요즘은 담배 생각도 전혀 안 나. 끊을려고 해서 그런 게 아니라 아예 맛을 잃어버렸다니까. 그 얘길 했더니 송박사가 뭐라는지 알아?"

"뭐라는데요?"

"대단히 자연적인 반응입니다. 보세요, 모성의 힘이 얼마나 위대한지! 내 드러워서."

"……."

"하지만 제기, 이렇게 꾸물꾸물한 날이면 소주 한 잔 생각은 여전한 걸. 아아, 술 한 잔 못 먹은 게 도대체 얼마나 됐는지 알아?"

"모르죠."

"7개월이야. 프로 축구팀을 창단해 아디다스컵 하나쯤 너끈히 따냈을 세월이라구. 내가 미치지 않게 됐어?"

"참으셔야죠. 태아를 생각해서라도 몇 개월만."

"참아야지. 내가 별 수 있나."

여름 씨는 엄지손톱을 세워 굵은 눈썹을 득득 긁었다.

"애써 날 위로할 필요 없어. 기막힌 대사가 떠오르지 않는다면."

"위로하는 게 아니에요."

"그거나 그거나. 그리고 말야, 죽는 거, 난 그건 두렵지 않아. 그런 걸 두려워하는 바보가 세상에 있을까. 단지 내가 참을 수 없는 건 그렇게 느껴지는 순간이라구. 죽을 것 같은. 그럴 것만 같은 더러운 기분 말이야."

여름 씨는 미친 게 아닐까, 나는 생각한다. 눈에 보이지 않은 소소한 불만들이 불안과 우울을 소리 없이 키우고 그렇게 쌓인 불안과 우울은 사람의 정신을 흐리게 하며 흐린 정신의 소유자는 종종 미쳤다는 소리를 듣게 된다. 새 생명의 출산을 눈앞에 두고서 감히 죽음을 운운하다니. 미친 게 아니라면 혹 그는 미치고 싶은 것일까. 자신을 괴롭혔던 꿈에 대해 여름 씨는 말한 적이 있다. 내가 말야, 뱃속을 찍은 초음파 사진을 보고 있는 거야. 그런데 원래처럼 어둡고 흐릿하지 않고 화창한 날 공원에서 찍은 사진처럼 선명하더군. 물론 꿈이니까 그랬겠지. 자세히 아기 얼굴을 보니까 날 닮긴 닮은 것 같은데, 뱃속에 들어 있는 녀석이 어떻게 돌 지난 아이처럼 크더라구. 탯줄을 밧줄 잡듯 붙들고는 눈을 꿈뻑이는 모습을 보는데 갑자기 숨이 턱 막히는 거야. 몸에 털이 굉장히 많은 놈이었거든. 원숭이 새끼처럼.

"만져볼 테야?"

마룻바닥에 신문지를 깔아놓고 앉아 멸치를 다듬는 내게 여름 씨가 말했다.

"뭘요?"

"배. 한 번 만져봐, 그러고 싶으면."

산모의 배 모양이 길쭉하면 아들이고 동그라면 딸이라던가. 아니, 그 반대라고 했던가. 소파에 기대어 앉아 손바닥으로 배꼽 언저리를 빙글빙글 쓰다듬는 여름 씨는 다행히 평상심을 되찾은 얼굴이다. 나는 열쩍게 웃고 말았다.

"싫어요."

배를 만져보라는 말이, 왜 그랬을까, 뜨거워진 성기를 만져달라는 소리처럼 들렸던 것이다. 은빛 비늘조각 허옇게 달라붙은 멸치 대가리를 엄지손가락으로 후벼 파 잡아 뜯으며 말을 돌렸다.

"뭐 하나만 여쭤봐도 될까요?"

"뭐를?"

"쓸데없는 소리 한다고 뭐라지는 마시구요."

"어서 말해 봐. 쓸데없는 소리 말고."

"저어, 애기 말예요. 뱃속에."

"애가 뭐 어쨌다고."

"궁금해서요. 아빠가 누군지. 아니 참, 엄마가 누군지."

"아아, 난 또."

소파 팔걸이를 내리누르며 여름 씨는 일어섰다. 어슬렁 어슬렁 부엌으로 가서, 물이라도 마실 요량인지 냉장고 문을 연다. 일없이 한 차례 냉장실 안을 살피고는 역시 느릿느릿 거실로 돌아와 창가에 다가선다. 드르륵 창문을 열었다가, 다시 닫는다. 의미 없는 연속 동작 사이에 내 질문의 답은 나오지 않았고, 비로소 나는 깨달았다. 공연한 이야기를 꺼냈다는 것을.

"몰라도 돼."

아니나 다를까, 금세 시무룩해지는 얼굴.

"아니, 나도 잘 몰라. 그런 건 중요하지도 않고."

소파로 돌아와 앉으며 손을 내민다. 몇 개 줘봐. 굵은 멸치 세 마리를 한몫에 털어넣고 질겅질겅 씹으며 웅얼거린다.

"내 뱃속으로 아기를 키우기로 한 거. 무엇 때문이었는지 알아?"

"그거."

짤 텐데. 비리고 짤 텐데.

"여름 씨가 원한 일 아니었나요? 이제 쉰이라고. 남자 나이 쉰에 한 번쯤 임신을 해보는 것도 썩 의미가 없는 일 같지는 않았다고. 나폴레옹이나 징기스칸이 임신했다는 말은 들어보지 못했다고."

"그랬지, 내가 그런 말을 했지. 기억력 좋네."

"그게 아니란 건가요."

"아니긴. 분명히 그런 측면이 있다니까."

"그런 측면이 있다는 건."

"이해하기 쉽지 않을 거야. 특히나 하인 같은 나이엔. 어어, 세상에 온전히 자기 혼자의 의지로 되는 일이 있다고 생각해?"

"잘 모르겠네요."

"언젠가 내 말을 이해할 때가 올 거야. 칼로 두부 자르는 식의 판단만으로 가부간에 결정을 내릴 수 있는 상황이란 세상에 없다는 걸. 매사가 애매하고 애매한 경우투성이지. 그런 걸 문제 삼으려든다면 더욱."

입 안에 것을 꿀꺽 씹어 삼킨 여름 씨가 쩝쩝 입맛을 다셨다.

"에에 참, 그러고 보니 나도 헷갈리네. 내가 선택했던 게 뭔지. 선택에서 제외한 것은 또 뭐였는지. 여태 두 가지를 뒤바꿔서 믿고 있었던 건 아닌지. 미치겠군. 산달은 점점 다가오는데 화투패 물리듯 할 수도 없고."

그는 농담을 하고 있었다. 적어도 자신의 말이 농담처럼 들리길 바라고 있음에 분명했다. 둘 중 어느 편인지는 모르겠지만.

5

여름 씨를 찾는 전화가 걸려온 것은 마침 그가 팩우유와 오이를 사오기 위해 집을 비운 때였다. 아니, 팩우유와 오이는 핑계였다. 거실 유리창으로 쏟아지는 햇살의 찬란함에 오후 내내 피부병 걸린 사람처럼 사지를 뒤틀고 앉았던 그는, 시장에 다녀오겠다는 내 말에 눈을 반짝이기 시작했다. 저어, 뭘 사러 가는지 모르겠지만 내가 대신 가면 안 될까?

─ 여름 씨 계십니까?

수화기 저편의 남자는 대뜸 물었다.

─ 잠깐 나가셨는데요.

─ 나갔다구요?

─ 곧 돌아오실 겁니다. 어디시라고 전해 드릴까요?

사지 멀쩡한 파출부를 놔두고 늙은 임산부가 대신 시장을 보러 갔다는 상황이 어째 미심쩍다는 듯 전화 목소리가 되물었다.

─ 요즘도 외출을 자주 합니까?

─ 아니요. 그럴 형편이 아니거든요, 아실는지 모르겠지만.

─ 그렇겠지요.

─ 곧 돌아오실 겁니다. 멀리 안 나가셨으니까요. 그런데.

─ 우정복지원에서 연락 왔다고 전해주십시오.

철컥.

잠시 후 집에 돌아온 여름 씨의 손에는 할인마트 로고가 찍힌 비닐봉투와 함께 짙은 분홍색 들꽃 한 줌이 쥐어져 있었다. 사람들 시선 들러붙는 거 싫어서 저어기 공사장 뒤편 길로 한 바퀴 돌았거든, 담벼락 밑에 이 녀석들이 한 무더기 피어 있질 않겠어. 분홍바늘꽃이야, 이쁘지? 숨끝 옥죄던 갑갑증을 짧은 외출로 깨끗이 털어버렸는지 장갑과 모자를 벗어던지는 목소리가 썩 밝았다. 부재중에 온 전화에 대해 이야기하기 전까지는 말이다.

"……그래?"

짧은 순간 그의 얼굴이, 돌주먹에 얻어맞은 눈두덩이처럼 딱딱하게 부어오른 것을 나는 보았다.

"뭐라고 했어?"

"계시냐, 안 계시다, 어디 가셨냐, 외출하셨다, 곧 돌아온다, 그럼 연락 부탁한다, 알았다."

"으음."

"전화번호 받아놨거든요. 여기."

"알구 있어."

그걸 착잡한 표정이라고 해야 하나. 충분히 예상은 하고 있었으되 우려했던 바가 현실 되어 찾아올 때 사람들은 그런 표정을 짓기도 한다. 동구 밖까지 찾아온 저승사자의 냄새를 맡은 노인네가 그러듯 말이다. 짧은 외출이 선사한 즐거움은 여름 씨의 얼굴에서 거짓말처럼 사라져 있었다. 암치질 도진 사람처럼 안절부절못하며 거실을 맴돌다가, 전화기 주변에서 또 한참을 머뭇거리다가, 에잉 쩝쩝 입맛을 다시며 수화기를 집어들고는 공연한 잔소리를 내뱉는다.

"밖에 좀 나가봐. 마당 청소는 하는 거야 안 하는 거야? 나뭇잎에 휴지조각 나뒹구는 거에 도대체 사람 사는 집인지."

"알았어요."

"그러구 저기 오이랑 우유 사온 건 비니루 봉다리 속에서 썩혀둘 생각이냐구. 빤히 나만 쳐다보지 말구 가서 일봐."

정원을 손질하고 자주색 보도블록에 비질을 하는 동안 여름 씨는 내내 전화통을 붙들고 있었다. 거실로 통하는 초록색 통유리 창문은 오후 햇살을 분산시키며 삐딱하게 휘어 자라는 목련나무 한 그루를 통째로 반사시켰는데 그 너머, 상체를 볼품없이 웅숭그린 채 전화 통화에 열중인 여름 씨의 모습이 흐리하게 엿보였다. 그날 오후가 저물 때까지 여름 씨는 말 한 마디 하지 않았다. 성사 목전의 혼약을 파토 낸 중신어멈처럼 굳게 입을 닫아걸고 있다가 휘유우, 길고 시커먼 한숨만 서너 차례 뱉어낼 뿐이었다. 그 와중에 가련한 분홍바늘꽃은 다탁 위에서 흉하게 시들어갔다.

"저어, 내일 조금만 일찍 와줬으면 좋겠는데."

"그러죠."

"손님들이 올 거거든. 대여섯 사람 정도."

"손님이라구요?"

"점심을 대접해야 할 거야. 신경 좀 써줘."

다음 날, 아침 일찍 장을 봐왔다. 평소 그 시간대의 모습과는 딴판으로 면도에 샤워까지 마친 여름 씨는 거기에다 깔끔한 실내복까지 찾아 입고 있었다. 그럼에도 얼굴 표정은 뜻밖에 우중충했다. 부지런히 장거리들을 끌러 다듬는 내 등에 대고 시무룩이 중얼거린다. 뭐 그렇게 손 가는 걸 만들려고. 그냥 사라다랑 잡채만 하고, 나머지는 짱깨집에서 시키자구.

열한시에 오기로 한 그들은 정각 오분 전에 초인종을 눌렀다. 다섯 명의 남자. 약속이나 한 듯 고생 많으십니다, 라는 인사로 여름 씨의 손을 두 번 쥐어 흔들고 차례차례 소파에 자리를 잡았다. 새카만 흑발과 강한 눈빛, 180센티미터 가량의 장신에 보기 좋게 벌어진 어깨를 가진 그들은 그 정도 닮은꼴로는 부족한지, 똑같은 코발트색 리바이스 청바지와 똑같은 살구색 반팔 티셔츠 차림이었다. 제주도의 신혼부부들처럼 말이다. 척 보기에도 여름 씨보다 열 살 가량은 아래로 보이는 다섯 남자는 여름 씨를 가운데 두고 대화를, 아니 앉은 순서대로 질문을 시작했다. 로마 공화제를 결의하는 원로회 의원들처럼 심각한 표정의 그들이 돌아가며 던져대는 질문이란 대부분 태아와 임산부(姙産父)의 건강 상태 등에 대한 것이었다. 그들 중 한 명이 검지 손가락을 빳빳이 펴서 여름 씨를 지목했다. 일어나서 제 자리 한 바퀴 돌아보세요. 허리를 숙이고, 그래, 엉덩이는 더 높이 쳐들고, 예, 그렇게. 여름 씨는 망설이는 기색 없이 남자의 손가락 끝을 따라 빙글빙글 제자리 돌기를 시작했다. 빙글빙글 돌아가는 여름 씨의 엉덩이를 노려보는 그들의 눈빛은 소 시장의 경매꾼들처럼 진지했다. 이윽고 음식이 차려지고, 식탁에 둘러앉은 그들은 잘 먹겠습니다 소리도 없이 인상적인 식욕을 과시했다. 음식에 원수진 사람들 같았다. 끊임없이 접시가 비워지고 끊임없이 새 음식이 들어오고 끊임없이 트림이 터져 나오고. 별다른 대화 한 마디 없이 제 앞의 그릇들을 비워대는 그들을 수발하느라 벽에 등지고 서 있을 시간도 없을 정도였다.

6

"우정복지원 사람들이죠?"

리바이스 청바지와 살구색 반팔 티셔츠의 사내들이 한바탕 난리를 일으키고 물러간 집 안. 벽시계 태엽 풀리는 소리가 들릴 정도로 고요하다.

"응."

여름 씨는 정신이 쏙 빠져나간 얼굴이다. 울음을, 혹은 터져나오려는 울화를 애써 참아 누르고 있는 사람 같기도 하다. 뭐 하는 사람들인가요, 여름 씨와는 어떤 관계인가요, 우정복지원이라니 도대체 어딘가요, 고아원 같은 덴가요. 새록새록 움트는 궁금증들을 나는 입 밖에 내지 않았다. 그로 인해 참고 있던 울음이나 울화가 터져나와봐야 득될 것 없었다.

"그 사람들, 앞으로 자주 이 집에 올 거야. 아마 그렇게 될 거야."

"……."

"그런 날이면 오늘처럼 수고 좀 해줘야겠어. 봐서 알겠지만 그렇게 까다로운 사람들은 아니니까. 그저 음식이나 넉넉히 대접해 주면."

슴벅슴벅 눈을 껌뻑이더니 안방 문 손잡이를 잡아 돌리며 웅얼거린다.

"난 좀 누워야겠어. 뒷정리 해놓고 들어가."

"저녁은⋯⋯."

"생각 없어. 신경 쓰지 마."

늙은 나무의 속을 파내고 지은 초록 대문집을 나서는 내 기분은 썩 좋지 않았다. 그 괴상한 작자들을 위해 또 음식을 차려내야 한다니. 자주 그렇게 될 거라니. 늙고 가족 없는 임산부의 거동을 돕기 위해 그 집에 들어간 것이지 전속 요리사로 취직된 것은 아니지 않는가. 젠장, 까라면 까라 이건가. 군대도 안 갔다온 주제에. 여름 씨와의 만남을 처음으로 후회했다. 380만원이 원망스럽고 더디 오는 겨울이 원망스러웠다.

우정복지원 사람들은 얼추 일주일에 한 번꼴로 찾아왔다. 강렬한 눈빛과 잘 발달된 어깨 근육을 가진 그들은 매번 꼭같은 청바지와 면티의 통일된 옷차림으로 보는 눈을 거북하게 만들었으며 한 끼 식사로 여름 씨와 나의 거의 한 달치 부식비를 가볍게 깎아먹곤 했다. 거실에 모여 앉은 그들이 하는 일이란 부품 잃어버린 장난감 다루듯 여름 씨를 가지고 노는 것이었다. 내가 보기엔 그랬다. 미리 준비해 온, 이십여 항목의 질문을 주고받는 것으로 놀이는 시작된다. 눈꺼풀을 까뒤집어 안구를 살피고 치아의 위생 상태와 혓바닥의 선홍도를 점검하고 겨드랑이를 벌려 암내 정도를 체크한다. 무배추 마늘 오이 또는 금속 나무 플라스틱 동물의 가죽을 각각 한쪽 손바닥에 얹고 반대쪽 엄지와 검지 손가락의 쥐는 힘 차이를 파악하는 오링 테스트며 뇌파·혈압 측정과 혈액·소변 검사는 물론 부른 배와 엉덩이, 갈비뼈, 뒤통수를 볼펜 끝으로 통통 두드리는 타진법을 선보이기도 했다. 거칠고 집요한 그들의 손길을 묵묵히 받아들이는 여름 씨는 젊고 잘 생긴 산부인과 의사 앞에서 처음으로 다리를 벌리는 새댁 같았다.

— 여름 씨는 우리에게 대단히 소중한 사람입니다. 그래서 관리가 필요한 겁니다.

거실에서 묵묵히 진행되는 행위에 시선을 빼앗긴 내게 우정복지원의 사람은 말했다. 치약 광고 모델처럼 하얗고 고른 이를 가진 남자였다.

— 관리라구요?

— 아시다시피 그는 나이를 먹었고 또 임신을 했습니다. 물건으로 따지면 매우 상하기 쉬운 상태죠.

— 예에.

— 중요한 것은, 젊은 우리들이 가지지 못한 선택적 신체 특성을 그는 가지고 있다는 점입니다.

— 그게 뭐죠?

— 그걸 아실 이유는 없고, 하여간 그 특성이 훼손되지 않도록 미리 돌보는 것이 바로 여름 씨의 의무이자 우리의 할 일입니다. 말씀

드렸지만 오래된 계란처럼 상하기 쉬운 상태니까.

　— 오래된 계란이라면…….

　— 그러니 하던 일이나 보십시오. 이쪽에 신경 쓰지 말고. 아시겠
습니까.

7

　초봄부터 가득하던 정원의 푸르름은 쌀쌀맞은 가을 햇살에 누렇
게 죽어나고, 여름 씨는 데친 시금치처럼 지쳐갔다. 그는 밥 대신
불안을 먹으며 사는 사람 같았다. 출산 예정 일자를 한 달여 앞둔
산부의 배는 겁 없는 개구리처럼 팽팽하게 부풀어 올랐는데 그럼
에도 몸무게는 채 56킬로그램을 넘지 않았다. 임신 전의 체중을 생
각한다면, 증가하는 태아와 태반과 양수의 무게를 생각한다면 위
험하기 그지없는 수치였다. 갈라터진 뱃살은 유분이 많은 로션을
아무리 바르고 문질러도 좀처럼 아물지 않았으며 얼굴과 손발은
수중 변사체처럼 퉁퉁 부어올랐다. 우정복지원의 사람들은 일주일
에 한 번꼴로 찾아와 그의 건강을 체크했고 수시로 전화를 걸어와
그의 표정을 뻣뻣하게 만들어놓았다.

　매일 아침 열시부터 저녁 일곱시 반까지. 늙은 나무의 속을 파내
고 지은 초록 대문집에서의 생활에 나 또한 지쳐가고 있었다. 내 것
아닌 조리기구로 내 것 아닌 음식을 만들어 내 것 아닌 접시와 그릇

에 담아내고, 내 것 아닌 속옷들을 빨고 널어 말리고 개키고, 휑뎅그레 넓고 여전히 낯설은 정원과 마루와 방 구석구석을 닦고 쓸고 정리하고. 온종일 반찬 냄새 세척제 냄새 땀 냄새에 찌들어 집으로 돌아오면 라면 한 봉지 부수어 먹을 의욕도 생기지 않았다. 좁아터진 자취방에서 누더기 하녀처럼 웅크려 잠이 들었다가 아침이 오면 다시 변함없는 일상을 반복하기 위해 초록 대문을 찾아가는. 달력 몇 장이 뜯겨나갈 동안 내가 해온 것은 실로 그뿐이었다. 참을 수 없이 나를 지치게 만드는 것은 육체적 고단함이 아니라 하루 앞의 희망도 기대도 가질 수 없는 반복성이었다. 한 곳에 오래 머물거나 한 가지 일에 집착하는 인내를 배우지 못한 내게 겨울은 너무도 멀었다. 어쨌거나 그는 집주인이고 나는 출퇴근이 정해진 파출부였다. 그는 스스로의 필요에 의해 스스로 선택된 고용주이고 나는 노동법이 지정한 권리 일체를 소유한 피고용인이었다. 초록 대문 집에서 여름 씨와 나는 그렇게 등을 돌린 각자의 역할 속에 깊어갔다. 요즘 피곤한 것 같은데 기분 어떠세요, 특별히 드시고 싶은 거 있나요? 일요일도 없이 매일 왔다 갔다 하는 거 힘들지 않아? 그따위 말랑한 대화는 할 겨를도 들을 이유도 없었다. 계약적 인간관계. 그 거리를 지탱해 주었던 계약기간이 다행히 만료를 얼마 앞두지 않은 상황이었다. 일괄 지급되는 보수 380만원과 함께.

팽팽히 당겨진 명주실에 손끝을 베듯 여름 씨와 대판 말다툼을 벌이고 말았다. 차가운 가을비가 노랗게 죽은 나무 잎사귀들을 무참히 떨구어내던 점심나절이었다. 그날따라 길게 이어진 우정복지원과의 통화에 여름 씨는 신경이 단단히 날카로워져 있었고, 나는 나대로 보도블록 위에 찰싹 달라붙은 나뭇잎들을 쓸어내느라 허리 뻐근하도록 고생을 한 뒤였다.

"도대체 날 뭘루 생각하는 거야?"

등 뒤에 대고 느닷없이 던지는 말이 심상치 않게 뒤틀려 있다.

"뭐로 생각하다뇨?"

"날 돌고래로 아냐고."

"무슨 말씀이신지."

"이렇게 생각이 없으니. 이번 주 통틀어서 밥상 위에 캔 참치가 몇 번 올라왔는 줄 알고나 있어?"

돌고래가 참치를, 캔 참치를 즐겨 먹는 동물인지는 모른다. 어쨌거나 평소에 없던 반찬 투정이라니.

"월요일 저녁 때 김치찌개 끓이면서 넣은 것 빼곤 오늘이 처음이에요. 캔 참치 잘 드셨잖아요."

"말하는 것 좀 봐, 말하는 것 좀 봐. 잘 먹긴 내가 언제. 올라온 찬이니까 할 수 없이 그랬던 거지. 내가 군말 없이 덥석덥석 받아먹으면 매일 깡통만 따서 밥상 위에 올려놓으려고 했어?"

말도 되지 않는 소리로 언성을 높인다.

"신문도 안 보나. 엊그저께 좆선일보 못 봤어? 참치캔 안에 메틸

수은이 몇 피피엠 들어 있다고 하던 기사 말야. 그래서 임산부는 1주일에 몇 그램 이상 먹으면 안 된다잖아. 내 처지 뻔히 아는 사람이 그런 정도는 미리미리 알아서 조심해 줘야 하는 거 아냐?”

새우나 연어 등이 수중 미생물을 섭취할 때 흡수되는 메틸수은이 태아에게 노출되었을 때 발생할 수 있는 영향에 대해 연구가 진행 중이라는, 뉴스에서 그 비슷한 이야기를 얼핏 들었던 기억이 난다. 여름 씨는 그래서 화가 난 것일까. 뜻밖의 잔소리를 배터지게 얻어먹고 기분이 나빠진 나는, 그래서가 아니라고 생각을 굳혔다. 말하자면 그는 받아놓은 점심상을 등에 업고 시비를 걸고 있는 중이다. 정 걱정이 된다면 젓가락을 대지 않으면 될 일 아닌가. 참치캔이 오른 밥상을 받았다고 모든 임산부가 등뼈 굽은 아이를 낳는 것은 아닐 테니까 말이다. 다른 일로 속이 뒤틀려 있는 것이리라. 그게 나와 관계 없는 일이라면, 나라고 얌전히 잔소리를 받아먹어야 할 이유는 없었다.

“몰랐군요. 죄송해요.”

크흠, 일단 목청부터 가다듬고.

“하지만 그렇게 말하실 것까지는 없잖아요. 돌고래라니. 설마하니 제가 돌고래 먹이 주듯 밥상을 차렸겠어요?”

“아니 뭐야?”

“말씀이 심하다는 거죠.”

“세상에.”

여름 씨는 어이가 없다는 얼굴이다. 지금처럼 또박또박 말대답을 한 적이 여지껏 없었으니. 고개를 숙였다가, 멍히 천정을 올려다보다가, 푸우 한숨을 내쉬고, 다시 고개를 숙였다가. 볼이 퉁퉁 부어 그런 동작을 반복하더니 나직이 묻는다.

"이거 봐, 지금 나한테 시비 거는 거야?"

"누가 할 소린지 모르겠군요. 제가 뭘 그렇게 잘못했나요?"

"몰라서 하는 소리야?"

"참치캔 말인가요?"

"제기랄!"

여름 씨가 벌떡 일어섰다. 그러려고 두 팔을 버르적거렸다. 그러나 한껏 배가 부른 임산부로서는 가능하지 않은 동작이었다.

"도대체 날, 날 뭘로 생각하는 거지?"

"또 돌고래 얘긴가요?"

"처음에 내가 말했잖아. 처음에 말이야."

"말해 보시죠."

"난 외로운 사람이라고. 친구가 필요하고 가족이 필요하다고. 기억 안나?"

"기억하구말구요. 그러니 그렇게 소리치지 마세요."

그런 거구나, 이 남자가 화를 내는 것은. 50년대식 감정 싸움을 하자는 거구나. 여성 호르몬. 임신 우울증.

"내가 분명히 그랬을 거야. 이 집에서의 생활은 얼마든지 자유로

와도 좋다고. 기본적인 것만 지켜준다면.”

“그러셨죠. 그리고 전 나름대로 열심히 했어요. 제가 지키지 못한 게 뭐죠? 참치캔인가요?”

“넌, 너는.”

기도가 막히는지 길게 숨을 들이쉰다.

“나를 조금도 이해하지 않고 있어. 그러려고 한 적조차 없었지. 모를 줄 알아? 네가 나를 꼴 먹는 황소 정도로밖에 생각하지 않는다는 것을.”

“…….”

“모르겠어? 내가 정말 필요했던 것은 조각그림 맞추기나 밥 빨래 해주는 사람이 아니라구. 가족, 그리고 친구 말이야. 한 지붕 아래서 같이 웃고 같이 느끼고 서로를 이해해 주는. 그런데 넌 뭐지? 넌 나를 가족으로도 친구로도 생각하지 않았어. 단 한 번도 말야. 겉으로는 여름 씨 여름 씨 하면서 가까운 척 하지만 속에 들어앉은건 표정 없는 목각인형이지. 모를 것 같아? 넌 요즘 내가 무엇 때문에 불안해하는지, 밤마다 무슨 꿈에 시달리는지 통 관심도 없잖아. 그러니 너랑 같이 있으면 어떤 줄 알아? 난 더 외로워. 더 외로워진다고. 이해할 수 있어?”

“귀에 딱지 앉겠군요. 뭘 그렇게 이해하라는 거지요?”

“나를. 내 상황을. 나란 인간을.”

“당황스럽군요. 정말이지.”

"이거 봐, 이거 봐. 날 조금도 사랑하지 않고 있다니까."

"사랑, 이라구요?"

느닷없이 튀어나온 분홍빛 단어에 나는 움찔하고 말았다. 사랑이
라니, 여름 씨는 미친 게 아닐까. 그때 엉뚱한 장면 하나가 눈앞에
둥실 떠올랐으니 그것은 종이상자 안에 얌전히 들어 있던 실리콘
엉덩이의 둥그런 곡선이었다. 여성 호르몬, 여성 호르몬. 다시금
왼쪽 엉덩이를 은밀하게 꼬집히는 기분이었다.

"그러는 여름 씨는요?"

"뭐야?"

"여름 씨는 그럼 저를 가족이나 친구로 생각한 적이 있나요?"

정말로 내가 참을 수 없는 것은, 격양된 그의 모습에 덩달아 목소
리가 커지는 내 자신이었다.

"천만에요. 여지껏 이 집에서 나란 존재는 그저 계약된 파출부일
뿐이었어요. 그 이상도 그 이하도 아닌. 아니라고 하실지 모르지만
그건 바로 여름 씨가 그어놓은 경계였구요. 제 말 듣고 계신가요?"

"아니……."

"가족, 친구. 솔직히 전 여름 씨가 그런 존재를 원하고 있는지조
차 의심스럽군요. 저랑 있으면 더 외롭다구요? 그건 제가 드리고
싶은 말이라구요."

"정말?"

"정말이죠."

"정말?"

"정말이라니까요."

"정말? 정말? 정말? 정말?"

고장난 로봇처럼 신경질적으로 외치던 여름 씨가 소파에 무너져 내렸다. 소파 팔걸이에 놓여 있던 TV 리모컨이 마루바닥에 탁, 떨어지며 길쭈룸한 건전지를 토해 냈다.

8

"돼지껍데기가 되는 기분 알아?"

"글쎄요."

"먹어본 적은 있어?"

"돼지껍데기라. 기억이 안 나네."

그날 저녁. 여름 씨와 거실 다탁에 소주병을 놓고 마주 앉았다. 어처구니없게도 말이다. 글쎄, 늙은 임산부와 남자 파출부가 서로 간에 쌓였던 앙금을 푸는?

"돼지가 말야. 미련한 사람보고 돼지 같다고 욕은 하지만 우리가 돼지 한 마리를 깡그리 토막쳐서 잡아먹는 거 보면 그런 소리 함부로 못 한다구. 왜 잔칫집에서 돼지머리 누른 거 쓰잖아. 고사 지낼 때는 통째로 삶아내기도 하고. 그것부터 시작해서 갈비살, 목살, 삼겹살에 갈매기살에. 발목은 잘라 족발을 만들고 기름은 모아서

라드유를 만들고 내장은 순대를 만들고 허파에 간에 염통까지 삶
아먹고.”

“그렇네요.”

“그리고도 남는 걸 또 버리지 않아. 돼지껍데기 말야. 주로 암돼
지 뱃가죽에 설탕 간장 양념을 살짝 재우거나 그냥 소금구이로 먹
지.”

“메뉴판에서 본 것 같아요.”

“맛은 그냥 그래. 고기 먹다 질리면 입가심으로 한두 점 정도. 쫀
득쫀득하고 미끌거리고 조금 느끼하고.”

“그런데.”

나는 물었다.

“돼지껍데기가 되는 기분이라니요?”

비는 완전히 그치고, 거실 창밖은 개암나무빛 어둠이 깊이 내려
앉았다. 막차 끊길 시간이 얼마 남지 않았다.

“몰라, 그냥.”

여름 씨의 광대뼈 언저리가 소주 두 잔 반에 성냥대가리처럼 빨
개졌다. 쿠우, 쓰다. 8개월 만에 처음이야. 첫잔을 입에 대며 그렇
게 진저리를 쳤었다.

“괜히 그런 기분이 들어서. 사람이 돼지껍데기가 될 수 있을까.
그렇다면, 그때의 기분이 아마 이렇지 않을까.”

“…….”

"무서워, 산다는 건 알수록 좆같애. 몰라도 마찬가지고."

접시 위의 땅콩을 입 안에 까넣고 아작아작 씹는다.

"뭐 하나 여쭤봐두 되나요."

"뭘?"

"우정복지원 말예요. 도대체 뭐하는 사람들인지."

"그게 궁금했겠지."

술병을 들어 넘실넘실 내 잔을 채워준다.

"그 동안 아무 말 못 해서 미안해. 별로 하고 싶은 이야기도 아니어서."

"이해할 수 있어요. 잘은 모르지만."

"실은 그 사람들, 나를 도와주는 사람들이야. 얼핏 보면 무슨 변태 종교집단의 졸개들 같지만 내겐 더없이 고마운 존재지. 이제 와서는 더더욱 없어서 안 될."

"그랬군요."

"그들을 만난 덕분에 내 생활은 백팔십도로 변해 버렸어. 순식간에, 예전엔 감히 상상도 못했던 방향으로 말이야."

"……."

"평생을 모르고 지내온, 그 존재조차 알 수 없었던 세상에 반짝 눈을 뜨게 됐달까. 이렇게 한두 마디 가지고는 무슨 소린지 모를 거야. 처음엔 나도 그랬으니까."

"그렇다면요."

새로운 세상에 반짝 눈을 뜬 그가 맨 처음 바라본 것은 무엇이었을까.

"왜 그 사람들만 오면 그렇게 인상을 쓰는 거죠? 고마운 사람들이라면서."

히힛. 여름 씨는 심술 풀린 할머니처럼 가늘게 웃었다.

"내가 인상을 썼던가?"

"말이라고 하세요. 뒤통수만 봐도 그 표정이 훤히 드러나던데."

"그래. 그랬을지 몰라. 내 삶을 거짓말처럼 바꾸어놓은 그들이지만, 두렵고 성가신 존재인 건 어쨌건 사실이니까. 나 지금 굉장히 솔직하게 말하는 중이야. 알지?"

"예."

"그저, 지금에 와선 모든 게 그저 덧없다는 생각이 들어. 요즘 들어 그럴 때가 있다구. 이노무 인생이 백팔십도 아니라 천팔백도 바뀌어봤자 어디 가겠냐. 그런 생각이 들고 나면 영 미치겠는 거지."

"……."

"봐. 그러니 내가 돼지껍데기 운운하지 않게 됐냐구."

"이제 그만 하세요. 돼지껍데기 이야기는."

"왜? 그것두 태교에 좋지 않은 말인가?"

빨개진 얼굴이 가라앉으며, 시무룩한 표정이 페인트칠 벗겨지듯 조금씩 드러났다.

"배 한번 만져보겠어?"

“배요?”

있는 대로 불러올라 펑퍼짐한 실내복을 터질 듯 부풀리고 있는 그의 배를 새삼 바라보았다. 그때 벽시계가 열한 번 종을 쳤다. 이 집에 발을 들여놓은 이후로 밤 열한시에 치는 벽시계 소리를 듣기는 처음이었다.

“만져봐.”

여름 씨의 두툼한 손이 머뭇거리는 내 손목을 다정히 잡아끌었다. 팽팽히 긴장한 살갗이, 한 겹 옷감의 까실한 감촉을 타고 손바닥 가득 느껴졌다. 그리고 스멀스멀, 뭐라 표현 못 할 난감하고 아찔한 느낌이 손목을 타오르기 시작한다. 가슴 언저리가 공연히 간질간질. 이제 얼마 남지 않았어. 알지, 내 산달? 겨울이 가까왔다구. 여름 씨는 들리지도 않게 중얼거렸다. 그러니 이제 알게 되겠지. 내가 선택한 게 무엇이었는지. 도대체 뭐가 어떻게 돌아가고 있는 건지.

9

겨울이 채 오기도 전에 여름 씨는 떠났다. 화타약국 골목 안쪽, 늙은 나무의 속을 파내고 지은 초록 대문집과 그곳에서의 시간들을 남겨두고, 그러리라 예고 한 마디 없이. 하늘은 잿빛이고 코끝 싸한 공기가 예전 같지 않던 초겨울 아침, 여름 씨는 장롱 앞에 불편하게 주저앉아 옷가지를 챙기고 있었다.

"좋은 아침이네요, 저 왔어요."

그의 얼굴이 잘 마른 세수 수건처럼 푸석했다. 무슨 일인가 있다는 것을, 좋지 못한 무엇인가 집 앞 골목까지 와서 서성이고 있다는 사실을 나는 직감할 수 있었다.

"때가 됐어."

"예?"

내가 되물었다.

"무슨 말씀이신지."

불편한 몸을 천천히 일으켰다. 어그적 어그적 안방을 나와 소파에 주저앉는다.

"나도 몰랐어. 아침에 눈을 뜰 때만 해도 말이야. 하긴 갈 때와 갈 데를 정확하게 알고 가는 사람은 없지. 천하의 박정희도 그랬으니."

"갈 때? 갈 데?"

"이상하게 쳐다보지 마. 변소 가는 척 술값 안 내고 도망간다는 게 아니니까. 세상 누구에게나 대문을 나서야 하는 날이 찾아오는 법 아냐?"

"아침부터 박수무당 같은 소리만 하시는군요. 도대체 어딜 가신다구요?"

그대로 소파에 파묻혀 녹아내릴 것만 같은 얼굴.

"우정복지원에서 사람들이 올 거야. 바로 오늘."

"……."

"모르지. 지금 문 앞에 와서 막 초인종을 누르려는 순간인지도. 그러나 음식을 준비할 필요는 없어. 금방 갈 거니까. 나를 데리고 말야."

"여름 씨를 데리고 간다구요? 왜요?"

"애를 낳아야 하니까. 예정일이 얼마 안 남았잖아."

"예정일이라, 그야 그렇죠. 하지만 날짜가 아직."

"두렵지 않다는 거짓말은 하지 않겠어. 하지만 걱정 마. 어쨌거나 그들은 나를 위해 일하는 사람들이야. 빈틈없이 짜여진 프로그램에 따라 연필심만한 오차도 없이 정확하게 움직이는. 그들이 나를 데리러 온다는 것은, 이제 그 프로그램이 본격적으로 가동되었다는 의미거든. 그러니 걱정할 필요가 뭐야."

"프로그램이라."

"임산부를 안전하고 효과적으로 다루는 방법을 그들은 잘 알고 있어. 말하자면 전문가들이라구. 그 정도만 알아둬."

"뭐야, 그럼 뭐야."

나는 애매하게 되물었다.

"애를 낳기 위해 대문을 나설 때가 되었다, 결국 그런 얘기인가요? 산란철의 연어처럼?"

"그런 셈이지. 연어라, 정말 좋은 표현이네."

살구색 티셔츠와 유행 지난 디스코 청바지 차림의 남자들이 들이 닥친 것은 오전 열한시가 채 되지 않아서였다. 체포영장을 입에 문 형사처럼 거침없이 현관문을 밀어제낀 그들은 구두도 벗지 않은 채 뚜벅뚜벅 마룻바닥에 올라서 나를 질겁하게 했다.

"이거 봐요. 지금 이삿짐 나르러 왔습니까?"

굵은 눈썹에 고르고 하얀 치아를 가진, 포르노 배우처럼 생긴 남 자가 아무렇지도 않은 얼굴로 대꾸했다.

"주인이 집을 비우니 이사하는 거나 마찬가지지. 댁도 인연 끝난 집 마룻바닥에 걸레질을 하지는 않을 거 아뇨."

말문이 막혔다. 하긴, 늙은 나무 껍데기에 통째로 불을 지르건 초록 대문을 뜯어내건 배부른 여름 씨를 멸치배에 팔아먹건 그건 내 권한 밖의 일이었다. 따지고 보면 그렇지 않은가. 길고 긴 여름 한 철과 가을을 함께 보내었지만 여름 씨와 그 집에 대한 내 존재 의 희미함이란. 여름 씨가 곧바로 들것에 실려 현관을 나섰다. 대 문 밖에는 두 대의 승용차와 간단한 인명 구급장비를 갖춘 승합차 한 대가 아가리를 쩍 벌리고 대기 중이었다. 우정복지원 남자들의 건장한 체구 사이를 비집고 여름 씨가 내민 손을 잡아 쥐기는 수월 한 일이 아니었다.

— 알고 있었나요?

갑자기 목이 잠겨왔다.

— 이렇게 떠나게 될 줄, 처음부터 알고 있었던 거죠?

— 걱정 마. 걱정 말아.

여름 씨는 눈을 감았다. 숨쉬기를 잊은 사람처럼 편안한 얼굴.

— 구원이, 필요했던 거야.

— 구원이라구요.

— 다른 욕심은 없었어. 맹세코.

— 다시…… 볼 수 있는 건가요.

— 물론이지. 날 찾아와준다면.

— 그럴게요. 어디로 가면 되죠.

그러자 여름 씨가 뭐라 입술을 달싹거렸는데 나는 그 대답을 들을 수 없었다. 힘 좋은 사내들에게 억세게 팔목을 붙들려 서너 발짝을 뒷걸음질 쳐야 했던 것이다. 잠깐만요, 그렇게 내뱉으며 팔을 뿌리치는 짧은 순간 내 시야가 그들의 뒷모습에 가로막히고, 승합차는 여름 씨를 집어삼키고, 쾅, 뒷문이 닫혔다. 짙은 선팅에 가로막힌 차창 안으로는 아무것도 보이지 않았다. 부릉. 엔진 좋은 시동음을 남기며 골목 끝으로 차가 사라졌다.

"어디로 가는 겁니까?"

뒤에 남은, 하얗고 고른 치아의 남자에게 나는 따졌다.

"조금 심하군요. 멀쩡한 대낮에 사람을 납치해 가도 유분수지."

열이 오른 김에 겁도 없이 씩씩거렸다.

"대답해 보세요. 우정복지원이란 데로 가는 겁니까?"

등을 보인 채 내 말을 들어주던 남자가 철컥, 운전석 문을 열었다.

"돌아가시오, 당신 집으로. 이제 다 끝났으니."

10

　첫눈 내리고 찬바람 불고 폭설이 숨죽은 이불솜처럼 도로턱에 쌓이고 녹은 눈은 아스팔트길을 빙판으로 만들고 크리스마스 캐럴이 홍등가 불빛처럼 반짝여도 나는 불행하지 않았다. 380만원은, 비록 손에 쥐어지기 전부터 쓸모가 정해진 돈이었지만 추워도 우울하지 않은 겨울을 보낼 수 있다는 것은 보송보송한 오리가슴털이 잔뜩 들어 있는 스키 점퍼 이상으로 중요한 문제였다. 매일 아침 출근할 곳이 없어진 내 일상은 전해질 성분이 떨어진 건전지처럼 게을러갔다. 그간 한 명의 여자와 헤어지고 새로운 여자를 만났으며, 21년 전 거식증으로 세상을 떠난 아일랜드 출신 여가수의 노래 〈월요일에는 늘 비가 내리지〉를 이어폰으로 줄창 반복해서 들으며 거리를 쏘다녔다. 비는 오지 않고 봄은 멀리 있었다. 새로운 계절이 오면 아마도 거리마다 무가로 배포되는 지역 정보지를 종류별로 모으게 되리라. 구인란에 남성 파출부 자리가 올라와 있다면 지난 초여름처럼 아무런 갈등 없이 전화를 걸 수 있을지, 아직은 모를 일이다.

양변기에 황갈색 잉어 한 마리가 미끄러지듯 헤엄치고 있다. 화장실은 경복궁 앞뜰 뺨치게 넓었는데, 변기가 워낙 높은 곳에 있어서 거기까지 올라가기가 여간 힘들지 않았다. 힘들게 힘들게 변기에 올라앉아 헥헥 가쁜 숨을 몰아쉬며 삐질삐질 땀을 흘리며 똥을 누고 똥을 누고 힘차게 똥을 눈 뒤 배수 꼭지를 찾던 나는 깜짝 놀랐다. 넓은 양변기 속에 어여쁜 잉어 한 마리가 푸른 물살을 가르며 노닐고 있다. 농구선수 허벅지만큼이나 실한 놈이었다. 잉어는 과연 사람의 얼굴을 많이 닮았구나. 표정 선명한 눈매하며 수염이 길게 늘어진 잉어 대가리를 한참 내려다보다가 잠에서 깨었다. 태몽이었다. 이부자리에 누워 황당하기 이를 데 없는 꿈자락을 뒤적거리던 나는 여름 씨를 떠올렸다. 늙은 나무의 속을 파내고 지은 초록 대문집과 영영 작별을 한 지도 어느덧 두 달이 넘어섰다. 그 무렵 예정일이 멀지 않은 때였으니 애를 낳아도 한참은 전에 낳았으리라. 필경 제왕절개를 했겠지. 요즘 기술에 그 정도야 수술도 아니라지만, 산부(産夫)와 아기 모두 건강할까. 아들일까 딸일까. 쌍둥이는 아닐까. 아기를 받아 안은 그의 표정은 어땠을까. 산후조리는 누구에게서 어떤 식으로 받고 있을까. 탯줄은 누가 잘랐을까. 제대혈 조혈모세포는 보관해 두었을까. 여름 씨의, 다분히 50년대식 얼굴과 체구과 목소리를, 그와의 짧았던 여름 한 철을, 당근 주스와 참치캔과 거실 창밖으로 펼쳐지던 정원 풍경과 실리콘 자위 기구를 멍하게 추억하던 나는 문득 놀라지 않을 수 없었다. 초록 대문을 벗어남과 동시에 나와 전혀 무관한 것이 되리라 믿었던, 그렇게 잊어왔던 소소한 기억들이 아침 밥상처럼 훤히 떠오르는 의외의 상황에 대해서.

우정복지원으로 가는 길은 춥고 낯설었다. 검은 눈썹과 희고 고른 치열을 가진 우정복지원의 포르노 배우가 준 명함 한 장에 의지해 시외버스에서 내려 택시를 잡았다. 경기도와 충청북도의 경계어름에 위치한, 낯 설은 이름의 마을이었다. 먹회색 하늘을 쩡쩡 울리며 얼음조각 같은 바람이 거침없이 언 뺨을 할퀴었다. 덜컹거리는 시골길로 깊이 깊이 들어가던 택시가 조붓한 들판 기슭에 멈춰섰다. 요기 어딘가본데 더는 못 들어가요. 3천원 더 주세요. 거기서도 한참을 걸어, 옥수수 대궁이 꽁꽁 얼어붙은 밭자리를 지나 흑염소 농장을 지나 야트막한 산길 초입을 십여 분 걸어 올라가자 길게 이어지던 철망 울타리를 터놓은 복지원 출입구가 보였다.
"어떻게 오셨습니까."
"여름 씨라는 분을 찾아왔습니다."
"여름?"
안내소에 앉은 경비원 복장의 남자는 석연치 않은 표정이다. 조그만 창문을 드르륵, 열더니 그 사이로 얼굴을 디밀어 다시 묻는다.

“어느 부서인데요?”

“어어, 여기 근무하는 분은 아닌데요.”

“아니라구요?”

“그렇습니다. 하지만 여기 계실 겁니다. 확실히는 모르겠지만.”

“……예?”

“얼마 전까지는 분명히 여기에 계셨지요. 게다가 그분 근황을 알 만한 사람이, 잘은 모르겠지만, 이곳에서 계실 것 같아서요. 그래서.”

“어어.”

치켜뜬 눈을 서너 번 깜빡이던 경비원이 조심히 되물었다.

“도대체 누굴 찾아오신 겁니까?”

서너 평 남짓한 면회소는 연탄난로가 벌겋게 달아올라 있음에도 썰렁하기 그지없다. 하얀 페인트를 바른 벽은 시멘트 블록을 쌓아 올린 흔적이 울퉁불퉁 드러나 있고 탁자 위 화병의 조화 다발은 말라죽은 꽃처럼 푸석해 보였다. 면회소로 나를 찾아온 인물은 여름 씨가 아니었다.

“하인이라는 분인가요?”

“예. 접니다.”

얼른 일어섰다.

“한때는 진짜로 하인 노릇을 했었죠. 지난 여름에.”

“그러시군요.”

고동색 투피스를 입은, 하얗고 무표정한 얼굴의 여자였다. 오시느라 고생하셨겠네요, 그렇게 입술을 달싹이더니 그림자처럼 내 앞자리에 앉는다. 여자의 고동색 투피스로부터 나는 어떠한 종류의 친숙함을 냄새 맡았다. 지난 여름. 늙은 나무의 속을 파내고 지은 초록 대문집을 무시로 드나들던, 청바지와 살구색 티셔츠로 착실하게 통일된 복장의 남자들에게서 풍기던 그 느낌.

“죄송해서 어쩌죠. 여름 씨는 이곳에 없습니다.”

“그렇군요.”

맥이 풀렸다. 크게 기대했던 바는 아니지만.

“제가 여름 씨를 담당했던 사람입니다. 오셨다는 소식을 듣고, 그래서 대신 나왔습니다.”

“담당자라. 그러시군요. 처음 뵙겠습니다.”

잘 짜여진 프로그램. 연필심만한 오차도 없이 정확하게 움직이는 전문가들. 여름 씨는 그렇게 말했다. 그런데 담당자라면?

“어떻게 지내시는지 궁금해서요. 연락도 안 되고. 여름 씨와 한때 꽤 가까이 지냈거든요. 물론 계약에 의한 관계였지만.”

“알고 있습니다.”

“그런데 어떻게 하다 보니 여태 안부 전화 한 통도 못 해서. 한 번 찾아가보겠다고 약속한 것도 까맣게 잊고 있었고. 제가 천성이 매정해서가 아니라 좀 정신이 없이 사는 편이라서요. 출산은 순조로

웠는지…….”

50년대 남성의 임신과 출산에 대해 처음 보는 여자에게 말을 건네야 하는 상황이, 야비하기 그지없는 농담을 던질 때처럼 열쩍었다.

“예쁜 공주님이 태어났죠.”

여자가 소리 없이 웃었다.

“보세요.”

5×7 사이즈 컬러 사진 한 장. 분홍색 강보에 갓난아이가 둘둘 싸여 있다. 아직 눈을 뜨지 못한, 작고 납작하고 검붉은 얼굴. 오므린 입술이 새끼손톱만하다. 생후 3일째에 찍은 거예요, 예쁘죠? 여자가 물었지만 나는 대답할 기회를 놓쳤다. 사진 속 조그마한 생명에 온통 신경을 빼앗기고 말았던 것이다. 여름 씨의 딸이라. 길고 지리한 여름 한 철과 짧은 가을 내내 여름 씨의 뱃속에 들어앉아, 내가 줄창 차려낸 하루 세 끼 식사를 나누어 먹었던?

“이 사진. 제가 가져가도 될까요?”

여자는 고개를 끄덕였다.

“고맙습니다. 잘 간직할게요.”

“고맙긴요. 많은 도움을 주신 걸로 아는데 그 정도야. 아, 커피 한잔 하실래요?”

자판기로 다가간 여자가 단내 나는 커피 두 잔을 뽑아들고 왔다. 고맙습니다. 오전 내내 빈 속에 뜨끈한 커피를 흘려 넣는다. 시외버스에 택시에 산길까지 쫓아온 긴장감이 다소 눅눅해진다. 홀짝

홀짝 커피를 비운 여자가 빈 잔을 꼬깃꼬깃 우그러뜨려 제 형태를 없애더니, 자판기 옆 휴지통에 길게 던져 넣는다. 포물선을 그린 종이컵 뭉치가 쓰레기통 속에 정확히 들어갔다.

"여름 씨는 숭고한 일을 하신 겁니다."

무슨 소린지, 당연히 나는 알아들을 수 없었다.

"아이를 낳은 것 말씀이신가요?"

"그렇지요. 예쁜 딸아이를. 그것도 노년기에 접어든 남성으로서."

"예에."

"그것뿐 아닙니다."

"그럼 또 뭐가."

"자기를 나누어준다는 것. 인간이 가질 수 있는 가장 값지고 숭고한 정신이죠. 세계 전쟁사의 이름난 용장들이 남의 피로서 얻은 명예 이상으로."

"자기를 나누어준다구요?"

"예."

"무얼…… 나누어준다는 말입니까?"

"생명을, 존재를, 육신을. 그 모두를."

여자의 눈빛이 귀신 들린 흑마술사처럼 야릇하다는 사실을, 그제서야 나는 깨달았다. 흑마술사, 흑마술사. 도대체 이 여자는 누구일까. 슬그머니 자리에서 일어섰다.

"가시려구요?"

"어, 예."

"다시 먼 걸음을 하셔야겠군요. 어쩌나."

무의식중에 뒷걸음질을 치고 있었던 것일까. 여자가 내 앞으로 다가왔다. 하얀 봉투를 내민다.

"받으세요. 여름 씨가 드리는 편지입니다."

"편지요?"

"하인이라는 분이 혹시 찾아오면 대신 전해 달라고 하셨어요. 안 오면, 당연한 얘기지만, 알아서 적당히 소각해 버리라고."

"아."

"그래서 제가, 그러지 말고 편지를 부치는 게 어떠냐고 했죠. 그럴 것까지는 없다더군요. 오지 않으면 읽을 필요도 없는 내용이라고."

"……."

"이렇게 전해 드리게 되어 다행입니다. 오셨다는 소식을 듣고, 그래서 얼마나 기뻤던지."

문구점에서 흔히 볼 수 있는, 아무 장식 없는 흰 바탕에 우편번호 빈 칸이 연한 적색으로 프린트된 규격봉투. 얄팍한 질감이 순간 손바닥 위에 거북스러운 이물감을 전달한다.

"이런 충고를 드릴 입장은 아니지만."

여자가 나직이 말했다.

"저 같으면 집에 돌아가서 혼자 조용히 봉투를 뜯어보겠어요."

12

여름 씨는 세상에 없었다. 끝내 그를 만나거나 연락처를 알아내지 못한 것은 그 때문이었다. 더욱 섭섭한 것은 죽어 땅 속에 묻힌 것이 아니므로, 화장되어 뼛가루로 뿌려진 것도 아니므로, 무덤자리를 찾아가 소주 한 잔 따라 올릴 기회조차 가지지 못했던 점이었다. 그는 세상에 없었지만 세상 어디에나 살고 있었다. 여자의 말대로라면 말이다. 신장, 간, 대장, 췌장, 심장, 폐, 각막, 골수, 뼈, 인대, 연골, 심장판막, 구강조직, 피부, 피하지방 등의 장기로 분류됨으로써. 그리고 그 장기들을 필요로 하는 사람들에게 기증됨으로써. 계약적 인간관계. 50년대식 낡은 장기를 가진 사람과, 그 같은 선택적 특성에 부합하는 장기가 필요한 50년대 사람들 사이에 존재했던 우정복지원과의 계약 역시 그로써 완벽하게 성사된 셈이었다. 여름 씨의 숭고한 정신으로 생후 1개월에 접어드는 그의 딸아이는 비교적 여유로운 미래를 보장받게 되었다. 그 또한 여지껏 모아왔던 세상의 빚으로부터 자유로워질 수 있었다. 여자의 설명을 들으며 나는 염낭거미라는 이름의 곤충을 기억해 냈다. 염낭거미.

면회실을 나와 바람 드센 산길을 총총히 내려오는 머릿속은 콩자

루처럼 북적거렸다. 이것이었던가, 순식간에 백팔십도 변하게 되었다는 생활이란. 평생을 그 존재조차 감히 상상할 수 없었던 새로운 세상에의 눈뜸이란, 바로 이것이었던가. 춥고 낯설은 길을 거슬러 돌아오는 구차한 시간 내내 염낭거미는 불쾌하기 그지없는 연상 작용으로 나를 곤혹스럽게 만들었다. 염낭거미, 마른 갈대 잎에 알을 낳고, 부화된 새끼들에게 자신의 몸조각을 뜯어 먹히는. 그리하여 흔적조차 없는 최후를 맞이하는. 그렇다면 여름 씨가 필요했다는 구원이란, 돼지껍데기?

13

다행히 이 글을 보고 있군. 미래의 지금이 언제쯤일지 모르겠지만, 하여간 고마워. 잊지 않고 날 찾아줘서. 실은 반신반의했거든. 지금 이 글을 쓰면서도 머릿속은 두 가지 가능성이 뒤엉켜 이만저만 복잡한 게 아냐. 하인이 언젠가는 이 편지를 보게 될까. 아니. 아무에게도 읽히지 않고 불태워질 편지를 지금 쓰고 있는 것은 아닐까.

모레 아침으로 날짜가 잡혔어. 수술대에 누워 전신마취를 받고, 까무룩 잠에 빠져들고, 그리고 나는 사라지겠지. 실감이 안 나. 내가 지금 두려워하고 있는 건지 기대감으로 들떠 있는 건지조차 말이야. 제기랄. 죽을 것만 같은 기분이란 바로 이런 거였군.

솔직히 말하는 건데, 아직도 나 잘 모르겠어. 내 선택이란 무엇이고 선택에서 제외한 것은 또 무엇이었을까. 그러고 보면 숨 떨어질 때까지 그걸 알 일은 없을 것 같군. 그 이후도 마찬가지겠지만.

참, 이 편지 전해 준 여자 어때? 예쁘던가? 눈치를 챘는지 모르겠군. 그래, 그 여자야. 애기 엄마. 나에게 수정란을 준. 나도 여기 와서야 처음 만났다구.

이제 죽었다 깨어나도 하인을 만날 일은 없을 테지. 하인과 같이 보냈던 지난 몇 개월이 정말 그리워. 잊지 못할 거야.

열심히 살아. 이제 그만 쓸게.

14

편지 때문이다. 아마 그럴 것이다. 흔들리는 차 안에서 조그맣게 흘려 쓴 볼펜 글씨를 거푸 읽은 탓이리라. 귓속의 자율신경이 균형 감각을 놓치며 소뇌와 대뇌로 전달되는 정보체제에 혼란을 일으키고, 그리하여 근육과 소화기 계통이 통제력을 상실하고 말았으리라. 처음엔 머리가 약간 어지러운 정도였다. 그런데 편지를 집어넣고 나서도 멀미는 점점 심해졌다. 메스껍고 어깨에 힘이 빠지고 손바닥에는 끈적한 땀이 배었다. 하여 술 잘못 마신 날 아침처럼 속이 몹시도 울렁거려 참을 수가 없었고, 급기야 서울 톨게이트에 들어설 무렵 버스 바닥에 걸판지게 구토를 하고 말았다. 자판기 커피 색깔을 닮은 멀건 액체였다. 웨엑 웩 속엣것을 게워내기 시작했을 때

옆자리의 파마머리 아주머니가 짧은 비명을 지르며 물러섰고 운전 기사는 갓길에 차까지 세워가며 신경질을 터뜨렸다.

"에에, 그 아저씨 참. 내릴 때 다 돼서 오바이트를 하면 어쩌자구?"

눈물 그렁그렁한 시선에 차창 밖 풍경이 뿌옇게 들어왔다. 날씨는 화창했지만 몹시도 구역질나는 오후였다. 술이라도 마셨다면, 그게 깨어가는 증거인지 취해 가는 증거인지 도통 알지 못할 노릇이었다.

차이와 반복, 요컨대 TV적인 것과
리모컨적인 것이란

차이와 반복, 요컨대 TV적인 것과
리모컨적인 것이란

"도대체 어디 간 거야."

"발이 달린 것도 아니고. 날개나 바퀴가 붙어 있는 것도 아니고."

"발 달리고 날개 달린 물건만 없어지나."

"잘 찾아봐. 믿음을 가지고."

"무슨 믿음."

"없을 리가 없다는 믿음."

문제가 생긴 것은 주와 함께 골프를 친 이가 숙소로 돌아온 직후다. 아니다. 정작 문제랄 만한 사건은 필경 그 이전에 발생했다. H 리조트. 그 안에 먹고 자고 놀고 쉬고 돈 쓰고 세월 보낼, 이를테면 스키장에 나인 홀 골프 코스에 실내 수영장 경비행장 열기구 체험장 인라인 스케이트장 볼링장 전자오락실을 비롯해 24시간 문을 닫지 않는 편의점과 노천카페 스카이라운지 식당 주점 전통 찻집 따위 시설이 변두리 도시의 교회 십자가들처럼 가득 차서 넘치는. 이와 차, 정과 주. 넷이 방 두 개짜리 23평형 콘도 6103호에 여장을 푼 것은 어제 늦은 오후다. 어영부영 흘러간 2박 3일 여행의 마지막 저녁나절. 샤워 마친 이가 젖은 머리칼을 털며 나왔고 정과 차가 따라 일어섰다. 리조트 밖으로 나가 저녁을 먹을 참이다. TV 속 빨간 장갑을 낀 여자가 꼿꼿이 허리를 펴고 걷는다. 핸드백에서 뭔가를 꺼내 들며 만족스럽기 그지없는 미소. 신용 카드 CF를 1.8초가량 지켜보던 차는 생각지 못했던 난감함에 물큰 빠져든다. TV를 끄려는데, 그러려고 하는데, 그럴 수가 없다. 어디 갔지? 없다. 손 가고 눈 가는 어디에도 보이지 않는다. 일련의 상황이 차를 심히 난감하게 만들었다.

"리모컨 본 사람 있어?"

물론 몇 걸음만 움직이면 TV에로 다가가 어렵지 않게 전원 버튼을 누를 수 있었지만 말이다.

"리모컨이라니."

"TV 리모컨 말야?"

현관에 선 정과 이는 조금 귀찮은 얼굴이다.

"그럼 냉장고 리모컨이겠어."

사건 혹은 문제의 시작이 그 시점이었다는 단정은 어쩌면 옳지 않을지 모른다.

"그게 어디 갔는데."

이, 짜증이 울컥 넘어오는 얼굴, 누군가 6층 베란다 아래로 리모 컨 집어 던지는 장면을 목격한 사람처럼.

"몰라."

"모르다니. 없어졌다고?"

"모르겠다고. 없어진 건지 사라진 건지. 누가 배가 고파서 먹어 치웠는지."

"도대체 무슨 개 뼉다구 같은 소리야. 멀쩡한 리모컨이 갑자기 왜."

"나한테 따지지 마. 내가 리모컨을 지키는 사람이야?"

"너야말로 그렇게 말하지 마. 꼭 카인처럼."

아니, 제가 아우를 지키는 사람입니까? 왜냐하면 리모컨이란— 특히 TV를 앞에 두고 벌렁 드러누운 사람에게는—그 이상을 생각 할 수 없는 안락과 자유의 상징이자 실체니까. 하여 별다른 이유 없 이 다만 그 안락과 자유를 지속적으로 확인하고자 공중파와 유선 방송 포함한 채널 수십 군데를 이리저리 돌려 보는 버릇까지 선사 하곤 하는. 그토록 견고한 안락과 자유를 신뢰하는 세상 모든 사람 들에게 한편 리모컨은 뜻밖에 위협적인 불안과 불편의 원인체가 되기도 하는 법으로, 아까의 경우가 그랬다. 2시에서 3시 사이. 누 구는 지하 라운지의 PC방에 가고 누구는 방에 들어가 노곤한 낮잠에 빠져 있던. 소파에 늘어진 차는 깡통 맥주를 홀짝거리며 TV를 보는 중이었다. 갑자기 채널을 돌리고 싶어졌다. 갑자기는 아니다. 일없이 한 번씩, 이를테면 국가 대표 축구 경기가 생중계되지 않는 이상, 채널을 이리저리 돌려 보고 싶어지는, 말했듯 그건 TV 앞에 벌렁 드러누운 이들 대부분에게 운명처럼 짐 지워진 버릇의 한 가지니까. 차 역시 그렇게 소파에 파묻혀 맥주를 마시며 땅콩 조각 박힌 과자를 씹으며 최소한 열세 번 이상은 무심코 채널을 돌려 댔으니까. 그런데 리모컨이 보이지 않는다. 맥주 깡통과 신문과 과자 봉지가 어질러진 테이블. 주황색 천으로 누빈 1+3인용 소파 위. 마룻바닥. 없다. 이게 어디 갔지. 손 가고 눈 가는 어디에도 리모컨이 보이지 않는다는, 그런 깨달음은 차를 원치 않던 불편과 불안 속에 빠뜨렸다. 3회 초 원 아웃 2루 주자가 나간 봉황대기 고교 야구 16강 경기가, 그저 그런 흥미 속에 무심히 지켜보던 중계방송이, 별안간 꼴도 보기 싫어진다. 잠시 할 일을 잊고 눈만 깜박이던 차는, 놀랍게도, 그 포근하던 소파 등받이에서 냉큼 상체를 일으켰다. TV 앞으로 다가갔다. 고이 무릎을 꿇었다. 손을 뻗었다. 브라운관 아래 채널 조정 버튼을 꾹꾹 눌렀다. 이상하네, 애가 어디 갔어, 중얼거렸지만 그다지 구체적이거나 집요한 종류는 아니었다.

"찾아보자. 어디 있겠지."

정이 운동화를 벗어 던지며 마루에 올라섰다. 방 두 개짜리 23평형 콘도엔 화장실이 하나요 거실엔 소파와 나무 탁자, 좁은 부엌엔

4인용 식탁이 있고 그로부터 마루를 가로질러 통창이 난 베란다까
지. 실내는 뻔하다. 두 번 세 번 둘러볼 건덕지도 없다. 소파 쿠션을
들추고 서랍들을 일일이 열어 본다. 장식장을 통째로 들어 옮겨 뽀
얗게 먼지 내려앉은 마룻바닥을 살핀다. 커튼 자락을 들추고 방 안
과 화장실 구석구석을 기웃거린다.

"헤헤, 여기 있네."

작은 탄성. 누군가의 손에 들린, 검고 길둥그런 물건.

"찾았어?"

"저기, 이불 밑에 들어가 있더라고."

"그럼 그렇지. 제 놈이 도망을 쳐봐야."

목소리들이, 표정들이, 이내 밝아진다.

"누가 그걸 거기 쑤셔 넣었나 그래? 이불 속에 TV가 있는 것도 아
니고."

"그러게."

"아이고 배고프다. 밥 먹으러 가자. 리모컨 거기 잘 놔둬."

일인즉 그렇게 전개되어야 마땅할 노릇이다. 당연히 말이다. 실
상은 그렇지 못했다. 리모컨은 좀처럼 나타나지 않았다. 이상하게
말하자면 '점점 더 보이지 않'았다. 냉장고를 열어 보고 싱크대 아
래 포개진 냄비들을 뒤적인다. 거기 그런 물건이 있으리란 기대를
가질 새도 없이 텅 빈 전기밥통 속을 살피고 양변기 저수조를 들여
다본다. 현관의 전원 차단기 뚜껑을 열어 보고 묶어 놓은 음식물 쓰

레기봉투 속을 뒤적인다. 거기서 리모컨이 발견된다면 누군가 깜
찍하지 못한 장난을 친 것이라고 결론 내리지 않을 수 없는 기상천
외의 구석들까지.

"도대체 어디로 사라진 거야."

"금반지도 아니고 돈지갑도 아니고, 어느 정신 빠진 도둑님이 국
끓여 먹으려고 훔쳐 갔나."

8시가 가까워 오고 있다. 객실 구석을 어슬렁거리는 얼굴들 위에
어둑한 기색이 한 켜 두 켜 내려앉는다. 왜냐하면 23평형 콘도 객실
이란, 리모컨 아닌 무엇이라 해도, 세 명의 눈 밝고 사지 멀쩡한 사
람들이 한 시간 가까이 그것을 찾아 헤매기엔 턱없이 비좁은 장소
였다. 베란다 쪽으로 창이 난 큰방과 현관 쪽의 작은방. 양변기와
세면대와 샤워 시설이 있는 화장실. 큰방보다도 좁은 마루와 그보
다 좁은 부엌. 베란다. 현관. 그리고 또 어디? 이제 세 사람은 그놈
의 리모컨이 어디 있을까 어느 구석에 꼭꼭 숨어 있을까, 보다는 여
태 자신들이 들쑤시지 않았던 새로운 장소가 어딜까, 가 더 궁금해
진다. 이를테면 전기밥통이나 양변기 저수조를, 아무리 감쪽같이
사라진 물건을 찾는 중이라지만, 두 번 세 번 열어 살필 수는 없는
노릇이니까. 그리고 그것은 종적 없이 사라진 리모컨을 찾는 만큼
이나 쉽지 않은 일이었다. 지치고 다리 아프고 짜증이 난다. 무엇
보다 배가 고팠다.

"없나 봐."

차가 시무룩이 중얼거렸다.

"뭐야?"

"없는 것 같아."

"어째서 그렇게 단언하는 거지?"

"뻔하잖아."

"뭐가 뻔한데."

"쓰레기통도 뒤지고 두꺼비집까지 열어 봤어. 소파 쿠션은 세 번이나 들춰 봤고."

이가 싸움 걸듯 한다.

"그래서? 그래서 뭐?"

"생각해 봐. 지금까지 이 안에, 우리의 손이 닿지 않은 곳은 없을 거야. 있을 수 없지. 뒤지고 들쑤시고 헤치고 한 시간 동안 이 짓을 했으니."

"리모컨이 아니라 볼펜 뚜껑이나 찌그러진 탁구공이라도 몇 번은 찾았겠지."

중얼거린 정이 손바닥을 펴 보인다.

"난 백이십 원 주웠어. 저기 장식장 밑에서."

"아이 씨발. 도대체."

이가 소파에 풀썩 몸을 던졌다. 잇몸 아픈 사람처럼 잔뜩 상을 찌푸린다.

"마지막으로 본 사람 누구야? 생각 좀 해봐."

그런 게 기억날 리 있을까. 값비싼 물건이나 돼서 중하게 다루었을 리 없고, 리모컨에 발이 달렸는데 경비가 허술한 틈을 타 도주할지 모르니 사전에 주의를 기울이자고 입을 모은 적도 없다. 도대체 리모컨이라니.

"기억들 좀 해봐. 멍히 그러고 있지만 말고."

"멍히 있는 거 아냐. 힘 빠져서 그래."

"왜 우리만 닦달하는 거야."

"그러게. 이, 넌 생각 안 나?"

"내가 TV 보는 거 봤나."

"뭐라고?"

"난 기껏 놀러 와서 TV 앞에 죽치고 있는, 그런 짓 안 해."

"무슨 소리야."

"그놈의 리모컨이 어떻게 생겼는지도 모른다고."

오가는 말씨가 조금씩 거칠어진다. 이유라면 여러 가지가 있겠지만 가장 중요한 하나는 배가 고프다는, 점점 더 고파진다는 점이다.

"누가 들고 나간 거 아냐?"

"들고 나가다니."

"정신 빠진 도둑님이 다녀간 게 아니라면. 발이 달리고 날개가 달려 혼자 도망간 게 아니라면."

우리 중 누군가, 몰래 리모컨을 숨겨 들고 현관 밖으로 나가, 남들 눈에 띄지 않는 어딘가에 슬그머니 던져 놓고는 돌아왔다? 그러고는 지금껏 자신의 범행을 태연하게 잡아떼고 있다?

"내 말은, 모르고 그럴 수도 있다 이거지. 예를 들어."

"예를 들어."

"추리닝 바지 주머니 같은 데 리모컨을 넣고 있다가, 그걸 잊은 채 밖으로 나간 거야, 그러다가 어디 잠깐 앉았는데 주머니에서 쏙 빠졌다던가."

"소설 쓰네."

"내가 대가리 총 맞았다고 소설을 쓰냐. 그러고 보니까 정, 아까 PC방 간다고 나간 적 있잖아."

"그런 소리 마. 이메일 확인하러 잠깐 다녀왔을 뿐이야. PC방 가는데 미쳤다고 리모컨을 들고 가?"

개중에 짜증이 가장 날카롭게 돋은 쪽은 이다. 그 이유를, 배고픈 것 말고 하나 더 들자면, 돈 때문이다. 딱히 돈 때문이라고 말하기 뭣하다면 돈과 관련 있는 비정상적인 사건이 재차 발생했다는.

어제 저녁이다. 밥 짓고 슈퍼마켓에서 사온 포장 김치로 찌개 끓이고 삼겹살 구워 밥에 술에 질탕 먹고 마시고는, 누구는 너저분한 식탁을 치우고 누구는 베란다로 나가 담배를 피우고 누구는 화장실 문 활짝 열어 놓은 채 쪼르륵 오줌을 누고 누구는 소파 탁자 위에 새 술판을 차리고. 그러던 와중이다, 쨍그랑! 유리잔이 깨졌다. 하나도 아니고 둘이다. 열심히 술과 안주를 가져다 나르던 주가 순간 어어, 머쓱한 표정이 된다. 하나는 세 조각으로 날카롭게 갈라지고 하나는 세로로 기다랗게 금이 갔다. 설거지에 열중이던 이가 팩 돌아서며 미간을 찌푸렸다. 아이 그 새끼, 조심 좀 하지!

　맥주 판이 벌어지나 싶더니, 오래지 않아 술병과 과자 봉지가 탁자 옆으로 부스럭부스럭 밀쳐진다. 그 위로 네모반듯 개켜진 담요가 슬그머니 올라앉는다. 1시까지만 치자. 오케이? 그건 그때 정하고 어서 돌려. 딴 사람이 내일 저녁 사기다. 화투장이 돌고, TV 떠드는 소리와 딱딱 패 맞는 소리뿐 실내는 애 재우는 집처럼 조용했다. 빠른 속도로 네댓 차례 판이 이어졌다. 정이 광을 팔고 물러났다. 만 이천 원 날아갔네. 냉장고에서 음료수를 꺼내며 투덜거린다. 화투 쳐서 돈 잃었다는 소린가 싶었는데 아니다. 싱크대 왼쪽의 주방 벽. 거기 적힌 뭔가를 쳐다보는 중이다. 그렇게 비싸? 도둑놈들. 주가 떨떠름한 표정을 짓고 이는 아무 말이 없다. 혼자 감 못 잡은 차가 정에게로 다가갔다. 숫자와 글자가 빼곡히 적힌 종이 한 장이 코팅되어 벽에 붙어 있다. 메뉴판인가 했다. 이게 뭐지? 음식점이었다면 메뉴판 아닌 무엇으로 의심할 여지가 없었을 종이 위엔 분실 및 파손 시 비치 물품 단가표, 라는 제목이 붙었다. 분실 및 파손이라. 목록 중에는 주가 깨먹은 유리컵도 있었는데, 놀랍게도 개당 육천 원이다. 2 곱하기 6은 12. 만 이천 원 날아갔다는 정의 투덜거림은 그런 의미였다. 그렇게 비싸? 도둑놈들, 떨떠름하던 주의 표정도 그래서였고 유리잔 깨지는 소리에 설거지하다 말고 고개 돌린 이 역시 그런 종류의 신경질을 터뜨렸던 것이다.

130

"이상하네. 참말로 이상해. 세상에 잊어버릴 게 따로 있고 잃어버릴 게 따로 있지. 아이고 배고파."

"정리 좀 하자. 나눠서 생각해 보는 거야. 두 가지 경우로."

차, 생각이 미처 정리되지 않은 얼굴.

"어떤 두 가지."

"리모컨이, 이 안에 여전히 있다는 거지. 그게 한 가지 가정이야. 어딘가 분명히 숨어 있는데 우리가 아직 못 찾아냈다는."

"두 번째는 알겠네. 리모컨이 여기 없다?"

"그래. 어떻게 된 일인지는 알 수 없지만, 하여간, 밖으로 빠져나 갔다는."

이가 여지없이 미간을 찌푸린다.

"그래서 뭘 어쩌자고. 머릿속 귀찮게."

"모르니까."

"뭐?"

"모르잖아. 우리가 그 두 가지 중 어느 경우에 속해 있는지, 그조 차 모르고 있잖아."

"그 말이 내 말이야. 아니, 내 말이 그 말이야. 모른다고? 맞아. 우린 몰라. 전혀 모르지. 그놈의 리모컨이 언제 없어졌는지. 왜 없 어졌는지. 어떻게 없어졌는지. 그래서 지금 어디 있는 건지. 하지 만, 그래서 어떻다는 거야. 어쩔 수 없는 일이잖아. 알아낼 방법이 없으니."

차가 일어섰다. 냉장고를 열고 찬물을 한 모금 마신다. 마시며 벽에 붙은 분실 및 파손 시 비치 물품 단가표,를 살그미 살핀다. 리모컨은 과연 지금 분실 및 파손 상황인가. 수저 삼천 원(개당), 밥그릇 사천오백 원, 접시 작은 것……, 탁자 십삼만 오천 원, 밥솥 팔만 원…… 콘도에 머물다 가면서 탁자나 밥솥을 잃어버리는 사람도 있나? 전등갓 이만 팔천 원, 현관 거울……, TV…… 오, 여기 있군. TV용 리모컨 삼만 오천 원. 뭐야, 삼만 오천? 차는 버럭, 소리를 지른다. 지를 뻔한다. 세상에. 정신 빠진 도둑님이 바로 여기 계셨네. 흔해 빠진 리모컨 하나가 뭐 어째? 용산 남대문 세운상가 가면 발에 차일 물건이 세상에 얼마? 순간적인 분노와 절망에 철퍼덕 발목 빠졌다가, 별수 없이, 젖은 발을 조심히 빼낸다. 말 그대로 별수 없는 일이다. 삼만 오천 원이 아니라 삼십오만 원이라 해도 그렇다. 부당하다 싶으면 리모컨을 찾아내면 될 일이다. 콘도에 묵고 가는 이들 모두가 방 값에 더해 리모컨 분실 요금을 물고 가는 것은 아니니까. 딱딱하게 굳은 이의 얼굴을 다시 쳐다보게 된다. 이는 리조트 회원권을 가지고 있다. 애초에 여행 계획 잡을 때, 회비며 일정이며 교통편이며 정할 때, 넷이 묵을 방 두 개짜리 콘도 객실료는 그래서 이가 맡기로 했었다. 어제 만 이천 원. 지금 삼만 오천 원. 내일 체크아웃 때 이는 사만 오천 원이란 생돈을 더 부스러뜨려야 한다. 정과 차가 그 부분의 돈을 거두어 줄 수 있지만 이의 성격상 그것을 받아들이지는 않을 터이다. 짜증 낼 만도 하군. 딱히 돈 때문이 아니라면, 돈과 관련된 비정상적인 사건이 재차 발생했다는 사실만으로도.

"그래, 주!"

정이 호들갑을 떤다. 문지방에 세차게 발가락을 찧은 사람처럼. 주머니에서 리모컨을 발견한 사람처럼.

"주가 왜?"

주는 이미 떠났다. 아까, 이와 골프를 친 뒤 차 몰고 곧바로 올라갔다. 그러기로 되어 있었다. 그러잖아도 넷 중에 가장 바쁜 친구였고 아니나 다를까 어제 저녁 여장을 풀자마자 회사로부터 급한 전화를 받고 말았다. 내일 아침에 직장 동료 대신 인천 공항으로 나가 독일 바이어를 맞아야 한다는 것이다. 간만에 여행이라고 와서, 그것도 고작 2박 3일인데, 급한 호출 받고 먼저 떠나야 하는 그 처지가 안쓰러웠다. 그런데 지금은 그가 부럽다. 밥 먹으러 가다 말고 한 시간 넘게 리모컨을 찾아 헤매는, 도대체 언제 어디로 어떻게 사라졌는지 알 도리가 없는 물건을 찾아 비좁은 23평형 객실 안을 하염없이 들쑤셔야 하는 재앙으로부터 완벽히 자유로운 그가.

"걔가 가져갔어? 그 새끼가?"

이가 발끈한다.

"아니, 그게 아니라."

"그럼 주가 뭐? 주가 왜?"

"내 말은, 그런 실수를 할 수도 있지 않을까 하는 거지."

"무슨 실수? 남은 사람들 존나게 엿 먹어 보라고 물건 들고 도망가는 실수?"

"혈관 터지겠다. 흥분하지 말고 내 말 들어 봐."

떠나기 앞서 짐을 챙기다가, 전기면도기니 휴대 전화 충전기니 여행용 세면도구 세트니 옷가지니 부랴사랴 여행 가방 안에 쑤셔 넣다가, 마침 옆에 놓인 검고 길둥그런 플라스틱 물건이 뭔지도 모른 채 제 것이겠거니 챙겨 넣고 지퍼를 잠그고는, 가방 들고 유유히 콘도를 나섰다는. 그럴듯하다. 그렇다면 리모컨이 없어진 시점은 둘이 골프를 치러 객실을 나서던 두어 시간 전이 될 것이다. 그렇던가? 정이 전화기를 쳐들었다. 권총에 탄창 갈아 끼우듯 열나게 열한 자리 버튼을 눌러 댄다. 손바닥만 한 전화기를 뺨에 갖다 붙이고 띠리리리, 막 시작된 통화 연결음에 귀 기울이는 그 표정은 우습도록 심각하다.

"음, 주야. 어디니."

이가 벌떡 일어섰다. 정에게로 다가간다.

"아직도? 막히는 모양이네. 오자마자 가서 어떻게 하냐. 응. 그래. ……우리? 아직 안 먹었어. 그냥. 이제 나가 보려고. 응. 그렇게 됐네."

전화기 저편을 상대하는 정의 목소리는 평소와 다름없이, 그 이상 호의적이다. 문지방에 엄지발가락을 찧은 것처럼 호들갑을 떨 때와는 다르다.

"……피곤하겠네. 들어가라. 운전 조심하고. 그래. ……알았어."

몸 닳고 애달파서 바짝 붙어 선 이는 전화기를 빼앗아 들 기세다.

"잠깐만. 저기 있잖아. 뭐 하나만 물어보자. ……그래. 너한테 말야."

어렵게 본론이 기어 나온다.

"저기, 리모컨 있잖아. ……안 들려? 리! 모! 컨! 그래, TV 켜고 끄는. 아니, 우리 집 물건 이야기가 아니라, 여기, 콘도 리모컨 말야. 그게 도통 보이지가 않아서 그러는데. 무슨 이야기냐 하면…… 맞아, 없어진 것 같아서."

고속도로 달리는 운전자를 상대하는, 도무지 요령이라곤 없는 상황 설명.

"열나게 찾아보고는 있는데 도대체 나와야 말이지. 여기 어디 처박혀 있는데 우리가 못 찾는 건지 밖으로 흘러 나간 건지, 차가 하는 소리처럼 그것도 확실치 않다니까. ……혹시 기억이 안 나나 해서. 아니, 네가 가져갔다는 말이 아니라. ……오해하지 마. 그래서 내가 처음에 그랬잖아. 뭐 하나만 물어보겠다고 말야. 내 말 들어봐. 우리가 있잖아, 지금 한 시간도 넘게 그걸 찾고 있거든. ……그래. 밥 처먹으러 나가려다 말고! 물론 아직도 못 찾았지. 그래서 이 놈의 물건이 어디로 사라졌을까 이런저런 궁리를 해보다가, 네 생각이 난 거야. 그래. 네 짐 가방 속에 그게 딸려 들어간 거 아닐까……. 여보세요. ……뭐라고?"

정의 난처한 얼굴이 신문지처럼 구겨진다.

"아니 아니. 좆 대가리 분질러지는 소리가 아니라. ……에이 참. 오해하지 말라니까. 지금 너한테 뭘 어떻게 하라고 들이대는 게 아니잖아. ……들어보라고. 결론적으로 말해서 지금 무슨 좆 대가리 분질러지는 소린가 하면."

지지부진 덜컥대던 통화가 끝났다. 이와 차가 정의 입술을 물끄러미 노려본다.

"뭐래, 있대? 가지고 있대?"

"기억 안 난다는데."

이가 기다렸다는 듯 쏴붙인다.

"이런 젠장. 기억날 리가 있나. 기억나도 난다고 하겠어?"

"그럼 뭘 어떻게 하라고?"

"찾아보라고 했어야지. 짐들 죄 까뒤집고."

"하이고. 혼자 고속도로 달리는 애한테? 짐들도 죄다 트렁크에 실었다는데?"

"휴게소 들어가면 되잖아."

"스크루지 같은 소리 좀 하지 마. 바쁜 일 있다고 놀지도 못하고 돌아가는 애한테 그런 소릴 어떻게."

투닥거리는 와중에도 한없이 빡빡하던 분위기는 숨 쉴 여유를 조금씩 찾아가고 있다. 그럴 만한 구멍을 찾은 것이다. 주가 여행 가방 안에 리모컨을 쑤셔 넣고 떠났다는, 그것은 참으로 만족스러운 가정이었다. 사실로 확인되지도 않았고 확인하나 마나 필경 그럴 것이라고 단정 지을 무엇도 없었지만.

"가만, 이거 몇 시야? 세상에. 식당 문 다 닫겠네. 아이고 배고파."

차가 벗어 둔 점퍼를 슬그머니 집어 들었다. 정이 냉큼 화답한다.

"냉장고 속에 먹을 거라곤 어제 먹다 남은 상추랑 깻잎뿐이야. 라면 반 봉지하고. 잘못했다간 밤새 굶겠네."

"이러고 앉아 있다고 숨어 있던 리모컨이 나 여기 있지롱, 고개를 디밀지도 않을 테고."

"옳거니. 보물찾기나 하자고 강원도 산골까지 놀러 온 것도 아니고 말씀이지."

주에 대한 혐의. 그 효과는 놀라웠다.

"그래. 나가자. 여기 계속 있다간 머리통 터지겠다."

눈물 나게 고마운 결정을 내린 이가 일어섰다. TV 앞으로 다가간다. 허리를 숙이고 손가락을 뻗는다. TV가, 한 시간 전부터 미친 사람처럼 혼자 떠들어 대던 물건이, 톡, 숨을 놓았다. 아까, 리모컨 찾아 두리번거리던 차가 그런 식으로 TV를 껐더라면, 상황은 참으로 많이 달라졌을 것인가.

어떤 사건의 발생 가능성이 희박하면 그럴수록, 거기엔 더 많은 정보가 담겨 있게 마련이다.

— 예외성(improbability)의 함수

　1층에 내려앉은 엘리베이터가 활짝 문을 열었다. 그러려고 한 지 정확하게 한 시간 23분 만이다. 주차장으로 앞장선 정이 운전석에 앉았다. 꽁무니 앞세우고 커다랗게 원을 그린 차가 주차장을 벗어났다. 날은 완전히 어두웠지만 리조트 불빛들은 그 어둠을 가득 채우고 남았다. 조경 잘된 잔디밭 사이 찻길을 내처 달려 리조트를 빠져나온다.

　마을로 이어지는 산길. 좁고 가파르다. 검은 산의 잔등이 느릿느릿 길 주변을 뒤따라 흘러내리고 있다. 사위는 어둡고 고요하다. 잠깐 사이 산 마을은 그만 수천 년의 세월이 지나간 것만 같다. 말을 잃은 정과 차와 이가 차창 밖 낯선 어둠을 응시한다. 투둥 투두둥. 잔돌 깔린 흙길 위로 차바퀴 소리만 내내 굴러간다.

　농협 사무소와 연쇄점과 빵집과 조그만 통닭집이 있는 마을 삼거리. 그럴 시간이 아님에도 깊은 잠에 빠진 것만 같다. 불 켜진 가게가 드물고 지나다니는 사람도 드물다.

“시골은 시골이다. 9시도 안됐는데 오밤중이네.”

“어디로 갈까.”

“저기 보니까 고깃집 하나 있던데. 횡성 제일 한우.”

“고기 싫어. 어제 삼겹살 먹은 거 아직 소화도 안됐어.”

“좋겠다. 난 배고파 뒈지겠는데.”

“다른 거 없나.”

“조금 더 가보자고.”

밤의 시간. 경계 없는 어둠과 정적이 흐린 날 강가에 고인 바람처럼 눅눅하다.

"아, 저기."

삼거리 끝에 다다라서다. 차가 낮게 속삭인다.

"할머니 토종…… 토종 손두부?"

길가. 검은 벌판을 등지고 선 단층 건물은 가옥을 겸한 식당이다. 식탁과 의자가 아니라 입구에서 신발을 벗고 올라와 앉는 자리. 자리를 차지한 사람들 숫자가 뜻밖에 적지 않다. 문 열고 들어서자 저들끼리 왁자하게 술잔 주고받던 불콰한 얼굴들이 잠시 이편을 힐끔거린다. 척 봐도 외지인 행색이 아니다. 이쪽으로 앉으세요. 현관에 서서 잠시 머뭇거렸던가, 초록 앞치마를 두른 여인이 고단한 낯으로 자리를 안내한다.

이것저것 음식과 술을 바삐 시킨다. 크고 넓적한 접시에 간장 양념 끼얹은, 김 모락모락 나는 날두부가 먼저 나온다. 몹시 굶주린 이와 정과 차가 군말 없이 젓가락을 집어 든다. 구석 자리에 놓인 대형 TV에서 프로 야구 중계가 엄청난 소리로 떠들고 있다. 정신이 없을 정도다. 두부전골이 나오고 밥이 나온다. 술잔과 밑반찬이 착착 놓인다. 유리문 밖은 한없이 어둡다. 지나다니는 차도 사람도 없다. 정과 차와 이는 묵묵히 먹고 마시는 일에 열중한다. 생전 얼굴 한번 보지 못한 노인의 영안실에 조문 온 문상객들처럼.

"어디 아프니?"

이가 묻는다. 차는 고개를 들지 않는다.

"아프긴."

"그런데 왜 그래."

"내가 뭘."

"슬픔에 빠진 사람 같아. 알아? 너, 여기 들어와서 한마디도 하지 않았다고."

"한마디 했어. 물수건 달라고 아까."

"지랄 말고."

"지랄 아닌데."

"이러지 마. 우린 한배를 탄 사람들이야. 적어도 여행 끝나는 내일까지는."

별수 없어진 차가, 머쓱한 얼굴로, 웅얼웅얼 실토한다.

"그냥. 기분이 좀 이상해서."

"그 정도는 알아. 내 말은, 기분이 왜 이상하냐고."

"이상해서."

"뭐가."

"리모컨."

"뭐?"

"리모컨이? 리모컨의, 뭐가?"

"리모컨뿐이 아냐. 다 이상해. 리모컨이 사라진 것도 이상하고. 가뭇없이 사라진 물건이 하필 그놈의 리모컨이라는 사실도 이상하고. 도통 보이지 않는 리모컨 때문에 세 사람이 좁아 터진 방 안을 한 시간 넘게 헤맸던 것도 이상하고. 고작 30분 전에 그런 일이 있었다는 것도 이상하고. 그게 몇 년 전 일처럼 멀게만 느껴지는 것도 졸라게 이상하고."

"네가 더 이상해."

입 안의 것을 씹으며 정이 웅얼거린다.

"주의 가방 속에 있을 거야. 분명히."

"아니면?"

"뭐야. 꼭 그러지 않기를 바라는 것처럼."

"난 바라는 게 없어. 단지 어리둥절할 뿐이야. 알 수 없는 일들 때문에."

"얘 정말 알 수 없는 소리만 씹고 있네."

리모컨은 사라졌는가. 알 수 없다. 콘도 안 어느 기상천외한 구석에 꼭꼭 숨어 있건만 끝내 찾아내지 못했는가. 알 수 없다. 누가, 이를테면 어느 정신 빠진 도둑놈이 철사로 현관문을 따고 들어와 그 물건만 슬쩍해 갔는가. 알 수 없다. 리모컨 홀로 꼼지락꼼지락 제 몸을 움직여 문밖 어디로 도망갔는가. 역시, 마찬가지로, 알 수 없다. 검고 길둥그런—이제는 그 형태조차 소상하게 기억나지 않는 물건이 제풀에 스르르 녹아 없어지는 장면을 상상한다. 가능한가? 얼음이 녹고 식탁에 흘린 우유가 말라 자국으로 남으며 저금통 속 십 원짜리 동전에 녹색 끈적한 구리 녹이 슬고 오래된 식빵이 딱딱

하게 상하고 창가의 토막 촛불이 힘없이 꺼져 가는, 그런 경우와는
많이 다른. 펄서(pulsar). 맥동성. 은하계 내에서만 이미 60여 개가
발견된 괴이하고 끔찍한 별. 진화의 마지막 단계에 이른 백색 왜성
이 끝내 폭발을 일으키는 순간 바깥층 물질은 우주 밖을 향해 초속
5천만 킬로미터의 속도로 해체되는 반면 중심부의 물질은 순식간
에 급격한 수축을 시작한다. 그 속도와 규모는 상상을 초월한다.
한때 지구보다 수천 배 컸던 별이 지름 15킬로미터의 소행성으로
붕괴하기도 한다. 중성자별. 부피를 잃는 대신 밀도는 무섭게 증가
한다. 이 별에서 테니스공 크기의 돌멩이 하나는 계산상 2백 톤의
무게를 넘는다. 놀라운 밀도는 끊임없는 자기 붕괴를 초래한다. 수
축하고 수축하고 다시 수축하고, 부피가 0에 이르고 밀도는 무한대
로 늘어나며 모든 힘과 운동은 중력의 절대적인 지배를 받는다. 슈
바르츠실트 임계반지름을 넘어선 이 천체는 주변 시공간과 심지어
빛의 운동마저 왜곡시키는 블랙홀의 실체를 상상할 수 있게 한다.
밀도와 관련한 펄서의 또 한 가지 특징은 엄청난 속도로 회전을 한
다는 점이다. 초당 6천 회의 자전 운동을 하는 펄서도 확인되었다.
이 과정에서 규칙적인 주파수의 전파가 발생하는데, 현대 물리학
이 처음 펄서의 존재를 발견한 것도 바로 이 맥동파(脈動波)를 접하
면서부터다. 1960년대 영국 케임브리지 대학 천문대. 정확히 1.3초
간격으로 수신되는 우주의 신호에, 과학자들은 흥분과 경이 속에
이것을 외계인이 보내는 메시지라고 믿었다. 리모컨. 탁자 위 혹은

소파 옆 마룻바닥에 얌전히 놓인 물건이 소리 없이 꿈틀, 움직인다, 잠든 고양이가 들어 있는 종이 상자처럼, 누군가 손끝으로 톡 건드린 것처럼. 천천히 움직이더니, 스르르 한 바퀴를 맴돌고, 멈추지 않고, 속도가 조금씩 빨라지며, 이내, 선풍기 날개보다도 빠른 속도로 회전한다. 형체가 보이지 않을 만큼 빠르게, 회전하며 회전하며, 은밀히, 소리 없이, 작아지고, 모른다 승강장에 열차 들어올 때보다 무시무시한 굉음이 그때 있었지만 아무도 그 소리를 듣지 못했는지도, 점점 작아지고, 수축하고, 붕괴하고, 끝내는 흔적도 없이 사라져 간다.

"아, 잘 먹었다."

전골냄비도 바닥이 보이고 밥도 술도 끝나간다. 이가 느른한 얼굴로 담배를 집어 든다. 그러다가 움찔, 목덜미를 집어넣는다. 뒷자리에서 울컥 터져 나온 함성 때문이다. 9회 말. 엘지 6번 타자 정채일이 투 볼에서 친 타구가 서치라이트 불빛을 가른다. 가르다가, 잠시 후, 삼성 유격수 백해성이 뛰어오르며 담장에 등을 기대고 잡아낸다. 엘지를 응원하는 그들이 안타까운 함성을 쏟아 낸다. 아니다. 리모컨은 있다. 6103호 방 안 어딘가에 고스란히. 그렇지 않은가 사라지다니. 어떻게 그런 일이! 알 수 없이 이어지는 상상들. 이를테면 소파 팔걸이에, 4인용 식탁 위에 혹은 TV 선반에, 죽은 쥐처럼 얌전히 놓여 있는 리모컨, 그 물건을 찾아 실내를 온통 들쑤시며 돌아다니는 남자들, 하지만 소파 팔걸이나 4인용 식탁 위 혹은

TV 선반에 버젓이 놓인 리모컨을 통 알아보지 못하고 매번 무심히 지나치는, 투명인간을 뒤쫓는 사람들처럼 눈치조차 채지 못하는.

가능한가. 알 수 없다. 반대의 경우는 얼마든지 있다. 존재하지 않는 허깨비가 눈에 생생히 보이는. 혹은, 시각을 제외한 어떠한 능력으로 현존하는 사물을 식별해 내는. 1차 세계 대전 직후 프랑스의 쥘 로맹은 맹인 수천 명을 대상으로 실험을 벌여, 빛과 어둠을 구분하는 소수의 맹인을 발견했다. 로맹은 그들의 감광 신경이 콧잔등과 인중에 있는 것으로 생각했다. 1956년 로사 쿨레쇼바는 러시아 과학 아카데미의 전문가들이 보는 앞에서 단단히 눈을 가린 채 손끝으로 더듬는 것만으로 종이 위의 삼각형 사각형 등 도형을 구분하고 신문의 글자를 읽는 능력을 선보였다. 그런 경우들처럼, 반대로 두 눈 멀쩡히 뜨고도 눈앞의 물건을 알아보지 못하는, 그런 일도 가능하지 않을까. 알 수 없다. 알 수 없는 일. 지역과 역사를 초월해 세상에 늘 존재해 왔던. 쿠푸 왕 피라미드. 세미라미스 공중 정원. 아르테미스 신전. 크로이소스 거상. 마우솔로스 영묘. 파로스 등대. 한 세기 전만 해도 마을 뒷산에 어둠이 내리면 나무들이 저희끼리 대화를 주고받으며 풀과 꽃의 정령들이 달그림자 아래에서 노래하고 춤춘다는 이야기를 의심하는 사람은 많지 않았다. 구름의 모양이나 혜성의 출현이 국가와 왕의 미래를 예견하는 자연의 목소리라고 믿던 시절도 있었다. 지금도 어느 나라에서는 소를 신성한 동물로 여긴다. 흰 깃털 가진 새의 피를 사악한 물질로 여기

144

는 부족도 존재한다. 강신술과 다우징과 도플갱어와 늑대인간을,
부적이나 나뭇잎 점괘의 영험을 성경 글귀만큼이나 신뢰하는 사람
이 있고 그렇지 않은 사람이 있다. 알 수 없는 일. 알 수 없는 영역.
리모컨은 어디로 사라졌는가.

"아까 있잖아, 열나게 방 안 들쑤시던 때 말야."

정이다.

"우리 할머니 생각이 막 나는 거야. 한참 동안 그 생각만 했어."

빈 접시 가득한 상 위는 한바탕 지저분한 태풍이 몰아친 것만 같
다. 경기가 끝났다. 삼성의 4대 3 승리이다.

"새끼들. 한마디 물어봐야 하는 거 아냐? 할머니 생각이 갑자기
왜 났냐고."

"왜, 할머니한테 리모컨으로 맞은 일 있어?"

"그건 아니고. 아이, 씨팔 새끼. 좀 진지해 봐."

"말해 봐. 들을 준비 됐으니까."

정의 얼굴, 옛날 이야기를 어떻게 시작하면 좋을까, 야릇해지는.

"그러니까 그게 15년도 더 된 이야기네. 돌아가시기 전이지. 하긴
세상 뜬 다음의 이야기일 리는 없지만. ……어느 날인데, 느닷없는
소리를 하시는 거야, 갑자기 노망나신 것도 아닌데."

"무슨 느닷없는."

"물건이 당신 말을 안 듣는다나."

귀이개이다. 빨간 술이 달린, 머리 부분은 은색 쇠붙이이고 손잡

이는 나무로 된. 정은 그 물건을 잘 알고 있었는데 바로 자신이 몇 해 전 지하철 노점에서 사드린 것이기 때문이다. 그 귀이개가 보이지 않았다. 어제 저녁에 쓰고 나서 경대 사물함 두 번째 서랍에 분명히 넣어 두었는데, 오늘 찾으려니 없었다. 이상했다. 쓸 때를 제외하고는 늘 거기 넣어 두던 물건이었다.

"우리 할머니 정리 정돈 잘하는 선수였거든. 이불은 요렇게 저렇게 세 번을 접어서 모서리가 보이지 않게 가로로 장에 넣고. 틀니 담는 그릇은 머리맡 왼쪽, 구석에서 2센티미터 정도 떨어진 장소에 항상 놓여 있어야 하고. 손톱깎이는 어디에. 돋보기는 어디에. 방바닥에 신문 한 장이라도 흩어져 있으면 큰일 나는 줄 알고. 익숙하게 손끝이 기억하는 위치마다 집 안 사물 정리해 놓고 사는 장님처럼."

참 이상도 하지. 혼자 사는 늙은이 집에 어느 망령 난 귀신이 찾아와 그 물건만 쏙 빼내어 사라졌다는 말인가. 귓속 가려운 것도 잊고 방 안 여기저기를 살피던 할머니는, 이윽고, 경대 사물함 두 번째 서랍에 귀이개가 없다는 사실을 발견했을 때와는 비교도 되지 않을 만큼 놀랐다. 경대에서 얼마 떨어지지 않은 곳, 화장대 거울 아래. 빨간 술이 달린 귀이개가 바로 거기 놓여 있었다.

정아, 너 지금 무슨 말을 하고 싶은지 할머니가 안다. 착각을 하셨다고. 처음부터 거울 아래에 귀이개를 놓고는, 그걸 깜빡했던 거라고. 물건에 발이 달리거나 망령 난 귀신이 찾아오지 않았다면 필경 그렇게 된 일 아니겠느냐고. 그래. 그렇게 생각하는 게 마음 편할

게야. 괴상한 생각에 잡혀 지낸다고 없는 기억이 생겨날 것도 아니고, 거울 아래 놓인 귀이개가 서랍 속으로 쏙 들어갈 것도 아니고.

정은 아무 말 하지 않았다. 할 말이 없었다.

하지만 할머니가 분명히 기억해. 어제 저녁 8시 넘어서 그 물건을 경대 서랍에서 꺼내 썼고, 그러고는 있던 자리에 분명히 집어넣었단다. 그 후로 다시 귀이개를 만진 적도 없고 말이야.

말을 끊었던 할머니, 비교적 편안한 얼굴로 말을 잇는다.

누구라도, 내 말이나 기억력보다는 귀이개가 놓여 있는 위치를 훨씬 믿을 만한 것으로 생각하겠지. 그리고 할머니가 더 똑똑하고 더 젊은 사람이었다면 아마도 다른 가능성에 대해 한 번쯤 궁리했을 거야. 식구 중에 누가 이 방에 들어와서 그 물건에 손을 대었다던가. 봐라 정아. 나이가 이렇게 문제구나. 물건이라는 게 사람 나이를 알아본단다. 가끔 장난질을 친다니까. 죽을 날 얼마 남지 않은 사람을 상대로 말야.

"괜찮겠지?"

"세 잔밖에 안 마셨어. 아니. 세 잔 반."

밤공기가 차갑다. 운전대 잡은 정이 큰소리를 쳤다.

"요 앞인데 뭐. 이 산골에 숨어서 음주 단속을 할 미친 짭새는 없겠지."

부르릉. 깊은 어둠에 잠들었던 차가 환히 눈뜬다. 울퉁불퉁 주차 공간을 벗어나 길 위에 들어섰다. 왔던 길을 거슬러 달려간다. 밤

기운 혼곤한 마을 삼거리를 벗어나자 저편에 리조트로 올라가는 산길이 보인다. 산 그림자가 멀리서 가만히 꿈틀거린다. 바람도 없고 소리도 없다. 정적이 있고 어둠이 있다. H 리조트. 장님도 알아볼 만큼 요란스러운 출입구를 지나자 진입로 주변으로 불빛 불빛들이 이어진다.

주차장에 차를 댄 차와 이와 정은 6층 객실로 올라가지 않는다. 숙소에 들어가 잠을 청할, 그럴 시간이 아니다. 지하 라운지는 놀라울 만큼 소란스럽다. 잠들지 않은 사람들. 남자와 여자와 어린아이와 젊은 부부와 나이 든 여자들과 배 나온 남자들이 24시간 편의점과 인형이나 팬티 세트를 경품으로 주는 공기총 사격장과 볼링장과 나이트클럽과 프라이드치킨을 파는 맥주집과 전자오락실과 어둠 축축한 노천카페 주변을 서성이고 있다.

노래방에 들어갔다. 빈방이 없다. 20분을 기다려야 한다고 했다. 요금도 서울 시내보다 두 배 가까이 비쌌지만 나가자는 의견은 없다. 이 시간 객실을 제외한 리조트에서 세 사람이 익숙한 여흥을 즐기기에 그만한 곳은 없었다. 카운터 앞 소파에 앉아 얌전히 차례를 기다리는데 몇 무리의 사람들이 더 찾아와서 빈방을 묻고, 일부는 예약을 하고 물러갔다. 마이크에 대고 한껏 악쓰는 소음들이 복도에 뒤섞여 쏟아지고 있다. 마침내 14번 방 입장이 허락되었다. 제법 넓고, 어둡고, 방향제 냄새 달큰한 방 안은 앞 손님들이 남기고 간 열기로 눅눅하다. 맥주 있죠? 가짜 말고. 그러자 마이크 덮개 갈고 재떨이 치우고 테이블 훔치던 여자가 한 병에 오천 원이요, 세 병 가져와요 한다. 정이 먼저 일어서서 노래를 부른다. 고등학교 때 유행했던 가요다. 벌컥벌컥 잔을 비운 이가 모니터 앞으로 다가가 어깨동무를 한다. 고래고래 목청을 높인다. 차는 고시 공부하는 사람처럼 진지한 얼굴로 노래 목록 책자를 뒤적인다. 예약곡이 네 곡으로 늘었다가 세 곡으로 줄고 다시 다섯 곡으로 늘어난다. 맥주 두 병이 새로 들어왔다. 탬버린을 쥐고 흔들며 차가 이상야릇한 춤을 춘다. 이가 담배 연기를 푸푸 내뱉으며 웃는다. 아득하게 벨소리가 들렸다. 무엇엔가 짓눌린 소리. 정이 다급하게 제 몸을 뒤진다. 바지 주머니에서 휴대 전화를 꺼내 든다. 문자창에 뜬 발신자 번호를 잠시 지켜보다가 전화기를 연다.

“여보세요. ……아아, 주. 주로구나!”

양 손바닥으로 뺨을 감싸듯 전화기를 귀에 붙이고 소리를 높인다. 마침 새로운 예약곡의 전주가 나긋나긋 흐르고 있다. 조용해진 가운데 정의 목소리만 노래방 안을 정정 울린다.

“이제 집이라고? 엄청 막힌 모양이네. 고생했다. ……우리? 응, 노래방이야. 밥 먹고 아까 와서, 응, 맥주 한잔 하고 있지. 뭐라고? 아직 못 찾았어. 아까 너랑 통화 끝내고 바로 나왔거든. 그러고는 지금까지 안 올라갔으니까. ……어어, 그러니? 알았다 알았어. 뭐라고? 아냐. 우리가 알아서 할게. 그래, 그럼 끊자. 올라가서 연락할게.”

전화기를 접어 주머니에 넣은 정이 무너져 앉았다. 새우깡 한 줌을 집어 우적우적 씹는다.

"없대. 가방이고 옷이고 다 살펴봤는데, 없더래."

홀로 노래하는 기계 반주음. 분위기가 순간 어색하게 굳었던가. 제법 술 취한 이가 손사래를 쳤다.

"야 씨발, 관두자 관둬. 그놈의 리모컨 타령 이제 지겹다."

마이크를 잡는다. 막 시작된 2절 반주에 맞춰 노래를 부르기 시작한다. 놓칠세라 탬버린을 집어 든 차가 챙강챙강 박자를 맞춘다. 맥주 두 병을 더 시켜 마시고, 예약된 한 시간 끝에 서비스로 준 15분까지 알뜰하게 춤추고 노래 불렀다. 적당히 지치고 흥겨운 상태로 노래방을 나오니 11시가 넘었다. 그만 잠자리에 들어도 좋을, 한편 더 마시고 놀고 싸돌아다니기에도 딱 좋을 시간. 지하 로비는 아직 잠자리에 들 준비가 되어 있지 않은 사람들로 소란스럽다. 노천카페에 자리를 잡았다. 술과 안주를 시켰다. 그리고, 여태껏 술과 안주를 전혀 입에 대지 못한 것처럼, 열심히 먹고 마셨다. 정과 이와 차가 취했다. 정과 이와 차가 매우 취했다.

새벽. 6103호에 돌아온 세 사람. 열쇠로 문을 따려는 차가 꽤 애를 먹었을 것이다. 형광등이 어두운 실내에 껌뻑껌뻑 쏟아진다. 이가 세차게 등 떠밀린 사람처럼 화다닥 현관에 들어선다. 화장실로 뛰어간다. 아아 죽겠네, 술 마시자! 정이 외친다. 라면 끓여서 한 잔씩 더 할까? 양변기를 붙들고 허리 꺾은 이가 웩웩 묽은 것을 게워 놓고 있다. 아 씨. 나 오줌 마려운데. 차가 길을 막고 선 이를 비껴 화장실 안으로 들어간다. 세면대에 줄줄 오줌을 싸기 시작한다. 마루에 TV 소리가 시끄럽다. 술 취한 정이 뭐라고 투덜거린다.

"재미있는 것 좀 안 해주나."

TV 앞에 무릎을 꿇고 있다. 손끝으로 꾹꾹 채널을 돌린다.

"순 연속극에 스포츠에…… 이렇게 채널이 많은데 포르노 틀어 주는 데 하나 없어?"

휴지로 입가를 닦던 이가 픽, 웃는다.

"여기가 천호동인 줄 아냐."

정이 따라 웃는다. 웃다가, 슬그머니 웃음을 거둔다. 입가가, 눈 가가, 얼굴이, 딱딱하게 굳는다, 차갑게 얼어붙는다. 풀밭에 피 흘리고 죽어 있는 사체를 발견한 등산객처럼, 조심조심, 무릎걸음을 한다. 덩달아 나무토막이 된 이와 차, 숨죽여 그 동작을 지켜본다. TV 아래편 마룻바닥. 얌전히 누워 있는 물체. 정이 조심스럽게 손을 뻗는다. 리모컨이다. 검고 길둥그런. 모두 할 말을 잃는다. 뭔가 에 아득히 질린 얼굴들. 참으로 낯설기 그지없는 물건을 손에 든 채, 정이 멍청하게 중얼거린다.

"이게, 쓰발, 도대체 이게 어디서 났지?"

내가 꾸는 꿈의 잠은 미친 꿈이 잠든 꿈이고
네가 잠든 잠의 꿈은 죽은 잠이 꿈꾼 잠이다

내가 꾸는 꿈의 잠은 미친 꿈이 잠든 꿈이고 네가 잠든 잠의 꿈은 죽은 잠이 꿈꾼 잠이다

1년 8개월 전

　진정 미쳤건 그렇지 아니하건 두엽 자신의 탓은 아니라는 점이다. 굳이 들자면 불면 때문이요 너무 오랜 나날 불면증에 시달린 때문이며 더불어 www.auction808.com 때문이겠으니 이태 전 직장 잘리고 집에 들어앉은 지 5개월째 접어들던 늦가을이었다. 어렵잖게 이혼에 합의하고 호적 정리했으며 한 달 뒤에는 종마처럼 건강하던 부친이 갑자기 세상을 떠났다. 미안하지만 그뿐이다. 정신적 외상이나 우울증은커녕 별달리 애타는 고민도 없이 정확히 그즈음부터 독한 불면이 시작되었다. 말했듯 이유가 없었고 이유가 있는지 없는지 알지 못했으며 이유가 있다 한들 그걸 알아낼 방법이 없었

다. 다만 잠이 오지 않았고 잠이 오지 않았으며 잠이 더럽게 오지
않았을 뿐이다. 낮에는 피곤했고 새벽이면 머리 깨지게 아팠으며
밤에는 비몽사몽 맑은 정신으로 괴로웠다. 나무 울타리를 쉬지 않
고 뛰어넘는 양 떼를 5천 6백 20마리쯤 세다 잠깐 잠이 들면, 서너
시간 베갯잇 적셔 가며 푹 잠들 수 있다면 좀 좋을까, 얼마 가지 않
아 눈이 번쩍 떠졌다. 잠들어 있는 자기 자신에 깜짝 놀란 사람처럼
말이다. 그러고는 다시 잠들기가 죽기보다 죽지 않기보다 어려웠
다. 잠든 사이 잔혹하고 불쾌한 꿈에 시달린 것도 같았지만 그런 기
억이란 원래 내 것이 아닌지라, 여하간 그렇게 지저분한 상황이 햇
수로 2년째였다. 도대체 왜? 미국 오하이오의 42세 여성 오하라는
1998년 6월 7일부터 23일 3시간 47분 20초 동안 잠 한숨을 자지 않
아 기네스북의 이 분야 기록 갱신에 성공했으며 17세기 중국 명나
라 때 이자성이 이끈 농민 반군의 참모 고태선은 후에 붙들려 참수
형을 당하기 직전까지 무려 석 달 여드레를 뜬눈으로 보내었다는
기록이 있지만 두엽에게 그런 목적의식이나 혁명 정신이 있을 리
없었다.(기록 달성 직후 그 독한 백인 여성은 엽총 맞은 사슴처럼 털썩
쓰러지고 말았는데 링거를 맞으며 3박 4일을 푹 자고 나서는 '지난 일주
일 동안 어디서 무엇을 했는지 전혀 기억나지 않는다'고 어리둥절해했다.
빈농 출신 장수이던 고태선의 경우 죽기 직전 보름가량 '헛소리를 지껄이
며 돌아다니거나 마소 흉내를 내는 등' 반 광인과도 같은 모습을 보였다
고 역사서 《명사통감》은 전한다.) 잠들고 싶지만 그러지 못하는 고태

156

선과 오하라의 나날, 특히나 밤이 깊으면 지구별에 홀로 살아남은 듯한 고통과 고독을 나물처럼 씹고 국처럼 떠먹다 못해 어딘가로 전화를 걸었다.

"또 왜."

"어, 미안. 안 잤지?"

"매친 새끼, 내가 니 마누라냐."

물론 아직 마누라인 줄 알아서가 아니라, 동대문 야시장에서 밤새 패션 액세서리 가게를 열고 있어야 하는 직업을 모르지 않기에.

"나 정말 죽겠다. 어젯밤도 꼬박 샜어. 대가리 깨지려고 해."

"그럼 깨지든지. 바쁘니까 끊어."

"나 좀 죽여 주라. 아니다 살려 주라. ……지금 술 빠니? 뭐 이렇게 시끄러워."

"남이야 술을 빨건 좆을 빨건."

"나 좀 재워 달라고! 잠 좀. 응? 푹 좀."

"내가 잠자는 걸 흔들어 깨웠니? 난리야 난리가."

"아아아."

"그러게 내가 말했지. 신문 배달이라도 하라고. 노가다를 뛰든지 찌라시를 돌리든지. 온종일 방구석에 짱박혀서 늙은 엄마 차려 주는 밥상이나 축내고 앉았으니 밤잠이 오면 이상하지."

"노가다는 아무나 하나."

"시간이 썩어 나면 하나뿐인 딸애랑 좀 놀아 주든가."

"수원이가 뭐 나한테 있나?"

"평소에 전화 통화라도 하고 그러면 좀 좋으냐고."

"몰라, 그년은 툭하면 욕이나 하고. 나 무서워."

한 달 전

"불면증의 원인이란 다양하기가 실로 경이할 정도입니다."

우체국 지나 농협 사거리의 탐스런 신경내과 원장 새끼는 그 자신 지독한 불면증으로 정신 나간 (것 같은) 얼굴이었다. 팔자로 처진 눈썹에 느릿느릿 굵은 저음으로 인해 더욱.

"먼저 육신적 질환으로 잠을 이루기 힘드신 경우겠죠, 말하자면 여기저기 몸이 아프고 성가셔서 숙면을 방해받는. 마찬가지로 정신 분열이나 공황 장애 혹은 분노 슬픔 집착 짝사랑처럼 정신이 아프고 성가셔서 잠을 잘 수가 없는 경우가 있겠구요. 한방에서는 오장육부에 기운이 울체되었거나 반대로 기혈이 부족할 때, 과도하고 불규칙한 성생활로 음허해졌을 때 깊은 잠을 못 잔다고 설명하는데 이도 따지고 보면 데카르트 이원론에 충실한 양의학과 앞집 뒷집 삼을 분석일 겁니다. 이 밖에도 부실한 환경적 요인에 의해서, 이를테면 사십 평생 야간 경비로 일하던 사람이 직장을 잃고 시차가 완전히 뒤집어졌다거나 위층 집이 무허가 불법 단란주점이라 밤새도록 쿵쿵댄다거나. 어쨌거나……."

"어쨌거나?"

"어쨌거나 세상 모든 불면증은 고따위 잡다한 이유에 앞서는 공통적 근인을 안고 있습니다. 형제님 자신이 불면증이 아니라는, 바로 그 사실입니다. 이해 가시죠?"

별안간 튀어나온 형제님이 누구를 가리키는 호칭인지 알아듣지 못한 두엽은 조금 짜증스러웠다.

"아니요."

"실상은 불면증 아님에도 자신이 불면증 환자라고 믿는 게 그 시작입니다. 그리하여 잠잘 시간만 되면 어떻게 잠드나 초조해서 어쩔 줄을 모르고, 종내는 그런 강박에 쫓기느라 자다가도 절로 눈이 떠지는. 불면증 아닌 많은 불면증 환자들이 그로써 내내 불면 증세에 시달리다가 결국은 불면증 환자가 되고 마니 그야말로 불면증 없이 불면증 환자에 이르는 가장 위협적인 원인인 셈이지요."

잠을 구걸하지 말라. 원장의 표현이었다. 시간 되면 불 끄고 자리에 눕되, 머릿속 훤하고 당최 잠 올 기미가 보이지 않으면 양 떼를 세거나 숫자 1천을 거꾸로 세나가는 병신 짓일랑 말고, 아예 눈을 뜨고 있으라.

"그러다 잠이 오면, 그때 눈을 감으세요. 그리고 푹 주무시면 됩니다."

"잠이 계속 안 오면요?"

"계속 안 자면 되지요."

"……."

"어둔 방에 누워 멀뚱멀뚱 이게 무슨 꼴인가 싶으면 아예 불 켜고 일어나세요. 맨손 체조를 해도 좋고 TV를 봐도 좋고 배고프면 컵라면 중에서 칼로리 낮은 놈을 골라서 끓여 먹어도 좋습니다. 더러운 잠아, 오지 않으려거든 말아라. 나도 너 같은 새끼 필요 없다! 그런 정신 자세가 받침하지 않는다면 어쩌다 한두 시간 얕은 잠에 빠졌다 한들 다 무슨 소용이겠습니까."

일리가 있었다. 해서 시키는 대로 했다. 자정 지나 새벽 1시 넘고 2시가 넘고, 역시나 도통 잠이 올 것 같지 않으면 예의 정신 자세를 다잡아 이불 치우고 일어섰다. 인터넷도 뒤적거리고 부엌에 나서 간단한 야참도 만들어 먹고 동네 밤거리도 야경꾼처럼 어슬렁거렸다. 그러고도 잠이 오지 않으면 밤새 케이블TV를 봤다. 확실히 효과는 있었다. 일단 괴롭지 않았다. 씨팔 자야지 씨팔 자야 하는데 투덜거리며 밤새 이리 뒤척 저리 뒤척, 그 지긋지긋한 시간들로부터 해방될 수 있었다. 그러나 결국 나흘 만에 그 방법을 포기하고 말았다. 그 며칠을 내내 뜬눈으로 지새워야 했던 것이다. 그러다가 잠이 쏟아질 때 못 이기는 척 슬그머니 자리에 들라는 원장의 당부였지만 웬걸 며칠 밤을 뜬눈으로 설쳤음에도 야속한 잠기운은 요만큼도 찾아오지 않았다. 아니다. 어쩌다가는 눈꺼풀 뻑뻑하고 연이어 하품 나오는 순간이 없지 않았다. 그래서 올 것이 왔구나 기대감 속에 불 끄고 자리에 누우면, 바로 그때부터 빌어먹게도 머릿속이 샛별처럼 환해지는 것이었다. 그 며칠 성과라곤 케이블TV를 주름잡던 '미드' 〈프리즌 머더퍼커〉를 훤히 꿰뚫게 된 정도였으니 이 건 밤새 이불 속을 뒤척이다 한두 시간이라도 얕은 잠을 이루는 게 훨씬 수월한 장사 아니었겠는가. 미친 원장 새끼 같으니.

수면 클리닉 센터에 찾아가서는 일주기 리듬 교정에 대한 조언을 들어야 했다.

"아침과 낮과 밤, 그러니까 햇볕을 쬐는 시간과 각도와 양에 따라 지구상 모든 동식물들의 체내 리듬은 일정한 방식으로 변화하기 마련입니다. 물론 사람도 24시간에 가까운 일주기 리듬이 있어서 이에 따라 체온과 각종 호르몬 분비 심장 박동 판단력 소유욕 유머 감각 등은 물론 남성의 경우 발기의 각도와 경도까지 미세한 변화 가 유지되지요. 때 되면 배고프고 때 되면 졸리고 때 되면 놀고 싶 고 때 되면 커지고, 생명체는 한마디로 그 리듬의 조정을 받아 일상 을 살아가게 되어 있는 것입니다. 수면의 경우가 바로 그렇습니다. 목도리도마뱀의 일주기 리듬을 인위적으로 조정한 결과 3개월 동 안 눈앞의 먹이도 외면한 채 잠만 처자다가 굶어 죽었다는 실험이 있었습니다."

요컨대 이른 아침 해 뜨면 눈 뜨고 초저녁 해 떨어지면 곯아떨어 지는 것이 일주기 리듬에 순응하는 생활인데, 현대인 가운데 그러 한 패턴을 따박따박 지키며 살아가는 작자가 몇이나 되겠느냐. 연 소득 2만 불 이상의 도시 노동자 5명 가운데 2와 3분의 2명이 불면 증으로 생고생하는 요인이 바로 그러하다. 그럼 이걸 어쩌느냐. 문

명이 흐려 놓은 빛의 질서를 인위적으로 조절해야 한다. 치료사는 야간 근무자들의 작업 공간에 1만 룩스 이상의 빛을 쬐여 생체 교란을 막는 광치료법을 예로 들었다.

"밤과 낮을 낮과 밤으로 바꿔 보자 이겁니다. 다행히 학생도 아니고 군인도 아니고 취업 준비생도 직장인도 아니시군요."

말인즉 낮밤으로 길들여진 일주 리듬을 밤낮으로 바꾸는 것. 잠 오지 않는 밤에 전등불 환히 켜고 TV 켜고 컴퓨터 켜고 가스레인지 켜는 거야 평소 일상이었다. 문제라면 낮을 밤으로 만드는 작업이었으니 방 안을 사진 현상소 암실 수준으로 유지하기 위해 창문에 겨울 커튼을 두 개 치고 문틈을 천으로 막고 가전제품의 반짝이는 불빛과 소음을 피하고자 전원 코드란 코드는 죄다 뽑았다. 그러고 누우니 과연 완벽한 어둠, 다만 어둠뿐이었다. 게다가 어쩌다가 방을 나설 때는 귀마개에 털모자를 있는 대로 눌러쓰고 시커먼 선글라스로 중무장을 해야 했으니 어머니로부터 아유 깜짝이야 저런 미친 새끼가, 욕을 먹어도 이상할 노릇 아니었다. 암실 같은 대낮과 활기 가득한 밤 시간. 천지 창조주도 아닌 주제에 밤과 낮을 창조하는 대신 뒤바꾸었던 며칠의 효과는 분명했다. 지금이 도대체 밤인지 낮인지 도통 헷갈리는 경지가 찾아온 것이다. 아침 7시쯤 되었나 싶어 시계를 보았는데 놀랍게도 밤 9시 20분이 조금 지나 있어 AM과 PM의 의미를 새삼 되새겨 본 적도 있었다. 그럼에도 결과는 처참했으니 낮이 밤인지 밤이 낮인지 애매한 와중에도 낮

같은 밤은 낮 같아서 잠이 오지 않았고 밤 같은 낮은 밤 같아서 깊은 잠에 들 수 없었다. 시간관념까지 뒤죽박죽 흐트러져 내내 찜찜하고 뒤숭숭하니 종내는 도대체 왜 이런 생고생을 해야 하는 건지가 궁금할 따름이었다.

보름 전

어째서 잠이 오지 않을까. 온종일 피곤한데도 왜 밤이면 깊은 잠을 잘 수 없는 것일까. 고리타분 두꺼운 책을 읽다 보면 잠이 솔솔 온다는 말을 듣고 그도 그럴듯하다 싶어 다락방 창고를 뒤지니 검은색 표지 죄다 헤진 책 한 권이 먼지로 곱게 목욕한 채 썩고 있었다. 1961년 민중서관에서 나온 《국어대사전》(편자 이희승)이었다. 바윗돌처럼 묵직한 사전을 책상에 올려놓고 펼쳐 들려니 뿌듯한 부담감이 밀려들었다. 설마 이거 한 권 다 읽을 동안 잠이 안 올까? 고시생처럼 수험생처럼 목덜미를 주물러 가며 얇은 책장을 훌렁훌렁 넘겨 나갔다. 머리 깨지고 눈알 빠질 것 같았다. 결국은 머리말과 일러두기를 지나 ㄱ자 끝나 가는 461쪽의 위에서 아홉 번째 항목

긴:―병(―病) (명) 오래된 병. 오래도록 앓는 병. 장병.

긴병에 효자 없다 (속) 무슨 일이거나 너무 오래 끌고 가면 그 일에 성의(誠意)가 풀린다는 말.

에서 사전을 덮고 말았다. 밤을 꼬박 새우고도 오전 11시하고 47분이었다. 제기랄. 이불 펴고 누웠더라면 최소한 30분은 잤을 텐데. 이유 없는 불면은 잠자리 터를 의심해야 한다는, 이른바 수맥이 거꾸로 흐르는 곳에서는 잠도 잘 안 오고 아무리 오래 자도 몸이 개운치 않다는 무슨 무슨 설에도 귀를 기울였다. 그래서 집 안 이곳저곳 잠자리를 바꾸었다. 빌어먹을 수맥을 피해서 화장실 앞에도 부엌 통로에도 현관문 앞에도 이부자리를 펴고 누워 보았다. 같은 집 안인데도 자리가 바뀌니 그게 썩 낯설어 잠은 더욱 오지 않았고 결국 며칠 밤을 그렇게 소득 없이 지새우고 말았다. '불면증에 좋은 체조'라는 자료를 발견한 곳도 인터넷이다. 하나, 누운 채 양다리를 들고 뒤꿈치가 엉덩이에 닿을 때까지 힘을 주어 붙이고, 둘, 등을 똑바로 편 채 상체를 굽혔다가 폈다가, 셋, 한쪽 다리를 앞으로 뻗어 크게 원을 그리듯 돌리고, 넷, 다리를 높이 뻗어 머리 뒤로 넘기며 양다리를 똑같은 방법으로 반복하고. 좀처럼 상상이 되지 않는 동작들. 이렇게 하면 되는 건가? 확인할 길은 없었지만 근육 땅기고 관절 뒤틀리는 아픔을 참으며 열나게 팔다리를 놀렸다. 얼마나 해야 하는지 몰라 이불 위를 밤새 허우적댔다. 효과는 없었고 근육이 잘못 뭉쳤는지 다음 날은 걸음 한번 옮길 적마다 어구구구 나 죽네 고생이 이만저만 아니었다. 상추를 먹으면 잠 오는 데 도움 된다는 이야기를 듣고 농산물 시장까지 쫓아간 적도 있다. 장마철이라 삼겹살만큼 비싸진 상추를 박스째 사가지고 왔다. 줄기를 꺾으면

164

하얀 수액이 맺힐 만큼 싱싱하고 뻣뻣한 이파리를 그야말로 열심히, 통조림 참치를 뜯어 쌈도 싸먹고 식초 참기름 고춧가루에 무쳐도 먹고 된장에 찍어도 먹고 맨입에도 우적우적 뜯어먹었다. 이번에는 반응이 그럴듯했다. 저녁 9시가 좀 넘으니 연달아 하품이 쏟아지고 눈꺼풀에 느릿느릿 잠이 몰려들었다. 이게 효과가 있구나. 잠기운 달아날 새라 얼른 자리에 누웠고, 참으로 오랜만에 깊고 혼곤한 잠에 빠져 들 수 있었다. 아랫배에 송곳이 박히는 통증으로 눈 뜬 것은 11시 20분이었다. 그야말로 단장의 아픔에 허리를 펴지도 못하고 화장실로 달려가 양변기에 주저앉았다. 엄청난 설사가, 채 삭지 않은 상추 잎들이 쏟아지고 또 쏟아졌다. 밤새 네 차례나 화장실을 들락거렸다. 나중에 알고 보니 상추는 찬 성질이 강한 식품이란다. 그래서 두엽처럼 아랫배가 찬 사람은 조심해야 하며, 마늘 등 따뜻한 성질의 음식과 함께 먹어야 한다는 것이다. 정말이지 뒷머리 따뜻해질 노릇이었다. 그렇게 허비한 세월이 1년하고 8개월, 잠 안 오는 매일 밤 이부자리를 동해 바다처럼 원 없이 뒤척거리며 떠오르느니 별의별 잡생각들이었다. 대저 잠이란 무엇인가. 잔다는 것은 어떤 행위를 말함인가. 그게 무엇이기에 이토록 사람을 괴롭히는가. 인터넷도 뒤적이고 크고 작은 도서관도 찾아보았다. 엇비슷한 주제를 다룬 학문 분야들이 담 너머 다리 건너 드문드문 눈에 띄었지만 잠의 명확한 이론—입장을 제시한 사례는 찾을 수 없었다.

　사람은 주어진 수명의 3분의 1을 잠자는 데 보낸다. 그리고 거의 모든 사람들이 거의 매일 거의 일정한 시간에 잠들며 또한 잠깬다. 고로 잠이란 24시간 주기로 반복되는 생리적 의식 상실의 상태이며 고등 생물에게서만 나타나는 특유의 생물학적 메커니즘이다. 깊은 잠에 빠진 사람은 주변의 환경 변화와 자극에 주체적으로 반응하지 않는다는 점에서 의식 불명 혼수상태나 전신 마취와 비슷하지만, 한편 잠꼬대를 하고 코를 골고 이를 갈고 몸을 뒤채고 특히 꿈을 꾼다는 점에서 그와 분명히 구별된다. 실로 잠듦이란 산 것도 죽은 것도 기절한 것도 아닌 어떠한 상태인데 그 속에서 사람은 생각 없는 생각을 하고 의도하지 않았던 꿈을 만난다. 꿈은 또 무엇인가. 길몽이니 태몽이니 흉몽이니, 꿈과 실생활을 연결시켜 생각하는 전통적 믿음은 어디에서 유래하는가. 잠은 죽음이다. 죽음과는 다르지만 어떤 면에서 조금도 다를 바 없다. 세상 누구도 그로부터 자유롭지 못하며 원하건 그렇지 않건 누구나 일정한 때에 이르면 어둠 속에 누워 눈감고 그 순간을 받아들여야 한다. 그리하여 미지의 문턱을 넘어서는 순간에 이르러는 이전까지의 자기 자신을 쉬 잃고 잊는다. 잠들며 이전의 나는 그렇게 사라지고 만다. 잠들기 전의 나와 잠 깬 후 내가 같은 인물이라고 생각하는 것은 7년 전의 나와 지금의 내가 같은 사람이라고 믿는 무지에 견줄 일이다. 숱한 밤과 밤 시간들. 오만 가지 잡생각들은 잠과 불면을 중심으로 뱅글뱅글 맴돌며 무수히 곁가지를 쳐나갔다. 파파라치들을 피해 연인과 퐁 달마 터널을 질주하다 급작스런 교통사고를 만나는 순간, 다이애나가 목도한 것은 어떤 장면이었을까. 45세의 도스토예프스키는 《죄와 벌》의 마지막 문장을 완성하며 무슨 생각에 잠겼을까. 로보트 태권브이의 슬픈 히로인 메리는 과연 훈이를 짝사랑했을까. 오만 가지 잡생각에 넋을 잃다 보면 어둔 방구석에서 누군가의 목소리가 웅얼웅얼 들려오기도 했다.

　　그대는 천사인가요 악마인가요? 그대가 선한지 악한지 알 수 없지만, 인간의 모습을 쓰고 나타났으니 내가 물어봐야지. 죽어서 격식을 갖춰 땅속에 묻힌 시체가 어찌하여 수의를 찢고 나타났다는 말인가요? 대답해 보세요. 답답해서 이 가슴이 터져 버릴 것만 같으니. 그대를 편안히 모신 무덤이 어찌하여 그 무거운 대리석 입술을 벌려 시체를 뱉어 놓았단 말인지. 그대 시체가 이렇게 다시 완전 무장을 하고 어스름한 달빛 아래 나타나서 이 밤을 끔찍하게 만드는 이유가 무엇인지. 아, 자연의 법칙에 묶여서 꼼짝도 하지 못하는 인간들이 한심하구나. 인간의 지혜로는 풀지 못할 문제를 던지고, 우리의 간담을 서늘하게 하는 곡절이 무엇이란 말인가요?

사흘 전

해피드림 SD-305를 발견한 곳은 인터넷 쇼핑몰 www.auction808.

com에서였다. 홈 → 가전제품 → 주방·건강·생활 → 의료·수면용품 → 의료수면용품 기타(327) 카테고리의 3백 27개 상품 가운데 하나였다.

해피드림 SD-305(의료용 저주파 자극 수면기)

편한 잠 행복한 꿈! 이제 불면의 고통에서 벗어나세요.

미국 FDA 의료기 승인,

(사)한국 의료기기 심의위원회 심의필,

ISO 9003 KGOM 인증,

식품 의약 안전청 허가 제03-218호.

ㅡ 제품 특징

1. 국내 최초 2Way 2Pads 방식으로 수면 모드를 1~5단계까지 기호에 따라 선택 사용 가능

2. 체계적인 전자동 프로그램이 내장되어 숙면 효과를 극대화

3. 소프트 스타트 기능으로 초기 작동 시 강도 조절 부주의로 인한 쇼크 방지

4. 1.5V AA 건전지 1개로 일주일 이상 사용 가능한 초절전형

5. 장기간 사용 시 쇼크 방지를 위한 제로 스타트 기능

   제품 사이즈 : 130(W) x 56(D) x 20(H)

   중량 : 94g

제품 구성 : 본체 기기, 연결선, 소형 패드 2개, 중형 패드 2개, 대형 패드 2개, 관절 패드 2개, 전용 파우치(고급 레자 소재. 청색 회색 중 택 1), AA건전지 2개, 사용 설명서, 윤활용 젤.

—본 제품은 '의료기기'입니다.

사용 후기 란에는 소비자가 작성한 상품 평들이 10여 개 올라와 있었다. 만족스럽다, 신기하다, 효과가 확실하다, 덕분에 일할 맛이 난다, 친구에게도 하나 사줘야겠다, 가격도 좋고 배송도 빨라서 대만족이다…… 별점도 4개 반으로 꽤 높은 편이었다. 상품 사용 후기 아르바이트인가? 사진으로 보기엔 딱 저주파 안마기처럼 생긴 물건이고 사용법도 그와 비슷했다. 패드를 몸에 붙이고 기기를 작동시키면 저주파가 중뇌의 기능을 선택적으로 마비시켜 신체 내외의 감각성 경로들을 차단해 주며 반대로 뇌의 수면 중추 신경 세포군을 흥분시키는 한편 척수를 자극, 잠프노톡신(1892년 러시아의 신경 화학자 유리게노프는 보름 동안 재우지 않은 개코원숭이의 뇌척수에서 이 물질을 추출하는 데 성공했는데, 다른 건강한 원숭이들에게 이 물질을 주입하자 곧바로 잠에 빠져 들었다고 한다.)의 분비를 촉진한다. 기기 작동 후 5분에서 10분 사이 잠들게 되는데 1시간부터 12시간까지 선택 가능한 수면 시간 동안 안정적인 프로그램에 따라 기기가 동작되며 예약한 시간이 끝나면—타이머로 움직이는 전기밥통처럼—누가 흔들어 깨우지 않아도 저절로 눈이 떠진다고 했다.

수면 중 뇌파 측정 실험 결과, 오르토(Ortho) 수면과 램(Ram) 수면 간의 변화 추이가 건강한 일반인의 수면 활동과 거의 흡사하게 진행되었다. 결국 기기의 도움 없이 잠을 잘 때와 생물학적 효과 및 결과가 똑같은 수면 상태를 유지할 수 있다……. 이런 물건이 정말? 잠깐 솔깃하려다 말았다. 그간 불면증과의 지루한 싸움을 벌이며 뭐라도 잡는 심정으로 사들인 물건이 한두 개가 아니었다. 잠을 잘 자게 해준다는 무슨 향초. 아침저녁 마시면 효과 있다는 무슨 허브티. 자연광과 흡사한 빛을 낸다는 백색 램프. 의료용 습식 자석이 부착된 수면 안대. 포병대 군인이 쓰는 귀마개. 17가지 한방 약재가 들어간 베개 등등. 다들 말은 그럴 듯했지만 말처럼 효과 탁월한 물건은 하나도 없었다. 그럼에도 돈을 내고 잠을 구입한다는 소비 기대감이란 두엽 같은 이에게 무시하기 힘든 것. 하여 특별 할인 가격에 택배비까지 포함해 무려 6만 6천 5백 원을 결재하기에 이른 것인데 솔직한 심정으로 과연 효과가 있을까, 기대 요만큼 우려 요만큼 호기심 요만큼 실망 요만큼이 뒤섞여 더없이 뜨뜻미지근했던 것이다.

그날

늘 그렇듯 새벽 4시 넘도록 이불 속을 뒤척거렸고, (아마도) 20여 분가량 짧은 잠에 빠져 들었다가 무엇엔가 놀라 깼으며, 이후로 통잠을 이루지 못한 채 보얗게 밝아 오는 아침을 뜬눈으로 맞이한 그날 오전, 늘 그렇듯 어깨 무겁고 머리 지끈지끈 가슴 울렁울렁 토할 것 같은 데다 젖은 소금을 뿌린 듯 눈가 뻑뻑했다. 11시 지나 초인종이 울렸다.

"전두엽 씨 댁인가요."

"그런데요."

"택배입니다. 문 좀 열어 주세요."

헬로택배 마크가 찍힌 밝은 주황색 조끼의 택배 기사가 네모난 박스를 들고 서 있다.

"해피드림 주문하신 거 맞죠?"

그제야 사흘 전 그러저러한 물건을 인터넷에서 발견했던 기억이 되살아난다. (바지 주머니에 집어넣은 TV 리모컨을 찾아 집 안을 열나게 뒤지다가 가만, 내가 지금 뭘 하고 있었더라? 어리둥절해지는 건망증은 오랜 불면 증세가 가져온 또 하나의 병리 현상이었다.)

"잠깐 실례 좀 하겠습니다."

"……그러시죠."

신을 벗고 들어와 마룻바닥에 퍼질러 앉은 택배 기사는 조끼 주머니에서 커터 칼을 꺼내어 슥슥삭삭 익숙한 손놀림으로 종이 박스를 개봉했다. 그리고는 수령증을 내밀었다.

"내용물 확인하고 사인 좀 해주세요."

보통 택배 배달원들은 주소 거주자 확인하고 물건 건네고 (간혹 수령자 사인을 요구한 뒤) 바삐 돌아가는 법 아니던가? 도대체가 배달한 물건이 무엇인지를 알고 있는 데다 손수 박스까지 열어 주다니, 조금 헷갈렸지만 머리 지끈지끈 가슴 울렁울렁 눈가 뻑뻑했으므로 따지지 않기로 했다.

"이게 뭔가요?"

인터넷에서 보던 물건이 아니다. ON/OFF 단추와 세부 조절 다이얼이 있는 본체도, 대형 중형 소형 패드도 연결선도 파우치도 윤활용 젤도 없다. 바둑알만 한, 딱 그런 크기의 금속 제품 두 개가 전부이다.

"뭐라니요."

"주문한 거, 이게 아닌데."

기사가 조금 귀찮은 얼굴로 서류철을 뒤적였다.

"종암 3동 121-13, 성근 연립 B-203호, 전두엽 씨."

"그건 맞구요."

"해피드림 XQ-1200, 17일 화요일에 주문하셨잖아요."

"예, 하지만, ……XQ요? 아닌 거 같은데. 제가 산 건 SD-305인가 그랬어요. 6만 4천 원짜리."

"SD요? 맙소사. 살가죽에 고무판 붙이는 모델?"

"……예."

"이상하다. 그거 단종된 줄 알았는데."

"아시나 봐요."

"얘네 물건을 하루에 열 군데는 더 배달하거든요. 이건 뭐 해피드

림 배달 사원도 아니고, 제품 설명에 수리에 뭐에 반 전문가 되었다
니까. 그나저나 SD 모델 그거 불편해서 못 써요. 요새 펜티엄 투 쓰
는 사람 봤어요?”

“그러면 이게, 이것도, 잠 오게 하는 그런 기곈가요? 이 쪼그만
게?”

“훨씬 낫죠. 몸에 삽입하는 방식이니까 편하고.”

“몸에?”

“저기요 제가 좀 바쁘거든요. 어떻게 하실 거예요? 반품 처리하
면 되니까.”

“글쎄요, 난 갑자기 이거.”

뭔가 이상하게 돌아간다는 생각은 들지 않았다. 다만 예의 상황
이라는 게 무척 생경한 데다 지긋지긋한 불면 탓으로 머리 깨지게
아프고 속이 울렁거릴 뿐이었다.

“제가 알기로 이게 3만 원 정도 비싸요. 성능이야 더 말할 것도 없
고.”

“이런 물건은 인터넷에서 못 본 것 같아서.”

“못 보긴 뭘 못 봐요 나온 지 6개월이 더 됐는데. 보세요 아저씨,
그놈의 구닥다리 SD를 쓰다가도 이걸로 바꿀 판인데. 얘네들이 출
고 실수해서 땡잡은 줄로나 아세요.”

“이거…… 괜찮을까요?”

“아 정말, 내가 뭐 여기 영업 뛰는 것도 아니고. 관둬요.”

시술은 10분 정도 걸렸다. 왼쪽 쇄골 안쪽 옴폭한 부위에, 그리고 오른쪽 겨드랑이 깊숙이에 바둑돌만 한 기기를 하나씩 삽입하는. 그 이전에 중요한 작업이 있었으니 XQ-1200을 동기화하고 프로그램 값을 정해야 했다. 기사의 조언에 따라 두엽은 2200-0700-6m를 입력했다. 밤 10시에 잠들어서 다음 날 아침 7시면 눈을 뜨고, 이를 위한 저주파 자극이 6개월 동안 매일 지속한다는 의미였다. 이제 시술이다. 피부를 깨끗이 씻고 알코올 소독한 다음, 목적하는 위치에 펜으로 정확하게 마킹하고, 실리콘 총 비슷하게 생긴 삽입 기구에 XQ-1200을 장전(!)한 뒤 표시한 곳에 기구를 가져가 댄다. 그리고 '퓩' 압축 공기 빠져나가는 소리와 함께 표피 안에 초소형 저주파 자극기가 무사히 자리 잡았다. 따끔하고 묵직하고 조금 아렸다. 의료용 카테터를 이식하는 느낌이었다.

"도대체 무슨 꼴이야. 해피드림에서 월급 받아야 한다니까."

"끝난 건가요."

"끝났지요."

"수고 많으셨습니다. 코코아라도 한잔."

"코코아 됐어요. 자, 인수증 사인이나."

운동화에 발을 몰아넣으며 현관을 나서던 남자가 인사를 던졌다.

"오늘부터 푹 주무세요."

상의를 벗고 거울 앞에 섰다. 왼쪽 목 아래, 조그만 혹 같은 것이 보일 듯 말 듯 도드라졌다. 오른쪽 겨드랑이 안쪽을 만져 본다. 작은 금속이 멍울처럼 만져진다. 무척 이물스럽지만 심하게 아프지는 않다. 그 와중에 생겨난 상처도 다행히 경미했다.

그날 밤. 일찌감치 저녁 식사를 마친 뒤 이 닦고 발 닦고 자리를 폈다. 9시 뉴스와 스포츠 뉴스가 끝나길 기다려 TV를 껐다. 마루에서 어머니의 목소리가 들려왔다. 빨랫감을 좀 어떻게 하라는 심부름 같다.

"저 자요, 엄마."

그러자 한바탕 잔소리가 이어졌다. 지금이 몇 신데 벌써 지랄이야. 밤새 안 자고 온 집안을 들쑤셔 놓을 거면서. 내가 저 새끼 때문에 속이 터져 살 수가 있어야지. 두엽은 이불을 뒤집어썼다. 그리고 어둠 속에서 약속된 순간을 기다렸다. 9시 58분이 넘었다. 별나게도 긴장이 되었다. 장차 무슨 일이 벌어질까 기대도 약간. 9시 59분. 불을 끄고 겨울 커튼을 겹으로 친 방 안은 칠흑 어둠이다. 왼쪽 쇄골과 오른쪽 겨드랑이가, 기분이 그래서 그런가, 조금 간질거린다. 마루에서 어머니의 잔소리가 이어지고 있다. 밤 10시. 고요 어둠 속에서 두엽은 분명히 들었다.

딸깍.

쇄골에 삽입된 기기에서 나는 소리이다.

딸깍.

곧 기기가 작동한다는 신호이다. 가슴이 두근거렸다.

딸깍.

2초가량? 일정한 간격으로 반복된다. 택배 기사 설명대로라면, 신호음이 다섯 차례 이어진 뒤 수면을 유도하는 저주파 자극이 시작될 터였다.

딸깍.

솔직히, 조금 두렵다. 잠은 죽음이다. 죽음은 아니지만 그와 비슷하다.

딸깍.

그리고 두엽은 소리 없는 잠에 빠져 들었다. 잠의 강물 깊이로 절벽절벽 들어서는 자신을 의식하지도 못한 채, 깊이 더 깊이.

다음 날

눈을 떴다. 날선 칼로 뭉뚝한 무엇인가를 단숨에 끊어 내듯.

방 안은 어둡다. 이불을 걷고 일어섰다. 창가로 가 커튼을 걷었다. 시린 아침 햇살이 우웩, 쏟아진다. 시계를 보았다. 7시 4분. 21일 토요일이다. 하루가 지났다. 푹 자고, 밤 시간이 유유히 흐르고, 그렇게 하루가 가고, 새 아침을 맞이한 것이다!

감격스러웠다. 믿기지 않았다. 기억이 맞는다면 어젯밤 10시에 정확히 잠들었다. 그리하여 지금까지, 무려 9시간을, 중간에 단 한 번도 깨지 않고, 꿈도 없이 깊은 잠을! 이게 도대체 얼마 만인가.

손을 들어 목덜미를 더듬고 겨드랑이 안쪽을 만져 보았다. 피부 안쪽에 멍울진, 작고 가벼운 금속의 감촉. 거 참 용하구나. 그간 사들였던 물건들과는 과연 차원이 다르구나. 온몸이 개운했다. 전신 마사지를 받고 사우나라도 한 판 때린 것 같다. 머리도 아프지 않고 가슴도 울렁거리지 않았으며 눈가도 뻑뻑하지 않았다. 단 하룻밤 만에 깨끗이 사라지고만 불면의 오랜 증세들. 실로 개벽이었다. 컴퓨터를 켜고 인터넷에서 www.auction808.com을 찾아간다. 의료 수면용품 기타의 3백여 개 상품들. XQ-1200이, 과연 있었다. 국내는 물론 미국 일본 영국 핀란드 남아공에 이미 특허 출원을 받은 기술력이란다. 저주파 자극 원리는 SD 제품보다 개선되었으며 반영구적 피부 삽입 방식으로 때마다 패드를 찾고 세척하고 부착하고 혹시 자다가 떨어져 나갈까 싶은 걱정과 번거로움이 없어졌단다. 오, 과연. 창밖을 내려다보았다. 교복 입은 학생들, 가방을 든 회사원이 바쁜 걸음으로 골목길을 지나고 있다. 아무것도 아닌 그 풍경이 대단히 감동적이다.

“어머니, 엄마!”

방문을 열고 뛰쳐나갔다. 천지가 개벽할 소식을 누구에게라도 전해야 했다.

“엄마! 어머니!”

“왜 그래.”

화장실에서 빨랫감을 한 아름 들고 나오는 중이다. 온종일 빨래만 하시나.

“나, 지금 일어났어요!”

"……뭐?"

"여태 자다가 지금 막 깼다고요. 어제 10시부터 푹 잠들어서 지금까지!"

"잘 했다."

"놀랍지 않아요, 어머니는?"

"놀랍긴 얼어 죽을, 먹고 자고 싸는 게 놀라워?"

"그게 아니라, 내가 요즘에 계속 잠을 못 잤잖아요. 불면증. 몰라요? 그런데 지난밤은 밤새 아주 푹 잘 잤다니까. 2년 만에 처음으로."

"갑자기 왜? 별일이네."

"그건."

SD-305에서 XQ-1200으로 뒤바뀐 해피드림 이야기가 식도까지 치밀었지만 뱉어 낼 수 없었다. 미친 새끼가 집안에 돈 한 푼 안 들여놓으면서 또 그딴 물건을! 운운의 잔소리가 귀에 선했다.

"늙어서 그런 모양이죠."

"얼씨구 이게 누구 앞에서."

"아, 배고파. 빨리 밥 먹어요."

아닌 게 아니라 무척 시장했다. 밤잠 설친 다음 날 늘 그렇듯 입 안 깔깔하던 것과는 뭐가 달라도 달랐다.

"간만에 일찍 일어났으면 부엌 가서 좀 챙겨 봐. 사람 바빠 죽겠구만."

"뭐가 바빠요?"

"10시까지 구민회관 앞으로 가야 해."

"구민회관은 또 왜……. 아, 온천 여행 가신다는 거 오늘이에
요?"

2일 뒤

다음 날도 어김없었다. 냉동된 고기를 식칼로 단숨에 절단 내듯
반짝 눈뜨니 어김없이 아침 7시. 전날 밤 10시에 딸깍, 딸깍, 딸깍,
딸깍, 딸깍, 그러고는 여름날 하드 녹듯 곯아떨어져 무려 9시간을
푹 잤다. 밤새 한 차례도 깨지 않았으며 이상한 꿈에 시달리지도 않
았다. 습관처럼 목 아래와 겨드랑이에 손을 가져간다. 처음의 거북
하던 이물감도 이제는 많이 익숙해졌다. 반창고를 떼어 냈다. 상처
가 잘 아물고 있다.

창가에 서서 일요일 아침의 한가한 골목길 풍경을 한참 내려다보
았다. 골목집 담장 너머, 비좁은 마당에 하얗게 널린 속옷들이 살
랑살랑 춤을 추고 있다. 스무 살 푸릇하던 시절로 돌아간 기분이었
다. 무엇보다 여기저기 쑤시고 저리고 아프지 않아서 좋았다.

집 안에는 아무도 없다. 일본 여행 떠난 어머니는 일주일 후에나
돌아올 예정이다. 뭐라도 하고 싶은 의욕에 온몸이 근질거렸다. 숙
면이 가져온 매우 긍정적인 갱생의 조짐이었다. 부엌으로 가 냉장
고를 뒤진다. 이런저런 밑반찬들을 식탁에 늘어놓고 찬밥을 전자

레인지에 돌리고 미역국을 덥힌다.

아침밥을 한가득 먹은 두엽은 화장실로 가 한가득 대변을 보았다. 이를 닦고 샤워를 하고 머리를 감고 면도를 하고 나와서는 가장 최근에 산 외출복으로 갈아입었다. 일요일 아침 거리. 얼마 만의 집밖 나들이인지 기억도 나지 않았다. 수면제 대용 소주를 사러 편의점엘 들르거나 하도 잠 오지 않음에 치받는 열을 식히러 새벽 깊은 동네 골목을 공연히 싸돌아다니던, 그런 경우 말고는. 버스 정류장으로 가 사람들 속에 섞였다. 막 출소해 햇살 아래 나서는 짧은 머리 청년처럼 눈 가는 모든 것이 아름다웠다.

그날 두엽의 일요일은 참으로 각별했다. 불면 속에 허우적대던 지난 2년 세월뿐 아니라 그의 전 생애를 통틀어 단 한 차례도 경험 못했던 특별하고 소중한 날이었다. 무작정 올라탄 3131−2번 버스는 청소가 잘 되어 깔끔한 데다 승객이 몇 없어 매우 쾌적했으며 버스 뒷자리에서 감상하는 휴일 시내 거리는 명화 속 풍경처럼 아름다웠고 한강 다리를 달릴 때 저편 강 물결은 바람도 없이 잔잔하게 반짝거렸다. 변두리의 버스 종점에 내려서는 고적하고 우아한 주택가 풍경이 아담하게 펼쳐졌는데, 오고 가는 이들의 옷차림 대개가 등산복 등산화라 사연을 알아본즉 경기 북부에서 이어지는 산줄기의 등산로가 그로부터 멀지 않았다. 하여는 생각 못했던 산행까지를 시작하게 되었다. 덥지도 춥지도 않은 날씨였으며 산길은 다가갈수록 깊고 울창했다. 3시간 조금 넘게 산을 타고 나니 내려오는 길이 조금 버거웠지만 그래도 기분 좋았다. 기분 좋아서 아무 생각도 나지 않았다. 등산로 초입에 늘어선 식당 한곳에 들어가 이른 저녁으로 뜨끈한 소머리 국밥을 한 그릇 사먹었다. 발갛고 벌건 얼굴로 떠들어 대는 등산객들 속에 섞인 자기 자신이, 두엽은 대단히 자랑스러웠다. 누구에겐 특별할 것 하나 없을지 모르지만 세상 무엇과도 바꾸고 싶지 않은 하루였다. 그 멋진 하루를 함께 보낼 이가 곁에 없으니 아쉬울 따름이었다.

집에 돌아와서는 따뜻한 물에 샤워를 하고 간만에 집 안 청소를 했다. 청소기 돌리고 방 안 정리하고 책상 위를 치웠다. 집 안이 이렇게 생겼던가. 온종일 뜬눈 벌게져 있을 땐 미처 발견 못했던 집 구석구석이 생경한 인사를 건네 오는 것 같았다. TV를 틀어 놓고 거리에서 집어 들고 온 생활 정보지를 뒤적였다. 구인란. 뭐 좀 만만한 일자리가 없을까. 어느새 9시 뉴스가 방송되고 있었다. 이제 잠자리에 들 즈음인 것이다. 9시 뉴스와 함께 잠들어 7시 뉴스와 함께 아침을 시작하는, 이야말로 예전엔 감히 상상도 못 했던 일상. 일기예보를 한 귀로 흘려 들으며 자리를 폈다. 온종일 쉬지 않고 몸을 움직였더니 제법 피곤하다. 저 불면의 나날 그러했듯 찐득하고 지저분한 피곤과는 거리가 한참 멀었다.

9시 57분.

불을 끄고 누웠다. 길었던 휴일 하루가 검은 망막 위를 스쳐 간다. 이제 잠들 시간이다. 이틀 전만 해도 밤새 잠 못 이루고 이부자리를 뒤척일 일이 지레 걱정이었지만 이제 두렵지 않았다. 다만 아쉬울 뿐이다. 특별했던 하루를 이렇게 끝내야 한다는 것이.

맞다, 잠은 죽음이다. 죽음과는 다르지만 어떤 면에서 그와 조금도 다르지 않다.

두엽은 양손을 가지런히 가슴에 모았다. 그리고 숨죽여 기다렸다. 이윽고,

딸깍.

쇄골과 겨드랑이에서 나직한 신호음이 시작되었다.

딸깍.

꿈같은 잠을 부르는 저주파 자극이 곧이어 시작될 것이다.

딸깍.

딸깍.

딸깍.

두엽은 깊은 잠에 빠져 들었다.

3일 뒤

월요일 아침. 커튼을 걷어 아침 햇살을 가득 들여놓고 TV를 잠깨운 뒤 늘어지게 기지개를 켰다. 어제 무리하게 산을 탔던 탓에 허리와 장딴지가 조금 땅겼지만 그래도 개운했다. 화장실에서 소변을 보고 부엌으로 가서 끓여 놓은 보리차를 꿀꺽꿀꺽 마셨다. 온몸의 신경 세포가 반짝반짝 깨어나는 기분이다. 아침을 챙겨 먹은 뒤

어젯밤 뒤적이던 생활 정보지를 다시 펼쳐 들 것이다. 눈여겨봤던 구인 광고가 몇 건 있었다. 먼저 전화를 해보고, 웬만큼 확실한 곳 아니면 면접 약속도 잡지 말아야지.

방으로 돌아와 이불을 털어 접고 요를 개키던 두엽은, 갑자기 왜 그랬을까, 저편 방구석을 문득 바라보았다. 벽 오른편 모서리와 책상 아래 컴퓨터 본체가 놓인, 그 조붓한 공간에 시커먼 물건이 누워 있다. 저게 뭐지? 웬 나무토막인가 싶었다. 젖은 빨랫감인가 싶었다. 그러나 나무토막도 빨랫감도 아니다. 무심코 다가가 물건을 확인한 두엽은 어라? 고개를 갸웃거렸다. 그리고 잠깐 생각에 잠겼다. 가만있자, 지금 꿈을 꾸는 중인가. 하지만 그렇지 않다는 것을 그 자신 너무도 잘 알고 있다. 방바닥에 음흉하게 자리 잡은 물건. 손을 가져갔다. 선뜻하고 묵직한 철제 감촉에 화들짝 놀라 물건을 내려놓았다.

절그럭.

놀라 주저앉은 두엽은 뒤로 슬금슬금 물러섰다. 뒷머리에 얼음 조각이 슉슉 박히는 것 같았다. 뭐야 씨팔. 저게 뭐야. 가슴이 팔락거렸다. 다시 조심조심 다가가 물건을 확인했다. 맙소사. 눈이 멀 것 같았다. 쥐 반 토막을 문 고양이가 죽어 있었더라도 이렇게 놀랍지는 않을 것이다. 옆구리 터진 구렁이가 꿈틀거리고 있어도 이렇게 어이없지는 않을 것이다. 잘려 나간 사람의 정강이가 썩어 가고 있더라도 이렇게 숨 막히지는 않을 것이다.

소총 한 자루, 탄창 두 개, 수류탄 두 개.

군용 K-2 소총은 개머리판이 접혀 있으며 탄창은 실탄이 가득 채워져 묵직했다. 그리고 동그란 안전 고리가 떨어질 듯 위태롭게 달려 있는 K400 수류탄. 도대체 이 상황이, 어떻게 꿈이 아닐 수가 있는 거지? 머리가 욱신거렸다. 손을 짚으니 이마가 몹시 쓰리다. 끈적끈적한 것이 만져진다. 찐득찐득 말라붙은 피였다. 이건 또 웬 상처야. 어제는 안 이랬는데. 잠자리에 들 때만 해도 멀쩡했었는데. 아아. 아아아. 반쯤 혼이 나간 두엽은 혼자 열나게 떠들어 대는 TV를 바라보았다. 아침 뉴스다. 화면은 마이크를 들고 선 기자의 얼굴에서 막 바뀌어, 전소된 채 들판에 버려진 차량을 비추고 있다. 노란색 폴리스 라인 주변, 소총을 맨 군인들이 서성이고 있다.

……태워 버린 뒤 도주한 것으로 경찰은 파악하고 있습니다. 조사 결과 이 차량은 어젯밤 경기도 K시의 아파트 단지 내 주차장에서 도난당한 차량으로 드러났습니다. 이에 따라 군경은 경기도 K시 주변과 인근 도로에 6백여 명의 병력을 동원해 정밀 수색 작업을 벌였습니다. 군경은 또 K경찰서에 합동 수사본부를 마련하고, 이번 사건에 공범이 있었는지 여부, 또 현역이나 예비역 군인이 개입했는지 등 여러 가지 가능성을 열어 두고 다각적으로 수사하고 있다고 밝혔습니다. 지금까지 수사본부가 마련된 K경찰서에서 KBS 뉴스…….

뭐야. 이게 뭐야. 씨팔 이게 뭐야. 컴퓨터에 전원을 넣었다. 위이

이잉. 부팅이 진행될 동안 머리에 불이 붙은 사람처럼 방 안을 오락 가락 맴돌았다. 무시무시한 물건이 놓인 방구석 쪽으로는 차마 시 선을 돌리지 못한 채 말이다. 뭔가 엄청난 일이, 그게 뭔지는 몰라 도, 벌어지고 있어! 마우스를 쥔 손이 달달 떨렸다. 인터넷 시작 페 이지에 링크된 뉴스 기사들. 그리하여 밤사이 벌어졌던 사건이 무 엇인지 확인하는 데에는 오랜 시간이 걸리지 않았다. 〈범인은 30대 남성〉, 〈계획적 총기 탈취, 군인 차로 치어〉. 〈용의자 오리무중. 초기 대응 허술〉, 〈탐문 수사 본격 시작〉, 〈총기·수류탄 등 대량 살상 무기……. 2차 범행 초비상〉. 제목들만으로도 구역질이 울컥 넘어왔다.

사건은 어제 새벽 경기도 K시 도언군 길상 사거리 앞 4차선 도로 에서 발생했다. 이 시각 나주일(21) 병장과 남정연(20) 일병은 초소 근무를 마치고 부대로 돌아가는 중이었다. 흰색 뉴코란도 승용차 가 느닷없이 돌진해 남 일병과 나 병장을 잇달아 치고 지나간 것은 1시 20분경. 곧이어 승용차에서 내린 30대 중반 남성이 나 병장의 K-2 소총을 빼앗으려 달려들었다. 범인은 저항하는 나 병장의 허 벅지를 지니고 있던 흉기로 세 차례 찔렀고, 이때 범인도 나 병장이 휘두른 K-2 소총의 개머리판에 머리를 맞아 부상을 입었다. 격투 끝에 범인은 군인들로부터 K-2 소총과 실탄 75발, 수류탄 2발을 빼앗아 타고 온 승용차를 타고 달아났다. 사건 직후 남 일병과 나 병장은 인근 소생 병원으로 옮겨졌으나 남 일병은 숨졌으며 나 병장은 인하대 병원으로 다시 옮겨져 허벅지 등 상처 부위를 수술했다. 군경은 범인이 타고 도주한 승용차가 의정부IC를 통해 서울 외곽 순환 도로로 진입했을 것으로 추정했다. 한편 사건 발생 1시간 뒤인 2시 20분경, 성남IC에서 10킬로미터가량 떨어진 무용 초등학교 정문 앞에서 용의 차량이 불에 타고 있는 상태로 발견되었다. 군경은 범인이 이 지역에 차를 버리고 다른 지역으로 이동했을 것으로 보고 일대에서 밤새 검문검색을 벌였다. 사건 발생 직후 군은 대간첩 침투 작전 경계 태세인 '진돗개 하나'를 발령했다.

머리가 아팠다. 찢어진 이마도 아프고 두개골 안쪽도 몹시 울렁거렸다.

컴퓨터 모니터를 한참 들여다보다가, 뉴스 끝난 TV 광고 방송을 넋 놓고 지켜보다가, 지옥을 접하는 심정으로 저편 방구석의 시커먼 물건들을 힐끔거리다가, 시커먼 한숨을 토해 냈다. 오 마이 갓, 내가? 내가 그랬단 말인가? 지금의 방 안 꼬락서니를 누군가 목격한다면, 재작년에 세상 떠난 아버지라 해도, 두엽 자신이 품고 있는 의심을 사이좋게 나누지 않을 수 없으리라. 밤새 무슨 일이 있었던가. 잠든 채 잠에서 깨었던가? 잠든 채 잠 깬 상태로 집 밖에 나가, 차를 훔쳐 밤길을 마구 달려, 군인 두 명을 치고 무기를 빼앗은 뒤, 사람들 눈을 피해 몰래 집으로 돌아와, 고이 잠자리에 들었던가? 간밤. 깊이 잠든 와중에 과연 그런 일이? 사고가 난 K시는 어제 3131-2번 버스를 타고 갔던 종점 동네—등산로가 있던 그 산자락에 인접한 위성 도시이다. 절망스러운 우연의 일치였다. 고통스럽게 기억을 더듬는다. 애타게 더듬는다. 활활 불타오르는 차량. 철모를 쓴 젊은 군인의 얼굴. 어둔 도로 위로 끊임없이 이어지는 주황색 가로등 불빛들. 흐릿한 모습들이 언뜻 스쳐 가는 것도 같다. 아니다. 그건 실상의 잔재가 아니다. 머릿속이 억지로 짜내는 가짜 기억이다. 그렇다면 왼쪽 이마의 이 상처는? 방구석의 저 끔찍한 물건들은?

아침이 가고 정오가 지났다. 오후가 깊어 갔다. 두엽은 내내 방구석에 이불 뒤집어쓰고 잔혹한 시간들을 버티었다. 걱정과 불안과 공포가 샤워 물줄기처럼 쉼 없이 쏟아졌다. 이 상황에서 할 수 있는 최선의 일이 있을까. 경찰에 신고를? 어젯밤 10시쯤에 잠들어 오늘 아침 7시에 일어나 보니 발치에 저런 물건이 놓여 있더라고? 이마에는 못 보던 상처가 생겼는데 기억나는 일은 도통 없다고? 아무래도 몽유병 같다고? 몽유병이라. 불면증 때문에 괴로웠던 나날이야 두말하기 귀찮을 정도지만 그따위 증세는 입에 올리기도 처음이다. 겨드랑이와 목 아래를 만져 본다. 그래, 이거. 해피드림 XQ가 문제일지 모른다. 불면증을 감쪽같이 치유한 이 물건이 어쩌면 팔자에 없던 몽유병을 불러왔을까. 부작용이라는 게 가장 문제되는 이유는 예측이 쉽지 않다는 점이다. 발기 부전제를 복용했더니 물건이 10시간 동안 죽지 않는 지속 발기 증세로 병원 응급실에 실려 갔다던가 유통 기한 지난 감기약을 먹었더니 오른손 약지와 중지 사이에 큼직한 사마귀가 생겼다든가, 기대치 못한 곳에서 본래의 목적과는 전혀 상관없는 이상 작용이 느닷없이 발생하는 의외성 말이다.

부작용이라, 하지만.

하지만 이건 스스로 용납이 되지 않는다.

백번 양보해서, 예컨대 뜻하지 않은 몽유병 증세가 찾아왔다 해도, 도대체가 총기 탈취라니?

자다가 벌떡 일어나 혼잣말을 중얼거리거나. 거실 소파에 누워 다시 잠든다거나. 옆 사람에게 느닷없이 신경질을 낸다거나. 걸친 옷을 훌훌 벗어 던지고 하느작하느작 춤을 춘다거나. 책상 앞에 서서 이 닦는 시늉을 한다거나. 어째서 그런 사례가 아니란 말인가. 총기 탈취라니. 차를 훔쳐 무고한 군인들을 들이받고 상처를 입히고 죽이고 총을 빼앗다니. 빌어먹을. 이게 말이나 되냐고.

인터넷 뉴스 게시판에 속속 올라오는 K시 총기 탈취 사건 관련 소식들. TV 오후 뉴스에서도 연말에 치러질 제24대 대통령 선거보다 오히려 비중 있는 기사로 지난 새벽 사건을 이야기하고 있었다. 그러나 수사 진행은 지지부진 난항이었다. 합동 수사본부는 현장에 남겨진 혈흔을 분석한 결과 범인의 혈액형이 A형인 것으로 확인됐다고 밝혔다. 이에 따라 합수 본부는 1989년 이후 해병 2사단 5

연대에서 전역한 2만 321명 가운데 혈액형이 A형인 자, 전과가 있는 자, K시 I시 N시 등 수도권에 거주하는 자 등을 중심으로 수사를 벌이고 있다. 합수 본부는 또 사건 전날인 21일 오후 3시경, K시 길상 사거리의 한 식당에서 범인과 인상착의가 비슷한 30대 남자가 혼자 내장탕을 먹고 6천 원을 지불했다는 식당 주인의 제보에 따라 식당에서 5천 원짜리 지폐 일곱 장과 천 원짜리 지폐 서른여덟 장을 수거해 국립 과학수사 연구소에 지문 채취를 의뢰했다. 또한 범행이 일어나던 새벽 시간 범인의 도주 경로로 추정되는 지역의 기지국 통화 자료 4만여 건을 확보해 이의 정밀 분석에 들어갔다. 두엽은 사람이 감당할 수 있는 극한의 불안과 공포와 절망 속에서 예의 사태들을 지켜보았다. 모르는 일이다. 지난 새벽 잠든 채 잠 깨어 밤거리를 헤집고 다니며 어떤 부주의한 흔적을 남겼을지. 그리하여 수사망이 언제 이 동네 이 골목 안쪽으로 좁혀질지. 죽고만 싶었다. 어쩌다가 이런 일이. 자수를 해야 할 것인가. 1급 정신분열증 수준의 정상 참작이 가능할까. 머리가 깨지게 아팠고 속이 울렁울렁 토할 것만 같았다. 지긋지긋한 불면의 나날에 그러했던 것처럼.

딩동.
5시 조금 넘어서이다. 현관 벨소리가 울렸다.
딩동.

온몸이 얼어붙는 것 같았다. 얼어붙은 피톨들이 온몸 안쪽을 콕콕 쑤시는 것 같았다. 누굴까. 누가 찾아왔을까. 명치끝이 딱딱하게 경직된다.

딩동. 딩동.

가만있자. 저 빌어 처먹을 물건을 어떻게 해야 하나. 옷장에 집어넣을까 책상 뒤로 숨길까. 그런다고 숨길 수 있겠어? 어쩌나. 이러고 있다간 현관문을 부수고 들이닥칠지도 몰라.

"……누구세요."

대답이 없다. 골목길, 두부와 계란과 콩나물을 파는 트럭의 확성기 소리가 들려왔다.

"누구세요."

잠시 후.

"저어, 실례합니다."

차분한 목소리.

"어디신가요."

"잠깐 실례 좀 하겠습니다. 좋은 소식이 있어서."

좋은 소식? 어차피 두엽이 선택할 수 있는 상황은 없다. 자물쇠 두 군데를 풀고 현관문을 열었다. 감청색 양복을 입은 남자가 빙긋 웃는다.

"안녕하세요. 소망 교회에서 나왔습니다. 형제님이 꼭 알아야 할 말씀이 있습니다."

옆에 서 있던 굴색 투피스 아주머니가 질세라 내뱉었다.

"예수님은 우리를 사랑하십니다. 잠깐 시간 좀 내주세요."

"교회 안 다니시죠? 주님 믿고 복 받는 것이 우리 인간으로서 살아갈 가장 가치 있는 삶입니다."

맥이 풀렸다.

"죄송합니다. 좀 바빠서."

"잠깐만요. 그러지 마시고."

"……나중에 오세요."

현관문을 닫으려는데 문틈으로 작은 전단지가 쏙 들어온다. 마음이 부르는 소리, 이다. 방으로 돌아가던 두엽이 문득 걸음을 멈추었다. 화장실 앞 전신 거울. 절망으로 눈 밑 까맣게 타들어 간 사내가 이편을 멍히 바라보고 있다. 반나절 새에 10년은 늙은 모습이다.

날이 저물었다.

몇 시간 새 달라진 것은 없었다.

양 방송사의 9시 뉴스는 그날 새벽 발생한 초유의 군 총기 탈취 사건을 저마다 경쟁적으로 앞머리에 올렸다. 9시 뉴스의 주인공이 되었구나. 살다 보니 이런 날이. 이제 지옥 같은 하루를 마감할 시간이다. 어이없는 노릇이지만, 예약된 수면 시간이 머지않은 것이다. 이 판국에 잠이라니? 눈물이 날 것 같았다. 원통했다. 목덜미와 겨드랑이 안쪽에 자리 잡은 금속 멍울을, 그럴 수만 있다면, 뜯어내고 싶었다.

4일 뒤

어김없이 아침 7시. 잠 깨어 눈을 뜨자 몽중에 잠깐 내려놓았던 근심과 걱정과 불안과 두려움의 무게가 고스란히 어깨에 올라앉았다. 지옥과도 같은 일상이 다시 시작이다.

내내 굶었지만 배도 고프지 않았다. 방 저편 구석. 입에 올리기 끔찍한 군용 무기들이 얇은 이불 한 장을 덮고 누워 있다. 토할 것만 같았다. 저걸 감쪽같이 없앨 방법만 있다면. 시멘트 반죽 속에 굳힌 다음 인천 앞바다에 던질까. 제철소에 찾아가 몰래 용광로에 집어넣을까. 총기 여기저기 남겨진 흔적들을 완벽하게 없앨 수만 있다면 그리고 수많은 목격자들을 속일 수만 있다면, 그야 광화문 사거리에 슬쩍 놓고 온대도 나쁘지 않겠지.

인터넷을 연 두엽은 다시 한 번 숨을 멈추고 말았다. 몽타주가 떴다. 군경 합동 수사본부가 K지방 경찰청 홈페이지를 통해 공개한 K시 총기 탈취 살인 사건의 범인 몽타주가 웹페이지 여기저기에 듬뿍듬뿍 퍼 올려져 있다. 사건 당시 부상당한 병사의 진술을 참고했다는 공개 수배 전단에는 3천 5백만 원의 신고 포상금이 붙었다. 키 170~175센티미터의 30대 중반 남성으로, 왼쪽 이마에 찢긴 상처가 있음. 여러분의 신고와 제보가 사건 해결의 결정적 단서가 됩니다. 회색 모자를 눈썹까지 눌러쓴, 턱과 입 주위에 까칠하게 수염이 자란 남자의 흑백 얼굴. 먼 곳을 응시하는 눈매는 초점 흐릿했고 콧잔등은 희극적일 정도로 크고 길었다. 3천 5백만 원이라고?

비감한 심정으로 그 얼굴을 한참 들여다보았지만 그게 자기 자신이라는 생각은 조금도 들지 않았는데, 묘하게도 그게 더 울적했다.

　다용도실의 재활용 쓰레기통에서 종이 상자를 찾아내었다. 상자 안 제품 인증서에 연락처가 있었다. 경기도 안양시 만안구 안락 3동 재세플라자 301 영안테크. 소비자 상담 번호 031-769-4017.
　"감사합니다, 영안입니다."
　"여보세요."
　"저기, XQ 때문에 그러는데요."
　"……예?"
　"그거 있잖아요, 잠자는 기계."
　"해피드림 말씀인가요."
　"예."
　"구매하시려고요?"
　"아니요, 사용하고 있는 사람입니다. 그런데."
　"효과가 없으신가요."
　"잠은 잘 옵니다. 잠이 너무 잘 와서 걱정인데, 그게 아니라 뭐가 좀 이상한 것 같아서."
　"담당자 바꿔 드릴게요. 기다리세요."
　그러고는 비발디 〈사계〉의 봄 악장이 지익, 지익, 지익, 이어졌다. 이윽고.

"전화 바꿨습니다."

"해피드림 때문에요, 뭐 좀 물어보려고요."

"예?"

"그거 말예요, 잠자는 기계."

"구매하시려고요?"

"아뇨. 사용하는 사람입니다. 그런데."

"제품 번호가 어떻게 되나요."

"이게…… XQ-1200."

"효과가 없으신가요."

"잠은 잘 옵니다. 잠이 너무 잘 와서 걱정인데."

빌어먹을. 똑같은 말을 얼마나 반복해야.

"그게 아니라 뭐가 좀 이상한 것 같아서."

"뭐가 이상한가요."

"이게, 이걸 이용해서 잠을 자다 보면, 혹시 이상한 일이 생길 수도 있나요?"

"이상한 일이라면."

"예를 들어 잠꼬대가 심해진다든가. 안 하던 이갈이를 한다든가."

"그야 사람마다 체질마다 다르겠죠. 잠버릇이란 게 평소 개인의 스트레스 정도나 그로 인한 무의식과 관련 깊으니까요. 저희 제품을 그 직접적인 원인으로 보기는 조금 무리가."

"아니면 몽유병 증세라든가."

“몽유병이라고요?”

전화 저편의 목소리가 진지해졌다.

“고객님께 그런 증세가 나타났나요?”

“꼭 그런 건 아니고요.”

“XQ-1200이라고 하셨지요. 언제부터 이 제품 쓰셨나요.”

“며칠 전에요. 아니요, 제가 그렇다는 게 아니라, 혹시나 싶어 여쭤 보는 거거든요. 혹시 이걸 썼던 사람 중에서 몽유병이 생긴 경우가 있었는지.”

“말씀드렸잖아요. 사람마다 체질마다 다르다고. 스트레스와 무의식의 문제라고. 그런데 실례지만 어떤 몽유병 증세를 경험하셨나요?”

“아니요. 내 이야기가 아니래도요.”

“상관없으니 말씀하세요. 자다가 문득 정신을 차려 보니 밤길을 운전하는 중이라든가. 그런 경우인가요.”

“그런 사례가 전에 있었나요?”

“그야 사람마다 체질마다 다르니까요. 선생님은 어땠나요. 깨보니 새벽 거리의 환경 미화원과 시비가 붙어서 멱살잡이를 하고 있다든가.”

“여보세요. 에이 거참, 전화 끊습니다.”

전날 그러했듯 이불을 뒤집어쓴 채 온종일을 보내었다. 상황이 이러함에도 아무 대책이 없다니 그만으로도 끔찍한 불행이었지만 방구석—이불 외의 어떠한 일을 벌였다가는 그야말로 어떠한 종말을 앞당겨 초래할지 알 수가 없었다. 내내 TV 채널을 돌리고 인터넷을 뒤지며 불안과 두려움을 다독였다. 아니 키워 나갔다. 총기 탈취 사건의 새로운 소식들을 전하는 취재 기자의 목소리는 전날보다 차분한 편이었다. 오늘 오후 4시경, 서울 여의도 새나라당 당사에 박이명 대선 후보를 해치겠다는 협박 전화가 걸려와 경찰이 수사에 나섰습니다. 전화를 건 협박범은 자신이 사흘 전 K시 군부대 앞에서 일어난 총기 탈취 사건의 범인이라고 주장하며 조만간 이 후보를 저격하겠다고……. 한편 지난 22일 발생한 총기 탈취 사건에 대해, 이것이 국내 비호 세력을 등에 업은 계획적 사건이라는 주장이 정치권 내에서 제기되었습니다. 새나라당 안승수 원내 대표는 오늘 국회에서 열린 주요 당직자 대책 회의에서 '범행 수법으로 보아 테러 전문범이 정치적 목적에 의해 무기를 탈취한 것으로 보인다'며…….

저녁이 찾아왔다. 방이 어두워졌지만 불을 켜지 않았다.

9시 뉴스. 검은 옷을 입은 중년 여인이 양손으로 허공을 더듬으며 통곡한다. 바닥에 쓰러지는 그녀를 주위의 사람들이 붙들어 잡는다. 지난 22일 총기 탈취 사건으로 숨진 고 남정연 상병의 영결식이 오늘 해병대 29사단 연병장에서 엄수되었습니다. 이미 만신창이가 되고 말았지만 뉴스 화면은 두엽의 심약해진 육신을 뒤흔들어 놓기에 충분했다. 남 상병의 시신은 벽제 화장장을 거친 뒤 대전 국립 현충원에 안장될 예정입니다. 사고 당시 남 상병은 괴한의 차에 치인 뒤 흉기로 수차례 찔리면서도 총을 빼앗기지 않으려고 끈질기게 저항했던 것으로 밝혀져 안타까움을 더했습니다. 국방부는 당시 일병이었던 고 남 상병을 어제 부로 상병으로 1계급 추서…….
하얀 국화에 둘러싸인 영정 사진. 짧게 깎은 머리에 군복을 입은 청년이 어색한 얼굴로 이쪽을 보고 있다. 검은 뿔테 안경을 썼다. 울컥 신물이 넘어왔다. 정수리가 뜨끈해졌다. 내가 너를 죽였는가. 총기를 뺏기 위해 차로 들이받고 칼로 찔렀는가. 알지도 못하는 너를, 내가 진정 그렇게 했는가. 불같은 충동이 일었다. 방구석에 놓인 저 K-2를 집어 들어 총구를 입에 쑤셔 넣고 싶은.

5일 뒤

새벽 비 흩뿌리고 간 거리는 물 빠진 개펄처럼 번들거렸다. 전조등을 끄고 운전석에 웅크린 채 때를 기다리던 남자는, 이윽고 클러치로부터 발을 떼어 놓았다. 어둔 길 저편에 사람 그림자가 어른거린다. 가속 페달을 힘껏 밟았다. 부웅! 폭발하듯 차가 튀어 나갔다. 젖은 길 50미터가량을 무섭게 질주하던 차량이 끼이익, 방향을 꺾으며 급박하게 멈추어 선다. 사고가 났다. 어둠 속을 걷던 두 사람이, 뒤에서 돌진한 차 옆구리에 들이받히고 만 것이다. 한 명은 몸이 붕 떠서 길가 수풀에 처박혔으며 또 한 명은 도로 옆에 나동그라졌다. 두 명 다 군인이다. 야간 근무를 마치고 부대로 복귀하던 중이었다. 차 문이 열리고 남자가 달려왔다.

"괜찮아요?"

도로에 쓰러졌던 군인이 주춤주춤 몸을 일으킨다.

"미안합니다, 못 봤어요. 많이 다쳤어요?"

그렇게 접근한 남자의 태도가 갑자기 돌변한다. 군인의 어깨에 매달린 K-2 소총을 억센 힘으로 빼앗으려 한다. 군인은 본능적으로 저항했다.

"이거 놔요! 당신 뭐야!"

찰칵. 남자가 품에서 작은 칼을 꺼내었다.

"총 놔. 죽고 싶어?"

"쏜다! 손 치워."

남자가 으르렁거렸다.

"씨팔 새끼 너 죽는다."

남자가 칼을 휘둘러 군인의 팔과 허벅지에 상처를 입힌다. 군인은 소총을 휘두르며 맞선다. 퍽! 남자의 눈가에 불빛이 번쩍 튀었다. K-2 개머리판이 남자의 머리를 돌려 친 것이다. 이마에서 끈적끈적한 피가 흘렀다. 남자가 주춤주춤 물러섰다. 몸을 돌려 길가 비탈로 뛰어 내려간다. 저편 어둑한 수풀, 누군가 기이한 자세로 꺾여 있다. 발소리가 가까워지자 힘겹게 신음 소리를 낸다.

"……도, 도와주세요."

남자의 칼이 죽어 가는 군인의 등과 허리를 마구 찔러 댔다. 윽. 으윽. 새벽 비가 다시 시작되고 있다. 풀숲에 쓰러진 군인으로부터 소총과 탄창 등을 빼앗은 남자가 돌아서 성큼성큼 걸음을 옮겼다. 피 흘리며 죽어 가는 군인이 나직이 신음했다.

"……두엽 형. 나한테 왜 이러는 거야."

천장을 바라보고 누운 두엽은 가만히 숨을 골랐다. 가슴 안쪽이 거칠게 툭탁거리고 있다. 아침 7시 8분. 어제도 10시를 조금 넘겨 잠들었을 것이다.

자리에서 일어나 두 겹 커튼을 걷었다. 아침볕이 보얗게 쏟아진다. 몸이 무겁다. 알 수 없이 찌뿌드드하다. 추리닝 바지를 꿰어 입고 이불을 접어 개켰다. 공개 수배자의 숨은 하루가 다시 시작이다.

그런데 이상하다. 뭔가 이상하다. 악몽 탓일까.

막연한 공포가 목덜미를 스멀스멀 간질이고 있다. 뭐지, 이 기이한 예감은?

몸을 더듬어 보았다. 팔다리 멀쩡하다. 다친 곳도 잘린 곳도 없다.

방 안을 둘러보았다. 역시 별 이상 없(어 보인)다. 오래된 장롱. 컴퓨터와 플라스틱 책상. 양말과 서랍장. 작은 휴지통. 그리고.

아아.

진정한 의미의 악몽이 이제 막 시작되었음을, 두엽은 온몸으로 확인했다. 벽 오른편 모서리와 컴퓨터 본체 사이. 얇은 이불 한 장을 쓰고 누워 있던 K-2 소총이, 탄창과 수류탄이, 그 자리에 없다. 없어졌다.

머릿속이 몹시 가려웠다. 방구석에서 예의 군용 무기들을 문득 발견하던 며칠 전보다 열다섯 배는 아찔했다. 개켜 놓은 이불을 마구 헤집고 장롱 속을 들쑤시고 서랍장을 발칵 뒤집었다. 없다. 어디에도 없다. 어디 갔어. 이게 어디 갔냐고. 걱정과 공포가 다시금 샤워 물줄기처럼 쏟아져 내렸다. 입 안이 바짝 마른다.

속이 메슥거렸다.

방 한가운데 서서 시근덕시근덕, 어깨로 숨을 쉬었다.

방구석에 얇은 이불을 덮고 누워 있던 무기들이 대관절 어디 갔는가. 하나의 추론이 가능하다. 월요일 아침부터 바로 어젯밤까지 만지고 보았던 K-2 소총과 탄창과 K400 수류탄은, 실은 존재치 않은 허상이었다는. 무엇에 홀렸거나 정신이 어떻게 되었거나 지금의 기억이 왜곡되었거나, 하여간. 그렇다면—과연 그렇기만 하다면—이건 당장에 일어서서 춤을 출 일이다. 그로써 모든 고뇌는 끝이 난다. 세상이 떠들어 대는 총기 탈취 사건은 이제 나와 무관한 일. 요 며칠 다른 세상의 지옥을 살다가 돌아왔다고 치면 그만이다. 그런데 그게 아니라면? 방 안의 총기가 진짜 존재했던, 이른바 실증적 물자체였다면? 밤새 깨끗이 녹아서 방바닥에 스며들었거나 나프탈렌처럼 증발한 것이 아니라면? 발이 달려서 집 밖으로 총

총 도망갔거나 어느 도둑님이 왕림해서 답삭 집어 간 것이 아니라면? 그렇다면? 머릿속이 빠개지려고 한다. 아앗, 빌어먹을.

이제 어쩔 것인가. 없던 물건 새로 생긴 것도 문제지만 있던 물건 갑자기 없어진 이야말로 사단 중의 사단이다. 이대로 있을 수는 없다. 어서 몸을 피해야 한다. 검경 기동대가 언제 현관문을 부수고 들이닥칠지 모른다. 하지만 도대체 어디로. 남해의 작은 섬에 들어가 3년만 소문 안 나게 숨어 지낼 수 있다면. 지리산 천내골에 땅굴을 파고 통조림을 뜯어먹으며 1년만 버틸 수 있다면. 지금이라도 자수하면 광명 찾을 수 있을까. 광명은 아니더라도, 순순히 죗값을 치르는 것이 피해자와 주변 사람들을 위하는 마지막 수단이라면. 제기랄. 죄를 지은 기억도 없는데.

목 잘린 닭처럼 갈피를 못 잡고 우왕좌왕, 그렇게 정오가 지나고 오후가 저물었다. 7시 조금 지나 전화가 구슬피 울었다. 핸드폰 아니라 집 전화이다.

"여보세요."

"전두엽 씨."

남자다. 알지 못하는 목소리이다.

"어디신가요."

"마음고생이 얼마나 심하십니까. 온 나라가 주목하는 인물이 되었으니."

팔등에 굵은 소름이, 마른 들판의 기름불처럼 번졌다.

"무슨 말씀이신지."

"걱정 마세요. 저는 당신 편입니다."

"……."

"본인에게 아무 잘못도 없다고 생각하시나요?"

기가 막혔다. 기가 딱 막혀 할 말이 없었다.

"저 역시 그렇게 생각합니다. 그래서 돕고 싶은 겁니다. 지금의 괴상한 곤경에서 벗어날 수 있도록."

"여보세요. 도대체 누구신가요."

"그걸 따질 만큼 한가한 처지가, 실례지만 아닐 텐데요."

백번 옳은 지적이긴 하다만.

"기회를 주십시오. 당신을 도울."

꿈인가. 이것도 꿈인가. 빨간 약이든 파란 약이든 기회는 한 번뿐.

"제가…… 어떻게 믿을 수 있지요?"

목적어가 생략되어 불완전한 질문에 저편이 잠시 침묵했다.

"지금 TV를 켜보십시오."

"TV?"

"KBS 제2텔레비전입니다."

정규 뉴스 나올 시간이 아닌데 속보가 시끄럽게 떠들고 있다. 들바람을 맞으며 서성거리는 경찰 대원들. 노란 폴리스 라인을 사이에 두고 여기저기 터져 나오는 카메라 플래시. 눈에 보이는 화면도 기자의 열띤 음성도 또렷했지만 두엽은 좀처럼 그 내용을 이해할 수 없었다. 다만 멍했다.

……보시는 대로 K-2 소총과 실탄, 수류탄 등 지난 22일 K시 군부대에서 탈취된 총기류입니다. 방금 전인 오후 6시 20분경, 서울 흥인동 청계천 맑은내 다리 2미터 부근 물속에서 소총과 실탄 75발 등 탈취된 총기류가 모두 발견됐습니다. 날이 저물고 가로등이 켜지면서, 물속에 잠긴 채 어른거리는 물건을 발견한 산책로 주변 시민들의 신고가 결정적이었습니다. 발견 당시 K-2 소총은 흐르는 개울물 속에, 수류탄과 실탄이 담긴 탄통은 인근 갈대밭에 놓여 있었는데요, 소총에는 총기 탈취 당시 격투를 벌였던 병사의 명찰이 있었으며 총기 번호도 탈취된 것과 일치…….

빌어먹을. 또 몽유병인가. 지난 새벽, 또 잠든 채 잠에서 깨었던가. 밤길을 한참 헤매고 다니다가는 그예 청계천 다리 밑에 총기를 버리고 돌아왔던가. 정말 미치겠구나.

"보고 계십니까?"

"……예."

"이제 저를 믿으시겠습니까?"

나를 믿느냐. 네가 나를 믿느냐. 기가 죽고 풀이 죽었다. 전화 속 목소리가 누군지, 여전히 알지 못하는 채로.

"저를 돕, 돕고 싶다고 하셨나요."

"이제 말이 좀 통하는 것 같군요."

"어떻게, 제가 어떻게 하면 되겠습니까."

"우리 만나지요. 그리고 방법을 찾아보지요."

"……."

"거기서 뵙겠습니다."

"어디서요?"

"거기. 지금 보고 계시는 그곳에서."

"아이고. 하필이면."

"세상에서 제일 안전한 장소니까요. 청계천 발원지에서 두 번째 다리, 광통교입니다."

"……."

"내일 3시 정각. 먼저 버스를 탄 뒤 지하철로 갈아타고 시청역에서 내리세요. 정확히 5분만 기다리겠습니다."

"제가, 어떻게 알아보지요?"

"걱정하실 것 없습니다. 이쪽에서 알아볼 테니까."

종잡을 수 없는 혼란과 두려움에 더해 미열 같은 기대감으로 아랫배가 살살 아팠다. 도대체 누굴까. 믿어도 좋은 사람일까. 남은 생의 총합보다도 중요한 선택의 순간이지만, 과연 그걸 따질 만큼 한가한 처지가 아니었다.

"갈등으로 불쌍한 시간을 허비하지 않으셨으면 좋겠군요. 이만 끊습니다."

"저기, 여보세요."

"내일 뵙죠."

6일 뒤

일요일 이후 나흘 만의 외출이다. 나흘 아니라 40년 만에 세상에 나선 기분이다. 비가 쏟아질 듯 내내 우중충한 하늘. 자살을 꿈꾸는 고3 수험생들이 아파트 옥상에 올라가기에 딱 좋을 날씨였다. 여덟 정거장 만에 버스에서 내려 지하철역까지 조금 걸어야 했다. 오래된 재래시장 거리. 과일이 쌓인 리어카를 지나고 생선 좌판을 지나고 속옷 가게와 화장품 가게와 제과점을 지났다. 기분 이상했다. 먹먹했다. 주변 풍경으로부터 불투명하고 끈적끈적한 막에 몇 겹 둘러싸인 것 같은.

지하철 3호선. 승강장 노란 선을 밟고 섰다. 주머니에서 핸드폰을 열고 열한 자리 익숙한 번호를 누른다.

"아아, 왜 또 전화질이야. 사람 한참 자는 시간인 거 알면서."

한참 만에 통화 연결이 된 수원이 엄마는 역시나 자다 깬 목소리다. 두엽은 좀처럼 입을 열지 못했다.

"여보세요. 말을 하셔."

"……."

"나 끊는다?"

"……여보, 나 어떻게 하나."

“여보 좋아하네. 누가 아저씨 여보예요?”

“나 사고 친 거 같아.”

“가지가지 한다니까. 또 술 먹고 차 몰았냐?”

“그게 아니라.”

“아니면 전화 끊어. 졸려 죽겠으니까.”

“나, 큰일 났다고.”

“글쎄 할 얘기 없어 난.”

“미치겠네 정말. 내가 그런 게 아니라고. 정말 난 아무 기억 안 난다니까.”

“얘가 왜 이래?”

“억울해서 그런다. 억울해서.”

“하여간 난 몰라. 돈 없어.”

“그게 아냐. 돈 필요 없어.”

“그럼 뭐? 졸려 죽겠구만.”

열차가 도착한다는 안내 방송이 승강장 가득 울려 퍼졌다.

“미안해.”

“뭐야?”

“미안해. 미안하다고.”

빠아앙. 탁한 바람이 불어왔다. 터널 저편에서 빛과 어둠의 속도가 거침없이 달려들고 있다.

“당신한테 미안해. 수원이에게도 미안하고. 진심이야. 내가 정말 잘못했어."

눈가가 뜨끈 묵직해진다. 이를 악물었다.

"……뭐야. 왜 갑자기."

"그냥, 내가 잘못했다고. 후회스럽다고."

"무슨 일 있는 거야?"

"그 말 하려고 전화했어. 미안하다고. 옛날에 말 안 들었던 거, 못되게 굴고 괜히 지랄했던 거, 진심이 아니었다고. 내가 미쳤었나 봐. 그러니 용서 안 해도 괜찮아."

"이 사람이…… 어디 죽으러 가는 사람처럼."

"수원이한테도 전해 줘. 아빠가 무서워하는 거 아니라고. 사랑한다고. 사랑해서 무서운 거라고. 알았지?"

"이거 봐. 왜 이래?"

"……그럼 나 끊는다. 잘 있어."

"여보세요. 야. 여보!"

소란스럽게 열차가 멈춰 섰다. 핸드폰을 접고 열린 출구 안으로 들어섰다. 기다릴 새도 없이 호주머니의 핸드폰이 우웅 우우웅 몸을 떨었다. 방금 통화했던 그 번호다. 후회스러웠다. 공연히 엄살을 떨었다. 이 끔찍한 사건에 다른 이를 끌어들일 생각은 없다. 그저 누군가에게라도 무슨 말이라도 하고 싶었을 뿐이다. 배터리를 떼어 냈다. 진동하던 핸드폰이 가만 숨을 멎는다.

2시 42분. 시청역 2번 출구로 올라섰다. 고궁 앞이다. 잘못 올라

왔구나. 대한문 주변이 복잡하다. 관광객들이 모여 선 속에 빨갛고 노랗고 파란 복장을 갖춘 사람들이 일렬로 움직이고 있다. 왕궁 수문장 교대 의식이 진행 중이다. 횡단보도를 건너, 시청 광장에서 광화문 쪽으로 걸음을 옮겼다. 시간은 빠듯하고 갈 길은 멀다. 그러고 보니 출구를 잘못 찾은 게 아니라 내릴 지하철역을 잘못 생각했다. 청계천 광장에서 가장 가까운 지하철역이 5호선 광화문역일까 2호선 을지로입구역일까. 걸음을 빨리 했다.

내내 흐리던 하루가 청계천 광장에서 저물고 있다. 보라색 다슬기 모양의 거대한 조형물이 시야 한가득 들어온다. 이게 340억 원짜리라던가. 다리 아래 산책로와 연결된 계단을 밟아 내려갔다. 지상과는 소리와 냄새와 색채가 전혀 다른 별세계가 검은 물길을 따라 길게 누워 있다. 음울하다. 지나간 세기의 전쟁 포로 생체 실험장을 복원해 놓은 것 같다.

상류를 향해 빠르게 걸었다. 약속했던 3시에서 1분이 지났다. 첫 번째 다리 모전교 밑을 지났다. 저편에 약속 장소인 광통교가 보인다. 달렸다. 1백 미터 달리기를 하듯 달렸다. 그러다가 누군가의 어깨를 거세게 툭! 부닥치고 말았다. 어이쿠. 상대편이 짧게 내뱉었지만 사과도 하는 둥 마는 둥 내처 달렸다. 개울 가장자리에 듬성듬성 자라난 수풀이 시야 뒤편으로 사그락 사그락 소리를 내며 멀어져 갔다. 마침내 육중한 돌다리 앞에 다다랐다. 손을 뻗고 번쩍 뛰면 닿을 듯 키 작은 돌기둥이 양편으로 무게를 지탱하고 있다. 다리 위로 한 무리의 노인들이 천천히 길을 건너고, 그 밑으로는 마침 지나가는 강아지 한 마리 없다. 다리 밑 좁은 공간. 흐린 데다 날빛이 거의 차단된 그곳은 한없이 음하고 습하고 위태롭다. 스쳐 가는 소리도 움직임도 거기 빠지면 영영 헤어나지 못할 것만 같다. 다리 이편에 서서 주변을 둘러본다. 아무도 없다. 여기 아닌가. 맞을 텐데. 시계를 보았다. 많이 늦지는 않았다.

"전두엽 씨."

기둥 뒤편에서 누가 나타났다. 밝은 곳을 등지고 어둠을 향해 선 터라 검은 형상뿐, 얼굴은 보이지 않는다. 이를테면 돌다리 밑 어둠을 사이에 두고 두 사람이 마주 선 셈이다. 전두엽 씨. 그 소리가 다리 밑 축축한 공기 속을 아직도 메아리치고 있다.

"전, 전화 주신 분인가요."

"그렇습니다."

이편을 향해 저벅저벅 다가온다. 마침내 그 얼굴이 밝히 드러났다.

"안녕하셨나요."

철컹, 가슴 아래로 커다란 냄비 뚜껑이 굴러 떨어진다.

아는 얼굴이다. 헬로택배 로고가 찍힌 밝은 주황색 조끼. 지난주 금요일의 그 배달 사원이다. 잘못 배송된 QX 모델을, 시종일관 투덜거리면서도 손수 삽입 시술까지 거들어 준.

"당신, 당신은."

남자가 조심히 웃었다. 세상에서 가장 수줍고도 은밀한 웃음이었다.

"기억하시는군요."

두엽의 얼굴이 썩은 생선처럼 허예졌다.

"……도대체 이게, 무슨 경우인가요."

"생각하시는 그대로입니다."

혀가 꼬이도록 어이없는 이 와중에, 참으로 불쾌한 각성 하나가 성큼 찾아들었다. 누군가 억지로 귀에 대고 중얼거리는 것처럼 말이다. 이 모든 상황들이, 어쩌면 논리적으로 상식적으로 충분히 가능한 장면 아닐까. 하여 내가 모르는 많은 사람들이 일상적으로 종종 이런 상황을 접하곤 하는 것 아닐까.

"모두, 알고 계신가요?"

"……그런 셈이지요."

"전부 다? 지난 며칠 동안 내게 일어났던 일들을?"

"본의 아니게 그렇게 되었습니다."

숨 쉬기가 불편했다.

"놀라시는 것도 무리가 아니겠지요. 이해합니다."

"나를. 그렇다면. 나를."

너무 놀라 속이 뒤집힌 모양이다. 호흡이 몹시 곤란했다. 괴로웠다.

"천천히 숨을 들이마시세요. 천천히. 이러다 큰일 납니다."

남자가 다가와 팔을 잡았다. 두엽은 그 손길을 뿌리치지 못했다. 폐에 김치 국물이 들어간 것 같았다. 모두 알고 있었다고? 도대체 당신, 정체가 뭐야? 그렇게 따져 묻고 싶었지만 소리가 나오지 않았다.

"저를 믿으세요. 도우려는 겁니다. 자, 긴장 푸세요. 천천히 심호흡을."

다리 위쪽이 소란스럽다. 경찰차 몇 대가 멈추어 서고, 번쩍번쩍 사이렌 소리가 소란스럽고, 차에서 내려선 사람들이 이편을 향해 모여들고 있다. 놀란 구경꾼들이 저편에서 수군거리는 중이다. 그러고 보니 다리 주변이 어느새 완벽하게 봉쇄되어 있다.

"겁내지 마세요. 두려울 것 없습니다."

남자의 얼굴이 진지하다. 손목을 움켜쥔다. 심상치 않은 악력이다.

"도망갈 곳은 없습니다. 아시잖아요. 저를 믿어야 합니다."

허억. 허억. 숨을 들이마시려 하지만 뭐에 걸렸는지 여의치 않았다. 주저앉을 것만 같다. 남자가 움켜쥔 손목은 부러질 듯 아프고, 저편에서는 총을 든 군인과 경찰들이 총총히 다가온다. 나쁜 자식. 도와주겠다고 사람을 꼬드기다니, 함정이었어. 그러고는 자기를 믿으라고? 개새끼. 이제 알 것 같아. 다 네가 꾸민 일이야. 군인들을 차로 치고 총기를 빼앗은 것도, 물건들을 내 방에 갖다 놓은 것도. 어째서 이런 누명을 씌우는 거지? 내게 왜 이러는 거냐고. 허억. 허억. 고통스러운 호흡 곤란. 두엽은 온 힘을 다 모아 팔을 뒤틀었다. 억센 손아귀로부터 가까스로 손목을 빼내었다. 남자의 가슴을 거세게 떠밀고 하류 쪽으로 달렸다. 주먹을 불끈 쥐고 도망치기 시작했다. 고함 소리가 뒤를 쫓아왔다. 멈춰라! 거기 서! 발포한다!

어지러웠다. 다리 위로 올려다보이는 오후 하늘이 온통 보랏빛이다. 현기증이 일었다. 수많은 구경꾼들. 다급한 와중에도 경찰에 쫓겨 도망치는 자기 자신이 무척 수치스러웠다. 그래서 이를 악물고 달렸다. 트랙 위 단거리 육상 선수처럼 달렸다. 가쁜 숨이 목구멍까지 꾸역꾸역 차올랐다. 새로운 다리를 지나 계속 달렸다. 이제 어디로 가야 하지?

타앙!

따끔했다. 가슴속에서 작은 폭탄이 터진 것 같았다. 시야가 온통 붉어졌다. 실탄이 오른쪽 가슴을 비스듬히 관통했다. 어디선가 찢어지는 비명 소리가 들려왔다. 세차게 등 떠밀린 두엽은 수풀로 굴렀다. 정신을 잃은 채 청계천 검은 물속으로 첨벙, 고꾸라졌다.

그날

눈을 떴다. 상체를 쳐들었다. 책상 위이다. 뒷목이 뻣뻣했다. 엎드려 잠이 든 모양이다. 입가에 흐른 침을 옷소매로 닦아 냈다.

오후 3시 53분. 금요일이다. 2시간은 잔 것 같다. 마우스를 움직여 어두워진 컴퓨터 모니터를 밝혔다. 인터넷이 혼자 깜빡이고 있다. 컴퓨터 책상은 자잘한 물건들로 지저분하고, 창가에는 오후 햇살이 보얗게 걸쳐 있다. 머리가 깨질듯 아팠다. 지긋지긋한 불면의 나날, 낮잠을 설친 때문이다.

목 아래편을 더듬었다. 겨드랑이 사이에 손을 넣어 보았다. 아무 것도 만져지지 않는다. 흉터도 없었다. 책상 앞에 다시 앉았다. www.auction808.com을 찾아간다. 검색란에 해피드림 QX-1200을 쳐본다. '해피드림 QX-1200'에 대한 상품이 없습니다. 검색어 입력이 정확한지 확인하시고 재검색……. 이번엔 저주파 자극 수면기, 라고 입력한다. 비슷한 이름의 전혀 다른 상품 목록이 쏟아진다.

그러면 그렇지.

가슴이 여태 팔딱거리고 있다. 총알이 관통하고 지나간 자리가, 그 느낌이 실제인 양 생생하다. 어쩐지 이상하더라니. 몸 안에 삽입해서 잠을 부르는 기계라니. 그런 게 세상에 있을 리 없잖아. 잠든 채 잠 깬 몽유 증세로 군인을 죽이고 무기를 빼앗다니. 전부 꿈이었구나. 3131-2번 버스를 타고 휴일 한적한 시내 거리를 달린 것도. 버스 종점 동네에서 시작되는 등산로를 올랐던 일도. 이혼한 아내에게 전화를 걸어 밑도 끝도 없이 과거를 사과했던 순간도. 모두 길고 헛된 꿈이었구나. 잠 속의 일이었구나. 방 안 어디선가 낮선 목소리가 웅얼웅얼 들려왔다. 잠을 잃고 뒤척이던 숱한 밤 시간, 창백한 낯빛으로 찾아오던 덴마크의 그 심약한 청년이었다.

……이것이 문제로다. 가혹한 운명의 화살이 꽂힌 고통을 죽은 듯 참는 것이 옳은가, 아니면 거친 파도처럼 밀려드는 재앙을 맨손으로 싸워 물리치는 것이 옳은가. 죽는 건 그저 잠드는 것일 뿐. 그뿐이야. 잠들면 우리 마음과 육체에 끊임없이 따라붙는 고통이 모두 끝나지. 죽음이야말로 우리가 열렬히 바라는 삶의 결말이니까. 아아, 그러나 잠들면 꿈꾸기 마련. 그게 걱정이야. 세상 번뇌를 벗어나 영원한 잠에 잠길 때, 우리에게 어떤 꿈이 나타날지 두렵구나. 이러한 주저 때문에 인생은 평생 불행할 수밖에 없지 않은가.

딩동. 딩동.

초인종이 울었다. 누가 찾아온 모양이다. 하루가 저물고 있다. 천 년처럼 길었던 하루가.

딩동. 딩동.

집 안에 아무도 없는 모양이다. 외출했던 어머니가 돌아왔는가. 모니터를 하염없이 지켜보던 두엽은 천천히 일어섰다.

"누구세요?"

현관문 너머, 힘찬 목소리가 들려왔다.

"전두엽 씨 댁인가요."

"그런데요."

"택배입니다."

애석하게도 문이 잠기지 않았던 모양이다. 누군가 현관문을 열고 들어섰다. 네모난 박스를 들고 서 있다.

"해피드림 주문하신 거 맞죠? 내용물 확인하고 사인 좀 해주세요."

밝은 주황색 조끼를 입은, 검은 피부에 턱이 긴 택배 기사이다. 아직도 꿈꾸고 있는가. 그리하여 많은 사연들이 지나간 뒤, 시간이 거꾸로 흐르다 다시 출발점에 이르렀는가. 두엽은 풀 죽어 대꾸했다.

"……그런 거 주문한 적 없는데요."

"없다고요?"

기사가 조금 귀찮은 얼굴로 서류철을 뒤적인다.

"종암 3동 121-13, 성근 연립 B-203호, 전두엽 씨 맞지요?"

"예, 하지만."

"해피드림 XQ-1200, 이거 17일 화요일에 주문하셨잖아요."

"이거 참. 아아."

꿈도 현실도 환각도 뭣도 아닌─그야말로 잠든 채 잠 깬 상황에 질린 두엽은 깊은 한숨을 내뱉었다. 그러자 남자가 빙그레 웃는다.

"한숨은 왜 쉬세요?"

"답답해서요. 속이 답답해서."

"총 맞은 데는 좀 괜찮고요?"

"어라."

옆집 마당에서 개 우는 소리가 들렸다. 목구멍에 생선 가시가 걸렸나, 가히 결사적으로 캥캥거리고 있다.

"당신 뭐야."

분노가 치밀었다.

"누구냐고. 도대체 지금."

"아니, 그게 아니지요."

남자가 두 손을 쳐들었다. 방금 전까지 들고 있던 종이 상자는 어디론가 사라지고 없다.

"그보다 중요한 것이 있습니다. 바로, 전두엽 씨 자신에 대한 문제입니다."

"당신 택배 기사 맞아? 젠장. 아직도 꿈을 꾸는 건가."

"진정하세요."

"아이고, 내가 미쳤나."

"미친 게 아닙니다. 잠들고, 꿈을 꾸고, 잠 깨고, 다시 잠들고. 그뿐이지요."

"……뭐 어째?"

"바로 그것이 당신의 현재요 미래가 기억하는 당신의 과거입니다. 끊임없이 꿈을 꾸고 그 속에서 생각하고 행동하고 희망하고 기뻐하고 두려워하며 오해하고 슬퍼하고 분노하고. 그걸 다시 반복하고. 그 총합이 바로 전두엽 당신입니다."

"빌어먹을. 지난 2년 동안 제대로 잠을 잔 적도 없어. 꿈이라니."

"불면 말씀이군요. 그야말로 사람들을 가장 많이 괴롭히는 오해 죠. 왜 기억나지 않습니까? 세상 모든 불면증은 별별 잡다한 이유 에 앞서는 공통적 근인을 안고 있다는."

"도대체. 당신은."

"잠 못 이루고 괴로워하던 당신은, 실은 당신이 잠 속에서 만난 꿈일 뿐입니다. 지난 2년이 아니라, 그보다 훨씬 전부터."

"……."

"하지만 두려워할 필요 없습니다. 잠과 꿈이 아니었다면 애초에 당신은 존재하지 않았을 테니까."

"도대체 뭐라는 거야."

"진정하세요. 이제 잠들 시간입니다. 죽음처럼 깊고 고요하게."

"이런 미친 새끼가."

"쉿. 안 들리나요?"

손이 절로 목덜미로 갔다. 딸깍, 신호음이 몸 안에서 들려왔던 것 이다. 오른쪽 쇄골에, 겨드랑이 안쪽에 바둑돌만 한 뭔가가 만져진 다. 그 이물감이 낯설지 않다.

딸깍.

언제 이 물건이 내 몸 안에?

딸깍.

정말 미치겠군. 이건 너무하잖아. 아직 날도 저물지 않았는데.

딸깍.

남자가 빙그레 웃는다. 그 와중에, 참으로 불쾌한 각성 하나가 성큼 찾아들었다. 누군가 억지로 귀에 대고 속삭이는 것처럼 말이다. 이 모든 상황들이 어쩌면 논리적으로 상식적으로 충분히 가능한 장면 아닐까. 하여 내가 모르는 많은 사람들이 일상적으로 종종 맞이하곤 하는.

딸깍.

딸깍.

두엽은 눈을 감았다.

딸깍.

다음 날

눈을 떴다. 아침이었다.

이상한 꿈을 꾸었어. 기억은 확실치 않지만.

두엽은 시린 미간을 찌푸렸다.

당신을 만나는 개와 늑대의 시간

당신을 만나는 개와 늑대의 시간

남산 공원길이 끝나는 후암동 쪽 벼랑, 지은 지 오래된 구립 도서관. 눈 뜨면 집을 나서 시 경계선 넘는 버스를 타고 다시 버스를 갈아타고 한강 건너 한남동 가로질러 남산길에 들어서서, 관할 행정 기관 지명을 따붙인 도서관에 도착해 열람표를 받아드는 아홉시 반 혹은 열시. 자유열람실 창가 가까운 책상에 가방을 부리고 2층 복도 끝 실외 휴게실에서 그날의 첫 번째 흡연으로 시작되는 용산 도서관의 하루.

당신을 만난 곳은 1층 구내식당이었다, 오후 세시 이십분. 배식구에 줄서서 차례를 기다리고 천 원짜리 가락국수나 묽은 카레밥을 먹으며 잡담을 나누는 소란은 찾아볼 수 없다. 사람들이 떠난 자리마다 의자들이 삐뚤빼뚤 흩어졌고 식탁 위는 흘리고 간 음식찌꺼기로 지저분하다. 형편없는 식당밥을 홀로 사먹기엔 오히려 속 편한 시간대였다. 그리고 당신은 텅 빈 구내식당의 저편 구석 자리에 앉아 있었다. 내가 본 것은 당신의 옆모습이었고, 첫 만남에서부터 당신은 적잖이 나를 당황시켰다. 어쩌면 나는 그 전부터 당신을 알고 있었다. 셀 수 없는 매순간 당신을 봐왔다. 열람실에서 인문사회과학 자료실에서 1층 로비의 커피자판기 앞에서 시청각실 근처에서, 언젠가 화장실 입구에서는 서로의 어깨를 아슬아슬 스쳐가기도 했을 것이다. 그리고 그날 구내식당에서 나는 처음으로 당신을 만났다. 기억하는가. 그날 당신의 옆얼굴은 심각하고 따분한 표정으로 뒤섞여 있었다. 그래서 나는, 당신이, 심각한 문제로 오래도록 고민하다가 끝내 따분해진 것이 아닐까 성급하게 넘겨짚고 말았다. 후에 알게 되었지만 그것은 당신이 가진 고유한 표정이었다. 심각함과 따분함. 전혀 어울리지 않는 두 가지 감정이 평소 자신의 얼굴을 뒤덮고 있다는 내 주장에 당신은 이의를 제기할지도 모른다. 이제 와서야 아무 의미가 없는 노릇이겠지만 말이다.

　당신은 집에서 싸온 도시락을 먹고 있었다. 식탁 위에는 각진 플라스틱 도시락과 분홍색 뚜껑과 담배곽만한 반찬통과 그 뚜껑과 김치를 담은 조그만 유리병과 그 뚜껑과 그 모두를 담아왔을 검은 비닐봉투가 적당히 흩어져 있었다. 볼품없이 늘어놓은 도시락을 당신은 대단히 민첩한 속도로 '파먹는' 중이었다. 미안한 소리지만 내장이 파헤쳐진 먹이를 타고 앉은 들짐승처럼 말이다. 그때 이미 당신은 나를 당황시키고 있었다. 시종 심각하고도 따분한 얼굴로 민첩하게 도시락을 파먹던 당신이 그토록 나를 당황하게 만들었다는 사실을 아마도 당신은 기억 못하리라. 이끌림. 일단 그렇게 말해 두기로 한다. 그렇다면 내가 겪은 당혹감의 정체는 다름 아니라 이끌림이었다는 말이 된다. 그럴지 모른다. 그 순간 당신이 앉은 자리로부터 내가 서 있는 쪽을 향해, 혹은 내 위치로부터 당신이 있는 방향으로 강력하게 작용하던 어떠한 힘을 그때 나는 만났다. 당신을 향해 내 등을 세차게 떠밀던 물리적인 힘. 그 언저리에 뜻밖에도 낯익음이라는, 대단히 낯선 느낌이 도사리고 있었음을 나는 더불어 나는 고백한다. 텅 빈 식당에 홀로 앉아 식은 도시락을 먹는 당신의 옆모습. 매일 아침 눈 뜨면 마주하는 천정 모서리의 벽지 주름을 거리에서 문득 마주쳤다 하더라도 그만한 낯익음은 경험할 수 없었으리라. 도대체 무슨 소리인지 당신은 이해하지 못할 것이다. 그렇다면 반대의 예를 들어보겠다. 어느 날, 텔레비전 위에 놓인 리모컨이나 의자 등받이에 걸쳐 둔 반팔 티셔츠가, 먼지 낀 창틀 구석이, 거기 엎어진 채 말라 죽은 딱정벌레의 주검이 문득 시선에 들어왔을 때. 그때 뜻밖의 낯설음에 빠져드는 경우가 있다. 일상성의 관계 저편에 놓여 있던 사물이 어느 순간 느닷없이 내뿜는 생경한 기운. 당신에게서 경험한 낯설음은, 이치에 맞지 않는 논리일지 모르지만, 본질적으로 그와 비슷한 경우 아니었을까.

당신이 있는 쪽으로 다가갔다. 알 수 없는 힘에 등 떠밀려 한 걸음 두 걸음, 당신과 나와의 거리가 반으로 줄어들고 그 거리가 다시 반으로 줄어들었을 때 비로소 당신은 내 존재를 깨달았다. 문득 고개를 들어 나를 발견한 당신의 눈빛은 책상 밑에서 수음을 하다가 들킨 중학생처럼 초점 없이 흔들렸다. 1초. 2초. 3초. 4초. 5초. 그리고 나는 입을 열었다.

안녕하세요.

당신이었군요, 사실은 그렇게 말하고 싶었던가. 심각함과 따분함이 뒤섞인 얼굴을 빤히 쳐들고 당신은 나를 올려다보았다. 한 줄기 아득하고 오랜 시간이 그때 당신과 나 사이를 바람처럼 상쾌하게 흐르기 시작했다.

예, 안녕하십니까.

당신은 그렇게 답하지 않았다. 당신의 인사를 내가 미처 듣지 못했거나, 들었지만 기억을 못하는 것인지도 모른다. 실은 그 짧은 순간에 대해 떠올릴 수 있는 것이 별로 없다. 아득한 시간이 그때 별의 속도로 잠깐 흘러갔다는 것밖에. 당신은 말없이 말하고 있었다. 그 아득한 목소리를 또한 나는 기억한다.

아, 바로 당신이었군요.

눈싸움을 먼저 끝낸 것은 당신이었다. 나로부터 시선을 거두어들인 당신은 식탁 위로 고개를 숙이고 일회용 나무젓가락을 들어 도시락을 먹기 시작했다. 나는 당신으로부터 두어 걸음 물러섰다. 그리고 등을 돌렸다. 독한 감기 기운이 빠져나가는 나른함이 빠르게 척추를 휘감았다. 뚜걱뚜걱 발소리가 텅 빈 정적 속에 외따로이 퍼져나갔다.

165센티미터를 넘지 않는 키에 안으로 굽은 어깨. 오래된 식빵처럼 창백하고 거친 안색. 탁한 남색과 탁한 초록색과 탁한 노란색과 탁한 자주색의 가로줄 바탕이 연속해서 겹치는 티셔츠와 헐렁한 군청색 면바지를 매일같이 입고 다니는 당신. 내가 그렇듯, 평일 아침부터 시설 조악한 구립 도서관에 자리를 잡고 그다지 진지하지 못한 시간을 보내야 하는.

일본어를 공부하십니까.

얼굴 한쪽을 찡그리며 당신은 웃었다.

일본어 책을 보시는 것 같던데, 힐끔 보니까.

나는 힐끔이라는 말을 강조했다. 자유열람실 당신의 책상 위에는 과연 초급 일본어니 일본어 회화 완성의 길이니 하는 책들이 연습장과 함께 놓여 있곤 했다.

그냥 펼쳐놓고 있는 겁니다. 할 일도 없고, 책상 지키고 멍히 앉아 있기도 그렇고.

당신은 순순히 자백했다. 묻는 말에 정도 이상으로 솔직하게 대답하는 사람을 나는 신뢰하거나 경계한다.

실은 한번 배워볼까 했는데, 안 되더라구요 이젠 머리가 굳어서. 아직 히라가나도 못 외웠는 걸요.

거동이 불편한 칠순의 아버지와 신당동 중앙시장에서 젓갈 가게를 하는 어머니. 약수동 언덕의 방 두 개짜리 전셋집. 세 식구 중에서 유일하게 세상살이를 하는, 허리가 아파 살 수가 없다는 소리를 하루 세 번 주문처럼 외우는 올해 예순넷의 어머니에게 당신은 매일 아침 도시락과 차비 정도의 용돈을 받아 남산길로 향하는 버스를 탄다. 저녁이면 당신은 아버지의 살냄새 퀴퀴한 안방으로 들어가 낮에 어머니가 차려놓고 간 밥상을 번쩍 들고 나온다. 잠든 아버지가 깨지 않도록 조용히 설거지를 끝내고 소리 죽여 텔레비전을 튼다. 사립대학 교수와 운동권 출신 시민단체 간사가 언성을 높이는 심야토론이나 발바도스 세수너구리, 필리핀 민등과일박쥐, 캐롤라이나 잉꼬, 캄차카 자이언트불곰 등 20세기에 멸종한 동물들을 소개하는 다큐멘터리를 보던 당신은 당신의 방으로 들어간다. 그리고 창가에 서서 천천히 담배를 피웠으며 방바닥에 접혀 있는 이불을 베고 누워 벽과 벽과 천장이 만나는 모서리를, 아무런 공상에도 빠져들지 않고, 눈이 어룽거릴 때까지 바라보았다. 늦은 나이에 들어갔던 전문대를 스물아홉 나던 해에 졸업한 당신의 생활은 늘 여전했다. 당신의 말대로라면 여지껏 당신은 당신의 생활 혹은 미래에 관해 아무런 계획이나 기대도 가져본 적이 없었다.

당신의 여자에 대해 이야기를 할 차례이다. 외국어 고등학교 2학년. 벽돌색 뿔테 안경에 가리운 피부는 어둡고 늘 생기 없는 표정, 작은 키에 맵시가 나지 않는 교복, 동급생 친구들과 7백원짜리 크래커를 나누어 먹으며 수다를 떠는 일은 생전 없는, 그럴 것 같은. 그리하여 당신들의 관계는 고통스럽다.

이른 저녁 시간. 외국어고등학교 표식이 왼쪽 가슴에 새겨진 남회색 교복을 입은 당신의 여자가 도서관에 들어선다. 당신들의 희미한 만남은 그렇게 시작된다. 어두운 숲 속의 나무 그림자처럼. 그러나 그때쯤 자유열람실에 앉아 날이 저무는 창밖을 바라보거나 2층 정기간행물실에서 신동아, 월간조선, 두란노 생명과 말씀, 새영농 월보, 현대 양계, 월간 단학 등을 내키는 대로 뒤적이고 있을 당신과 당신의 여자가 바로 만남을 가지는 것은 아니다. 도서관에 들어선 외국어고등학교는 오히려, 그 시간 그 장소에서 누군가를 마주칠까봐 걱정된다는 듯 3층 여성 전용 자료실을 향해 바삐 걸음을 옮기곤 했으니까. 그럼에도 당신의 여자가 이른 저녁 시간 도서관에 들어서면서부터 당신들의 만남은 시작된다고 나는 말했다. 여기서 뜻밖에 동시성(同時性)이라는 개념이 필요할지 모른다. 맑은 날 저녁 하늘의 6등성 별빛 한 점이 불안정한 대기층을 뚫고 흘러들다가 수면이 일렁이듯 반짝거릴 때, 그 순간 옆에 있던 사람이 갑자기 재채기를 터뜨리는 경우. 마른 가지에서 떨어져 흩날리던 나뭇잎이 지표면에 사뿐히 내려앉을 때, 마침 골목길 멀리서 길게 자동차 경적이 울린다. 이유 없이 손가락 마디가 시리고 아플 때, 바로 그 시간 알지 못하는 어느 곳에서 알지 못하는 무슨 일이 벌어지고 있을 것이다. 빗물에 개미굴이 무너졌다든가 필리핀 해상을 무리지어 비행하던 청둥오리 한 마리가 길을 놓쳤다든가. 동시성, 다른 공간 같은 시간대에 존재하며 인과관계 이상의 깊은 작용을 주고받는 두 가지 이상의 현상. 당신의 여자가 도서관에 들어서는 순간 당신들의 만남이 시작된다는 주장은 그러니 얼마나 합당한가.

저녁이 오면 시간의 속도가 빨라진다. 마지막 배식을 마친 구내 식당이 문을 닫고 가방을 챙겨 도서관을 나서는 이들이 하나 둘 늘어가는 무렵. 커피 자판기와 캔 음료 자판기가 나란히 붙어 있는 1층 휴게실이나 남산 아래 야경이 번득이는 실외 흡연실에서 당신들은 만난다. 그 시간 어디거나 인적은 드물다. 그리고 나는 당신들의 희미한 만남을 더욱 강하게 냄새 맡는다. 나무 벤치에 상체를 접고 앉은 당신은 목이 타는 사람처럼 벌컥벌컥 이온 음료를 들이킨다. 당신의 말없음을 한참만에 당신의 여자가 짧은 말없음으로 응답한다. 당신의 여자는 대단히 불행한 표정이다. 당신이. 당신과의 함께 있는 시간이. 매일 이른 저녁 시간 도서관에 와야 하는 자신의 처지가 불행해서 참을 수 없다는. 10분 또는 15분. 더딘 시간이 빠르게 흐르고 마지막 담배가 재떨이 위에서 죽어간다. 당신들이 자리에서 일어선다. 함께 걷는 거리는 짧다. 당신의 여자는 3층 여성 전용 자유열람실로. 당신은 5층으로.

사소한 시간이 잠시 흐른 뒤 당신들이 다시 만난다. 도서관을 나선다. 버스정류장 주위로 가로등 불빛이 스며들며 군데군데 옹송그린 사람들의 뒷모습을 비춘다. 당신들은 변함없는 말없음을 나누고 잠시 후면 뽀얗게 불 밝힌 버스가 정류장에 멈추어 선다. 교복치마를 팔랑이며 당신의 여자가 달려가 차에 오른다. 어둠 가운데 선 당신은 가방을 들지 않은 다른 손을 흔들어 보일 줄 모른다. 남대문 쪽 어둠으로 버스가 사라지면 당신은 천천히 돌아선다. 그렇게 당신들의 하루가 끝난다. 그럼에도 나는 강하게 냄새 맡는다. 당신들의, 도서관 주위에 흐릿하게 남은 관계의 흔적 혹은 빈자리.

그즈음, 누군가 나를 지켜보고 있다는 느낌에 불쑥 사로잡히곤 했다. 지금 멀지 않은 어딘가에서 내 뒷모습을 은밀하게 주시하는 누군가가 있다는. 그럴 때면 얼른 등 뒤를 돌아보고 멀리서 가까이서 같은 시공간을 나누는 사람들의 눈치를 살폈다. 그러나 누군가의 은밀한 시선은 목덜미에 남겨진 감촉과 함께 슬그머니 자리를 뜬 후였다. 한 번 두 번 그런 경험이 반복될 즈음 나는 스스로에게 묻지 않을 수 없었다. 내게, 내 일상 가운데 다른 누군가의 비밀스런 시선을 불러들일 만한 구석이 있던가. 필경 그렇지 않다면 도대체 어느 할 일 없는 작자가? 그때 당신이 생각났다. 복잡한 문제를 놓고 고민하다가, 영민하기 그지없는 착상에 머릿속 환히 밝아지는 기분으로, 순간 당신을 떠올리고 말았다. 아니. 잊을 만하면 한 번씩 멀지 않은 어딘가에 나타나 내 뒷모습을 훔쳐보는 작자가 당신 아닐까 의심했다는 말은 아니다. 그저, 불현듯 당신이 생각났을 뿐이다. 그럴 법 하지 않은가. 왜냐하면 당신과 나의 관계가 그 경우와 크게 다르지 않으니까. 나 또한, 의도했던 바는 아니지만, 많게는 하루에도 몇 번씩 멀리서 가까이서 당신의 뒷모습을 목도하는 처지가 되곤 했으니까. 기억하는가. 나는 당신의 뒷모습을, 누군가는 내 뒷모습을 은밀히 지켜보고 있다. 시청각실이 있는 3층 복도 끝에서. 구내식당 입구에서. 자유열람실 구석 자리에서.

오늘은 혼자시군요.

오후 들어 때 아닌 비가 내리는 날이었다. 평소보다 일찍 가방을 챙겨들고 열람실을 나섰다. 유럽 에로티즘의 역사. 명심보감으로 깨치는 현대인의 지혜. 기독교 심리학. 메소포타미아 히브리 신화. 라틴아메리카 해방신학. 한국의 전통 복식. 하이데거―시간과 존재의 빛. 화이트헤드 과정철학 입문. 한때 민광사나 서림원 혹은 태성출판공사라는 이름으로 수백여 종의 번역판 교양물을 거침없이 찍어대던, 언제부턴가 더 이상 신간을 내놓지 못하고 문을 닫은

옛 출판사들의 죽은 간행물들과 그 생경한 제목들과 오래 삭은 종이 냄새가 그날따라 참기 힘들 정도로 부담스러웠을 것이다. 당신은 3층 복도 구석, 붙박이창 앞에 등을 돌리고 서 있었다. ‘금주의 신간 도서’라는 아크릴 글씨 아래 새로 들어온 책 표지들을 오려붙인 게시판이 걸린 그곳은 금연구역인 데다가 자판기도, 쉬어갈 나무 벤치도 없어서 사람들이 늘상 뜸한 편이었다. 당신의 뒷모습은 낡은 백과사전처럼 무겁고 지쳐 보였다.

예에.

당신은 짧게 더듬거렸다. 어색하게 뒤틀린 입술로 보아 당신은 내 접근이나 혹은 내 인사를 불편해하고 있는 게 분명했다.

비가 오네요.

그렇군요.

그때 당신의 시선이 닿은 곳은 하얏트 호텔 방면으로 향하는 남산길이었고, 나는 그때, ‘하얏트’란 아랍어로 인생이라는 뜻이라던 누군가의 말을 문득 떠올렸다. 내게 그렇게 말했던 사람은 이어, 그런데 하얏트 호텔의 하얏트가 아랍어의 인생인지는 확실치 않다고 덧붙였다. 오늘은 혼자시군요. 내 인사가 당신을 불편하게 했다면 그건 충분히 그럴 만한 일이다. 그것은 분명 당신의 여자를 염두에 둔 발언이었으며, 내가 당신의 여자에 대해 아는 척을 한 적은 여태 없었으니 말이다. 물론 그런 말을 꺼냈던 것은 당신이 불편하기를 바랐거나 그리 되리라 예상 못 해서는 아니었다. 다만 그때,

인적 드문 복도 끝 붙박이창 앞에 붙박여 선 당신의 뒷모습이 참으로 강하게 나를 등 떠밀고 있었던 것이다, 다가가 무슨 말이라도 건네지 않을 수 없도록.

오늘은 오지 않을 모양입니다. 병원에 가봐야 한다더군요.

병원이라구요?

집안에 누가 아프답니다.

저런.

별일 아니래요. 그런데 병실을 지킬 사람이 없어서.

그렇군요. 전 그저. 혼자 계시는 모습이 조금 따분하게 보여서.

하얏트 호텔 방면으로 빠지는 남산길 위로 빨간 후미등들이 조금씩 속도를 줄여가고 있다.

천으로 된 가방을 멘 학생들이 나란히 인터넷 자료실에서 나와 2층 향하는 계단으로 몰려갔다. 당신은 여전히 창밖에 시선을 던지고 있었으며 나는 불편한 자세로 서서 아아, 오늘따라 종이 삭는 냄새가 복도까지 진동을 하네, 웅얼거렸다.

지금 들어가시는 겁니까.

예, 가려구요. 비도 오고.

예에.

그럼, 먼저 가보겠습니다.

1층 로비에 서서 열람표를 찾아쥔 나는 어둔 하늘을 올려다보았다. 비는 그치지 않았다. 우산 없이 거닐다보면 모르는 새에 속옷까지 촉촉히 적실 보슬비였다. 열람표를 반납하고 현관을 나서 몇 걸음을 떼어놓다가, 문득 걸음을 멈추고 말았다. 발목에 거추장스럽게 묶인 것이 있었기 때문이다. 황급히 몸을 돌렸다. 이것저것 생각할 겨를 없이 다급한 걸음으로 도서관에 들어선다. 그리고 계단을 타올랐다. 3층 복도 끝 창가. 당신은 그 자리에 그대로 서 있었다. 고작 2, 3분의 시간이 흘렀을 뿐이지만, 하도 변함 없는 그 뒷모습은 색 바랜 정물화 속 말라붙은 석류 같았다.

안 가셨네요?

예, 그게.

나는 머뭇거렸다.

저, 오늘…… 늦게까지 계실 건가요.

글쎄요.

다른 게 아니고. 별다른 일 없으면 같이 가시자구요. 같은 방향은 아니지만, 뭐 그래도.

당신은 신중한 속도로 눈을 깜박였다. 그러더니 어렵게 입을 연다.

죄송합니다. 전 보던 책 마저 보고 천천히 가겠습니다.

아.

갈 데도 없구요. 집에 가봐야 할 일도 없고.

그렇군요.

먼저 가세요.

그러죠. 그럼 진짜로 가겠습니다.

다시 1층으로 내려와 현관을 나섰을 때 날은 완전히 어두웠고 비는 여전했다. 다행히 당신의 뒷모습은 재차 내 발목을 붙들지 않았다.

다음 날도 당신의 여자는 도서관에 오지 않았다. 그날 열람실과 2층 휴게실에서 두 차례 당신을 보았다. 당신은 내내 혼자였다. 그야 특별한 경우는 아니었지만, 그럼에도 나는 당신의 여자가 오늘도 도서관에 오지 않았다는 사실을 어렵잖게 냄새 맡을 수 있었다. 저녁시간의 구내식당. 콩나물과 호박과 홍당무가 들어간 비빔밥을 반쯤 먹고 있을 때 당신은 매점 앞에 서서 지갑을 꺼내들었다. 비빔밥을 거의 다 비웠을 때 당신은 배식구에서 국수 그릇을 받아들었고 빈 그릇을 들고 일어섰을 때 당신은 가락국수와 단무지를 담은 쟁반을 들고 와 건너편 식탁 빈 자리를 차지하고 앉았다. 후룩 후루룩 국수가락을 옭아넣는 당신 앞에 스테인리스 물잔을 내려놓았다. 당신은 비칠, 어깨 속에 목덜미를 집어넣으며 감사를 표했다. 오늘도 혼자시군요, 라고 나는 말하지 않았다.

구내식당을 나선 당신과 나는 자판기 커피를 하나씩 뽑아들고 2층 실외 휴게실까지 걸었다. 전날 내렸던 비가 그날 오전에도 잠깐 흩뿌렸고, 내내 흐리던 하늘은 소리 없이 저물어 있었다.

열심이시네요.

예?

하루도 거르는 날이 없으시니 말이죠.

아, 도서관.

당신이 내 신상에 대해 말을 건네오기는 처음이었다. 별 뜻 없는 인사치레라 해도 말이다.

할 일이 없어 그러는 걸요. 여기서도 달리 할 일이 없긴 마찬가지지만.

4층 열람실에서 책을 열심히 읽으시던데. 무슨 공부를 하시나요?

공부는요. 그냥 펼쳐놓고 있는 겁니다. 책상 지키고 멍히 앉아 있기도 그렇고.

전에 제가 그런 말을 했지요.

그렇군요.

인문사회과학 자료실에서 기독교 심리학이니 메소포타미아 히브리 신화 따위를 뒤적거리는 내 뒷모습을 당신은 언제 지켜보았던가. 조명이 설치되어 있지 않은 실외 휴게실 이곳저곳에 사람의 흔적들이 눈에 띈다. 어둠 속에 빨갛게 담배불을 피우며 두런두런 이야기를 나누고 있다. 난간 너머로 인적 드문 후암동 주택가가 가로등 불빛에 물들어간다. 주택가 건너편에 교회 십자가들이, 빌딩 불빛이, 전광판들이, 용산 시내 전경이 눅눅한 밤공기에 젖어 일렁인다.

3개월이 넘었습니다.

예?

벌써 3개월이 넘었습니다. 겨울을 만난 지.

겨울. 당신의 여자. 그 이름을 그렇게 알게 되었다. 겨울. 3개월이라고, 당신은 매우 오랜 세월을 이야기하듯 했다. 그 숫자가 어느 정도의 길이에 해당하는지 나는 전혀 종잡을 수 없다.

운이 좋지 않았던 겁니다. 오랜 시간 동안.

오랜 시간이라구요.

그렇습니다. 경우에 따라서는.

죄송하지만 알아들을 수가 없군요.

시간이란 극히 개인적인 체험입니다. 그러니 경우에 따라서는, 한 순간 스쳐가는 만남도 감당 못할 만큼 사람을 지치고 힘들게 만들 수가 있지요. 숨을 쉬지 못할 정도로.

차갑고 습한 바람 줄기가 목덜미를 휘감고 길 아래로 멀어졌다.

용기를 내셔야겠군요. 아무쪼록.

그렇지 않습니다. 용기. 그 의지조차 거추장스러운 때가 있으니까요. 이 경우처럼.

저런.

떠나는 겁니다, 제일 안전한 방법은.

안전한 방법?

관계 맺어온 모든 것으로부터. 그 시작으로부터.

아아.

바로 그겁니다, 존재감을 한가득 들어내는.

어렵군요.

매일매일 조금씩 흘리고 다니는 존재감을, 한 삽 가득 모래를 퍼내듯, 한꺼번에 들어내는 거죠.

…….

자꾸 그런 생각이 듭니다. 나라는 존재는 어쩌면, 평생 떠나갈 준비만을 손꼽으며 살아가게 되어 있는 것이 아닐까, 하는.

약수동 언덕길에 당신의 가족이 이사를 온 것은 3년 전이다. 3층 사는 집주인은 까탈스럽기가 덜한 대신 놀라울 정도로 무뚝뚝한 사람인데, 지금의 집주인과 방 두 칸 전셋집을 만나기 전 당신의 가족은 연신내에서 아주 잠깐 월세 생활을 했었고 그 이전에는 봉천동에서 오래 살았다. 그때는 좁고 낡았지만 당신들의 문패를 걸 수 있는 2층집이 있었다. 아직은 중풍에 걸리지 않은 당신의 아버지가 난곡에서 페인트 가게를 하던 무렵이었다. 허리가 아파서 살 수가 없다는 주문을 하루 세 번 외우는 당신의 어머니는 어쩌다가 밑도 끝도 없는 평택 요양원 이야기를 꺼내곤 했다. 아무래도 내가 저 늙은이보다는 일찍 갈 모양인데, 그렇게 되면 집하고 가게 싹싹 정리해서 일부는 평택 요양원에 저 늙은이랑 같이 맡겨두고 너는 남은 돈으로 어디로건 훨훨 날아가거라. 그렇게 말할 때 당신의 어머니는 뜻밖에도 흡족한 표정이었다. 흡족하다고야 할 수 없을지 모르지만 허리가 아프다고 죽는 소리를 낼 때와는 어딘지 다른 생기가 있었다. 저 늙은이란 물론 당신의 아버지를 일컫는 말이었는데 밑도 끝도 없는 평택 이야기가 나올 때 당신의 아버지는 대체로 아무 반응이 없었다. 온종일 누워 뒹구는 요 위에 여전히 드러누워, 듣는 둥 마는 둥 주름진 입을 굳게 다문 채 홀로 살아 움직이는 두 눈만 느리게 껌뻑일 뿐이었다. 죽음과 그 이후에 대해 당신의 어머니가 말을 꺼낼 때 당신은 슬프지도, 짜증이 나거나 가슴이 무거워지지도 않았다. 대신 말없이 방으로 돌아와 담배를 피웠다. 책상에 앉아 혹은 반 접힌 이불에 드러누워, 벽과 벽과 천정이 만나는 모서리에 시선을 고정시키고 아무런 내용도 없는 공상에 빠졌다. 생활이나 미래에 대해 아무런 꿈도 기대도 가져본 적이 없다던 당신은 그러고 보니 떠나감을 꿈꾸고 있었던가. 관계 맺어온 모든 것으로부터 한 삽 가득 존재감을 들어내기 위해 또는 드러내기 위해.

　겨울. 당신의 여자를 나는 생각한다. 3개월 전. 도서관 4층 계단 참에서 우울한 표정의 외국어고등학교를 처음 만났을 때. 남회색 교복의 엇경사진 체크무늬를, 침울하게 다문 양 입술과 각진 안경테와 하얀 끈이 묶인 자주색 운동화와 손등의 우묵한 뼈마디를 불현듯 마주쳤을 때. 그때 당신은 친숙하기 이를 데 없는 절망의 느낌에 급하게 빠져들었다. 당신 말처럼 운이 좋지 않았던 때문인지 모른다. 그리고 얼마 지나지 않아 당신은 깨달았다. 그 시간 그 장소에서, 당신의 여자 역시, 당신이 겪은 것과 조금도 다르지 않은 느

낌에 까맣게 절망하고 말았다는 사실을. 어둠 속에서 당신은 몸을
일으켰다.

　들어가시죠. 바람이 꽤 쌀쌀하네요.

　며칠 뒤 당신과 당신의 여자를 보았다. 당신들은 시청각실 육중
한 방음문을 열고 그곳에서 막 나오고 있었다. 금요일이었으며 시
청각실 좁고 어두운 스크린에서는 런던 심포니의 철 지난 공연실
황이나 중학생 관람가 등급의 영화가 재생되고 있을 것이었다. 1층
을 향해 계단을 내려서던 나는 며칠 전 당신과 나누었던 이야기를
떠올리지 않을 수 없었는데, 글쎄, 당신들에게서 별다른 변화의 조
짐은 보이지 않았다. 여전히 당신은 심각함과 따분함이 뒤섞인 표
정이었으며 그로부터 50센티미터 가량 떨어져서 뒤따르는 당신의
여자는 무언가 불행해서 견딜 수 없다는 듯 고개를 반쯤 떨구고 있
었다. 그리고 많은 나날, 기억할 수 없는 시간들 속에서 나는 문득
당신들을 만나거나 느꼈다. 휴게실. 자연과학 자료실. 1층 계단
앞. 길 건너 버스정류장 근처. 때로 당신들과 내 시선이 우연히 마
주치는 경우가 있다. 그럴 때 나는 피사체의 움직임을 근접 촬영하
는 런닝 샷(running shot)의 한 프레임이 얌전히 지나치기를 기다렸
다가 아무렇지도 않은 표정으로 시선을 거두어들이고 하던 걸음을
계속했다. 아직은 지금이 아닌 채 다가오지 않은 시간으로부터 더
이상 지금이 아닌 이미 떠나간 시간을 향해 무참히 흐르는 순간의

흐름들을 끊임없이 비껴서듯. 미처 점지되지 않은 인연을 가까운 거리에서 떠나보내듯. 그렇게 아득한 얼굴이 되어.

　누군가 멀지 않은 곳에서 내 뒷모습을 은밀히 지켜보는, 그런 느낌은 잊을 만하면 한 번씩 찾아와 슬그머니 목덜미를 어루만지고 사라졌다. 그때마다 새로 길들여진 버릇처럼 등 뒤를 돌아보고 주위 사람들의 눈치를 살폈지만 누군가의 정체는 묘연하기만 했다.

　10월 9일. 그날 오후. 나는 예의 목덜미를 어루만지던 느낌과 그 정체에 대한 의문들을 말끔히 털어낼 수 있었다. 그날의 정확한 날짜를 기억하는 데에는 두 가지 이유가 있다. 하나는 공교롭게도 그날이 내 생일이었으며, 두 번째는 그로부터 이틀 뒤가 음력 보름이었기 때문이다. 모자 달린 짙은 쑥색 카디건의 남자가 톡톡 어깨를 두드린 곳은 자유열람실이었다. '식물의 시간'이라는, 어문학 자료실에서 대출해 온 북아프리카 출신 극우파 작가의 소설을 슬렁슬렁 넘기고 있을 때였다. 아, 당신이었군요. 고개 들어 남자를 바라본 나는 그렇게 속삭일 뻔했다. 어처구니없게도 말이다. 남자는 내 뺨에 입김을 불어넣기라도 하듯 얼굴을 가까이 가져와서 말했다. 한차현 씨 되시죠. 잠깐 볼 수 있을까요. 그리고는 몸을 돌려 열람실을 빠져나갔다.

　모두 말해 주십시오. 알고 있는 것. 기억나는 것. 모두 다.

모자 달린 짙은 쑥색 카디건의 남자는 당신에 대해 묻기 시작했다. 그 대상이 나란 점은 어떤 면에서 타당했지만, 어쨌거나 나는 의아해하지 않을 수 없었다.

왜 그러시나요. 무슨…… 문제가 있는 겁니까.

내게 질문을 해도 좋다고 말한 적 없습니다.

이런.

남자의 오랜 바다 생활 끝에 뭍에 올라온 뱃사람과 구청 세무과 공무원을 합쳐놓은 분위기를 가지고 있었다.

행여 감추거나 속일 생각 마십시오. 그 자와 선생의 근황에 대해, 모두 알고 있으니까.

자신만만하시군요. 그렇다면 왜 그런 걸 제게 묻는 겁니까?

다시 말하지만, 질문은 필요 없습니다.

언제 당신을 처음 알게 되었는지. 언제 어디서 얼마나 자주 당신을 만났으며 매번 만나서는 무엇을 했는지. 무슨 이야기를 주고받았는지. 당신에 대해 무엇을 얼마나 알고 있는지. 특이한 말이나 행동을 한 적은 없는지. 모자 달린 짙은 쑥색 카디건의 남자는 허공에 붕 뜬 질문을 쉬지 않고 내뱉었다. 그런 식의 '협조'는 난생 처음이었기에, 그야말로 나는 당신을 위해 어느 부분을 숨겨야 좋을지 판단할 겨를조차 없었다.

그뿐입니까. 지금까지 말한.

그런 것 같습니다.

정말로?

글쎄요. 지금으로선.

아니, 선생은 지금 숨기고 있는 것이 있습니다. 물론 기억나지 않는다고 둘러댈 테지만.

예?

마저 말해 주십시오. 겨울에 대해서.

남자는 거침없이 당신의 여자를 말했다. 과연 그는 자신의 말마따나 당신과 나의 근황에 대해 매우 잘 알고 있는 것 같았는데, 그제서야 나는 깨달을 수 있었다. 누군가 내 뒷모습을 은밀히 지켜보고 있는 느낌, 그 정체가 바로 지금 내 앞에 서 있다는 사실을. 20분 정도, 그보다 짧을지 모르지만 그보다 몇 배는 길게 느껴지던 시간이 지나고 남자는 스프링 노트를 소리 없이 덮어 바지주머니에 집어넣었다.

수고하셨습니다. 이제 돌아가셔도 좋습니다.

그러나 나는 남자의 권유를 따르지 않았다. 그럴 수 없었다.

왜요, 내게 무슨 볼일이 있나요?

볼일이라기보다.

궁금하신 모양이군요. 그에 대해. 그리고 나에 대해.

그렇습니다.

남자는 가벼이 고개를 끄덕이고는 깊은 숨을 내뱉었다. 그 역시 세무과 공무원과 뱃사람을 합쳐놓은 듯 지켜보는 사람까지를 공연히 지치게 만드는 표정이었다.

그 자는, 세상에 있어서는 안 될 존재입니다. 한 마디로 말하자면 그렇습니다.

뭐라구요?

말 그대로입니다. 세상에 있어서는 안 될. 그 이상 어떤 설명이 필요합니까.

그게, 무슨.

그럼에도 버젓이 세상에 모습을 드러낸 채 거리를 활보하고 사람을 만난다는 것은, 분명 잘못된 일입니다. 결과적으로 어떤 비극을 가져올지 아무도 모르는.

어어.

엄밀히 따지자면 그의 잘못이라고는 볼 수 없겠죠. 어쨌거나 비극은 비극이고 막을 수 있는 것은 막아야 합니다. 그런 일을 하는 사람이 나고 내가 지금 하는 일이 그런 일입니다. 선생 같은 이들은 상상도 못 할 시간, 이 일에 전념을 해왔지요.

…….

무슨 소리인지, 좀 이해하시겠습니까?

전혀 이해하지 못하겠군요.

몰라도 되는 것을 모르는 건 잘못이 아닙니다. 억지로 모든 것을 이해하려는 욕심이 종종 오해를 불러일으키곤 하지요.

이거 참.

이제 가보겠습니다. 다시 뵐 때까지 안녕히 계십시오.

그날 오후 내내 당신을 찾았다. 그러나 당신은 없었다. 술래잡기를 하듯 나를 피해다닌 게 아니라면 당신은 그날따라 도서관에 오지 않았음에 분명했다. 모자 달린 짙은 쑥색 카디건의 남자에 대해 당신에게 빨리 일러주지 못하는 상황이 나는 무척 안타까웠는데 한편으로 그게 오히려 다행스러운 일일지도 모른다는 생각도 들었다. 자유열람실 정기간행물실 휴게실 화장실까지 당신을 찾아 헤매며 내 머릿속은 어떠한 얼굴 하나로부터 자유롭지 못했다. 어쩌면 나는 그 얼굴을 머리에서 털어버리고자 그렇게 부산을 떨며 도서관을 들쑤시고 다녔던 건지도 모른다. 그것은, 다름 아니라 모자 달린 짙은 쑥색 카디건 남자의 나무토막 같은 얼굴이었다. 또한 당신의 얼굴이기도 했다. 당신의 얼굴이라니? 이해가 가지 않으리라. 하지만 당신은 기억해야 한다. 그 남자가 당신을 닮았다는 사실을. 열람실에서 누군가 어깨를 톡톡 두드렸을 때 아, 당신이었군요, 하마터면 그렇게 속삭일 뻔했던 이유가 그 때문이었다는 것을. 열람실 문 앞에 서서 남자와 이런저런 이야기를 나누면서, 참으로 기이한 기분에서 좀처럼 헤어날 수 없었다. 반복하지만 남자의 얼굴 표정과 목소리는 당신의 그것과 너무도 흡사했다. 당신이 혹 장난을 치고 있는 것은 아닐까, 하는 생각이 들 정도로 말이다. 물론 그 남자는 당신이 아니었다. 그날 당신은 도서관에 없었으니까.

다음 날도 당신을 볼 수 없었다. 물론 어딘가에 당신은 존재하고 있었겠지만 도서관은 아니었다. 그럼에도 나는 그날 하루를 내내 시설 조악한 구립 도서관에서 보내야 했다. 이 세상에 내가 당신을 기다릴 수 있는 장소란 그곳뿐이었다. 보이지 않는 당신을 기다리며 종일 안타깝고 한편 다행스러운 생각도 들었지만 전날만큼은 아니었다.

당신을 만난 것은 다음 날인 10월 11일 이른 저녁 시간이었다. 당신을 대하는 내 행동이 부자연스러웠을까. 비교적 사람이 적은 5층 휴게실까지 떠밀리듯 올라가면서 당신은 다소 의아한 표정이었다. 뭔가 좋지 않은 일이 있다는 사실을 당신은 어렴풋이 눈치챘던가. 이틀 전에 있었던 일에 대해, 나는 아무런 감정도 드러나지 않도록 주의를 기울이며 설명하기 시작했다. 이야기를 마칠 동안 당신은 한 마디 말도 꺼내지 않았다. 이야기가 끝나고 나서도 말없이 주머니를 뒤져 담배곽을 꺼내들었고, 견고한 침묵을 지키며 오래도록 담배를 피웠다. 그래서 나는 당신이 난처해하고 있다는 생각을 하지 않을 수 없었다. 모자 달린 짙은 쑥색 카디건의 남자가 도서관에 찾아왔다는, 내 입을 통해 그러한 사실을 듣게 되었다는 상황에 대해.

고맙습니다. 이렇게 말씀해 주셔서.

고맙긴요.

괜히 기분 상하셨겠군요.

상관 없습니다. 그보다, 괜찮은 겁니까.

물론이죠. 아니. 괜찮고 말고를 결정할 문제가 아닙니다.

당신과 너무나 닮았더군요. 그래서 처음엔 깜짝 놀랐습니다. 전혀 중요한 이야기가 아님에도, 나는 그 말을 꺼내고 싶어 식도 언저리가 간질거렸다.

그 사람, 아는 분입니까.

글쎄요. 그렇다고 할 수 있죠.

형사인가요. 정말 죄송한 질문입니다만.

아닙니다.

다행입니다. 아니, 제 말씀은.

변명하실 거 없습니다. 누구라도 그렇게 의심하지 않을 수 없었을 테니까요.

…….

그 사람이 뭐라고 하던가요.

뭐. 말씀드린 이야기가 다입니다.

차현 씨를 통해 그 사람은 제게 경고를 보낸 겁니다. 그렇게 생각하시면 됩니다.

무슨 경고를?

당신의 얼굴에 암담한 그늘이 한 겹 내려앉아 있음을 나는 덩달아 암담한 기분으로 확인했다. 모자 달린 짙은 쑥색 카디건의 남자가 마지막에 했던 말을 나는 당신에게 전하지 않았는데, 차마 그럴 수 없었으므로, 당신의 암담한 표정은 내 어줍잖은 배려까지를 훤히 꿰뚫고 있는 것 같았다.

그의 이야기를 믿으세요. 거짓말을 하는 사람은 아니니까.

그날 저녁 당신은 자유열람실 내 자리로 찾아왔다. 그리고 느닷없는 산책을 제의했다.

시간을 좀 내주실 수 있겠습니까.

시간이요?

잠깐이면 됩니다. 삼사십분 정도.

그리고 당신은 날짜를 물었다. 10월 11일이라고 대답하자 당신은 음력 보름이군요, 하고 불안정하게 눈을 깜박였다.

보여드릴 것이 있습니다.

날이 완전히 저문 시간이었다. 찻길을 가로질러, 다산 정약용 동상 옆으로 난 계단을 올랐다. 어둡고 가파르고 좁은 길은 과학기술회관과 식물원까지 이어질 것이었다. 5분 정도를 걸어오르자 보도블록 깔린 평지가 보였다. 저편 구석자리에 노숙자 행색의 사람 그림자 몇이 웅크리고 있을 뿐 인적은 드물었다. 계단은 그로부터 산 위쪽으로 길게 이어져 있다. 내처 당신의 뒤를 따랐다. 조금 더 걷자 길 오른편에, 제법 우거진 숲으로 둘러싸인 쉼터가 나타났다.

이쯤에 앉을까요.

당신은 구석진 벤치로 앞장섰다.

아아, 이런 곳이 있었군요.

가볍게 산보도 하고, 머리 식히기도 좋은 곳이죠.

자주 오시나 봅니다.

가끔요.

막 지나쳐온 길 아래. 차량 불빛들 바쁘게 오가는 남산길이 나무 그림자 사이로 드문드문 잘린 채 누워 있다. 당신이 입은 상의의 가로줄무늬가 어스름 속에 더욱 탁하게 변색되어 있었다. 어둔 숲 속의 고요를 갉아먹으며, 시야를 벗어난 어딘가에서 산새의 날개 소리 또는 나뭇잎 바스락거리는 소리가 멀리 들려올 때였다. 창백한 안색의 당신이 풀썩 상체를 꺾으며 양 손으로 이마를 감싸쥐었다. 어디 아프신가요. 나는 그렇게 우물거렸다. 당신의 돌발적인 행동에 순간 당황하고 말았던 것이다. 지금 몇 시죠. 갈라진 목소리로 당신은 물었다. 나는 손목시계를 눈 위로 들어올렸다. 달빛에 비친 분침이 낚시바늘처럼 반짝였다. 여덟시 십분이군요. 조그맣게 상체를 웅크리고 앉은 당신의 옆모습은 녹슨 덫에 치인 산짐승처럼 고통스럽다.

물어볼, 말이 있습니다.

이상한 일이다. 당신의 목소리가 이상하다.

뭐죠.

…….

말씀해 보세요.

앉은 자리에서 스멀스멀 냉기가 올라왔다. 아직 익숙해지지 못한 숲 속 어스름과 멀리 차 소리 은은한 시공간이 흙바닥에 끌리듯 더디 흐른다.

전생을 믿으십니까.

저편 힐튼 호텔 쪽 하늘가에 붙박혀 있던 푸른 빛 별 한 점이 한순간 거센 바람을 만난 듯 반짝, 일렁였다.

전생이라구요.

그러므로, 식물원 가는 숲길 깊숙이 숨어 있는 느릅나무의 자주빛 가지가 그때 이유도 없이 흔들렸을 것이다.

나는 알고 있습니다.

뭘 말입니까.

지나간 시간과 미래로부터 다가오는 지금의 순간들이, 내 자신의 기대나 의지 혹은 삶의 방식과는 전혀 무관한 쪽으로 흘러가고 있다는 것을.

아니.

나를 당황하게 만든 것은 수수께끼 같은 이야기가 아니라 목이 졸린 듯 심하게 왜곡된 당신의 목소리였다. 당신은 웅크린 어깨를 간헐적으로 들썩였다. 딸꾹질을 참는 사람처럼.

왜 이러십니까. 어디 아프신가요.

조심히 손을 뻗어 당신의 상체에 가져갔다. 그러자 천천히, 당신이 고개를 쳐들었다. 일그러진 얼굴 근육, 갈색 눈동자. 나는 반사적으로 손을 거두어들였다. 턱과 뺨 주위에 웃자란 황금빛 털. 길고 뾰족한 귀. 굵게 맞붙은 눈썹. 검붉은 입술 사이로 희고 날카로운 송곳니를 드러낸 당신이 나를 보고 크르르 목끓는 소리를 내었다. 아니, 당신은. 보름달이 떴다. 새털 구름 조각들이 샛노란 달빛에 차가운 그림자 테두리를 만들며 푸른 밤 하늘을 길게 미끄러진다. 크르르르. 희고 날카로운 송곳니를 드러내며 당신은 고요하게 으르렁거렸다.

당신은 늑대인간이었다. 매월 음력 보름이면, 그리하여 지구와 달의 거리가 어느 때보다 가까워지는 밤 시간이 되면 당신은 당신 안에 잠 깨어 일어나는 짐승의 기운에 쫓기어 수풀 우거진 산속이나 인적 드문 도시 뒷골목으로 몸을 숨겼다. 그리하여 휘영청 보름달이 뜨고 그 빛이 어둠을 물들이면 당신은 고통에 온몸을 웅크린 채 어깨를 떨다가 황금빛 털과 날카로운 발톱을 가진 늑대인간으로 변했다. 늑대인간. 그믐밤에 알몸으로 모래밭을 뒹굴거나 늑대가 건너간 지 하루가 되지 않은 개울물을 마셨을 때. 초승달이 뜨던 날 태어난 아이가 보름달 뜨는 금요일 집 밖에서 밤을 지새웠을 때. 미친 늑대에게 무릎을 물리거나 블루 바곳이라는 늑대꽃의 이파리를 잘못 뜯어먹었을 때. 누구나 그런 저주를 받을 수도 있다고 했다. 과연 그랬을까. 1천 년을 죽지 못하고 혹은 죽어 천 년을 살아가는 악마의 저주, 늑대의 얼굴과 사람의 몸을 가진.

놀라셨죠.

잠시 의식을 잃었을 것이다. 정신을 차리고 보니 처음 앉았던 자리였다. 고작 십여 분의 시간이 지나 있을 뿐이다. 추웠다. 늑대의 이빨에게 물린 목 언저리를 더듬어보고 싶었지만 참을 수 없는 한기에 온몸이 마비되어 꼼짝도 할 수가 없다. 당신은 창백하고 무기력한 얼굴로 돌아와 있었다. 나와 시선이 마주치자 슬그머니 고개를 돌린다.

죄송합니다, 못 볼 것을 보여드려서.

아아, 아.

하지만 두려워하지 마십시오. 보기보다 위험하지 않습니다.

미성숙기를 벗어난 여성이 생리를 시작하듯, 늑대인간의 저주가 처음 당신 안에 찾아든 것은 중학교 1학년이던 어느 초겨울 저녁이었다. 첫 몽정을 했을 때와는 비교도 되지 않을 만큼 당신은 놀라고 또 놀랐다. TV 만화영화 속 전설 같은 현실을 어떻게 받아들여야 할지 종잡을 수조차 없었다. 그리하여 중학교 1학년의 겨우내 당신의 어린 영혼은 비현실적인 현실 속에서 갈팡질팡 갈 길을 못 찾고 헤매었다. 무참히 다가온 현실을, 당신의 소년적 감수성은 주위의 모든 것으로부터 견고히 유리된 비밀로 지켜내었다. 돌이켜 보면, 그것은 대단히 다행스러운 경우였다. 짧은 사춘기와 긴 학창시절

내내 당신은 음력 보름의 절망에서 헤어나지 못했다. 때로 당신을 더욱 고통스럽게 한 것은 남들과 별로 다를 바 없는 일상 속의 자신이었다. 그리고 그 모두로부터 잠시나마 벗어날 수 있는 유일한 길은 홀로 남는 것이었다. 혼자되어, 죽음 같은 공상 속에 깊이, 점점 더 깊이.

보름달의 시간. 당신의 나날은 30일 혹은 28일의 하루를 향해 조금씩 중심을 이동했다. 생리를 시작한 여성이 그로부터 육체적 정신적인 성숙을 완성해 가는 반면 중학교 1학년의 겨울 어느 저녁부터 당신은 생의 어둔 숲 속을 향해 늘 제자리 걸음을 반복하는 존재였다. 달력 속의 음력 보름이 더 이상 두렵지는 않았지만 나머지 일상에 관련한 어떠한 의미도 당신은 찾을 수 없었다. 그리고 아무 내용 없는 공상에 빠져들었다. 홀로 방바닥에 누워, 벽과 벽과 천장이 만나는 모서리에 시선을 집중시킨 채, 죽음 같은 공상 속으로 깊이 더 깊이. 보름달 아래 당신은 위협적이기는커녕 매번 위협을 느껴야 하는 존재였다. 닭 한 마리 물어죽일 맹수의 기질조차 당신에게는 없었기 때문이다. 구경꾼에 둘러싸여 몰매를 맞지 않기 위해. 서커스단의 철창 우리나 국립생명과학연구소의 대형 실험관에 갇히지 않기 위해. 성스러운 은 총알에 심장이 뚫리지 않기 위해. 보름달의 시간이 오면 당신은 어느 때보다도 철저하게 당신의 존재 너머로 몸을 숨겨야 했다.

그렇게 많은 시간이 흘렀다. 어느덧 당신은 소년이나 젊음 혹은 장미빛 꿈, 그 같은 단어와는 그다지 어울리지 않는 나이가 되었다. 누구에게나 지나간 세월은 낙하하는 추의 속도만큼 빠르다. 당신의 경우처럼 그 흔적조차 희미할 수도 있다. 그리하여 당신은 정체성에 대한 당신의 기나긴 고민으로부터 스스로 물러서지 않을 수 없었다.

뒤늦게 깨달았던 겁니다. 아무리 명석한 사고나 치열한 직관도, 결국 존재의 무게를 이길 수는 없다는 것을.

오래된 나무껍질의 냄새. 한없이 가라앉아 있는 당신의 목소리를 듣다가 나는 그렇게 중얼거렸다. 어느 결엔가 그런 냄새를 맡았던 것 같다.

묻고 싶은 것이 있습니다.

…….

전생을, 믿으십니까.

그리하여 나는 전생이라는 뜻밖의 단어를 그날 같은 자리에서 두 번째로 듣게 되었다. 물론 두 번째로 접하는 전생에의 느낌은, 처음의 경우와는 많은 차이가 있었다.

말씀하시죠. 어떤 이야기라도.

정신집중을 하는 기공술사처럼 당신은 차갑게 젖은 밤공기를 한 가득 들이마셨다. 그리고 천천히 숨을 뱉어냈다.

나는 압니다. 잘 알고 있습니다.

뭘 말입니까.

내 존재가, 내 생애가, 기억나지 않는 먼 과거로부터 알지 못할 미래의 마지막까지, 내 언저리에서 이렇고 저런 관계를 맺어왔다고 믿어지는 모든 것들과 전혀 관계없이 한 자리에 있어왔다는 것을.

……

글쎄요. 남들과는 너무나도 다른 삶을 살아왔기 때문인지 모르겠습니다.

누구나 남과 다른 삶을 살아가는 법이니까요.

그렇게 생각하십니까.

당신의 눈빛은 타고 남은 나뭇등걸처럼 강렬했다.

나는 보았습니다. 오래 전부터 있어온, 이미 있어왔던, 따라서 어떠한 방법이나 의지로도, 죽음이나 그 이상의 무엇으로도 어찌할 수 없을……. 해묵은 운명. 존재의 헛된 그림자들이 깊이 드리워져 있는.

바닥. 깊은 바닥. 자리에서 일어섰다. 당신의 이야기는 끝나지 않았지만 딱딱한 나무 벤치를 타고 올라오는 냉기를 더 이상 참을 수 없었다. 차 소리 아득한 남산길로부터 어둔 숲 속을 흔들며 찾아온 바람 줄기가 사납게 목덜미를 휘감았다. 그럴 계절이 아니건만, 턱이 덜덜 떨릴 정도로 추웠다. 당신을 등지고 선 나는 옹색하게 팔짱을 끼고 서서 동남쪽 하늘가를 보았다. 저편, 남산 타워가 거대한 크리스마스 트리처럼 불을 밝혔다.

누군가 다가오는 기척이 있다. 다정히 한몸이 된 남녀 한 쌍이 계단을 올라오고 있다. 마지막 계단을 올라서서 우리 쪽으로 다가온다. 그러다가 어둠 속에 소금기둥처럼 서 있는 나를 발견하고, 슬그머니 등을 돌린다. 식물원 쪽 계단을 향해 아까보다 빠른 걸음으로 멀어져간다.

짧은 한 시절의 마지막 며칠, 예기치 않은 일로 논현동 영동시장 근처에서 며칠을 보내야 했다. 잘 다니던 항공 회사를 때려치운 친구가 근방에 조그만 술집 자리를 얻었던 것이다. 넉넉치 않은 자본으로 장사를 시작하려는 그로서는 어설프나마 무상으로 제공받을 수 있는 인력이 아쉬웠을 것이다. 속옷 가게였던 예전의 실내구조를 죄다 들어내는 작업부터 벽지를 뜯고 페인트칠을 새로 하고 조명을 갈고 테이블과 조리시설과 카운터를 배치하는 일까지, 복덕방 사람들을 상대하고 아크릴 간판과 판촉용 라이터를 맞추는 일까지 며칠을 꼼짝없이 붙들려 개업을 도왔다. 용산도서관으로 향하던 매일의 관성적인 발걸음이 잠시 끊겼던 것은 그런 연유였다. 그리고 일주일여 만에 다시 도서관을 찾았을 때, 엉뚱하게도 나는, 이제 이곳과의 인연을 정리해도 좋을 시기가 왔다는 생각에 문득 빠져들었다.

오셨군요.

자유열람실 빈 자리에 가방을 내려놓고 복도로 나서려는 때였다. 나를 찾아온 당신은 다소 상기된 얼굴이었다.

며칠 동안 안 보이시던데.

일이 좀 있어서요.

아.

저를 찾으셨나요.

찾았다기보다, 한번 뵀으면 했죠.

예에.

그런데, 그랬었군요. 공교롭게도 일이 있으셨다니. 전 또 영영 안 오시는 줄 알고.

그건 웃기는 말이었다. 영영 안 오다니. 내게 있어 용산도서관이란, 당신은 어떨지 모르겠지만, 그 정도로 절박한 표현을 써야 할 대상이 아니었다.

어쨌거나 정말 다행입니다. 이렇게 뵙게 되서.

어어.

그렇게 반기는 당신 앞에서 나는 어리둥절 대꾸했다.

뭐, 어쨌건 커피 한 잔 하시죠.

안개 낀 날이었다. 며칠 새 뚝 떨어진 기온 탓일 것이다. 멀리 용산 시내의 복잡하고 단순한 전경이 회색 불투명한 안개 속에 늦적하게 드러나 있다. 양 손으로 종이컵을 감싸쥔 당신은 정성 가득한 동작으로 조금씩 커피를 마셨다. 250원짜리 자판기 커피를 위해 며칠 동안 나를 기다려왔다는 듯이 말이다. 그리고 빈 종이컵 가까이 입을 대고 말했다.

실은 저도 오늘, 책을 반납하기 위해 도서관에 왔습니다.

대출을 하셨던 모양이군요.

그랬겠지요. 기억은 나지 않지만.

몽유병. 공전하는 밤의 정점을 홀로 배회하는 수면장애 환자처럼 밤 늦은 시간 홀연히 이불을 걷고 일어선 당신은 부지런히 방 안을 치우기 시작했다. 창문을 열어 창틀 먼지를 닦고, 책상 위를 정리하고, 휴지통을 비우고, 가구 뒤쪽 보이지 않는 곳에 뒤엉킨 전선 가닥을 정리하고, 아직까지 서랍장 구석에 처박혀 고개를 늘어뜨리고 있는 선풍기 몸통을 분리해 장에 집어넣고. 책장 구석에서 파란색 하드커버 책을 발견한 것은 그때였다. 우리 곁의 존재들에 대한 명상. 낯모를 책 한 권이 어째서 책장 구석에 버려진 휴지조각처럼 누워 있는지 당신은 잠깐 고민했다. 그러나 대답을 찾아낼 수 없었다. 누군가 읽다가 던져둔 것이겠거니. 그럴 만한 사람이 누구일지, 그 사람이 어째서 내 방에 들어와서 책을 읽었는지는 알 수 없지만, 설마하니 책에 발이 달린 것은 아닐 테니까. 그러다가, 표지 뒷장의 속표지와 책 재단면에 용산도서관이라고 쓰여진 스템프 자국을 보았다. 정답을 발견했음에도 당신은 여전히 어리둥절했다. 그 책과 관련된 기억을 도통 떠올릴 수 없었기 때문이다. 어쨌거나 당신은 믿기로 했다. 기억에 없는 어느 날 기억나지 않는 책 한 권을 용산도서관에서 대출해서 책장 구석에 던져두었던 것이라고.

바코드 인식기로 삐익 삑 대출 정보를 확인한 자료실 사서는 살인 사건현장을 목격한 사람처럼 어두운 표정이 되었다. 이 책 때문에 우리가 얼마나 애먹었는지 아세요? 댁으로 그렇게 전활 드려도 안 받고. 1회 3책 14일. 이용자가 한 번에 대출할 수 있는 책은 최대한 세 권이며 빌린 날짜로부터 2주 안에 반납을 해야 하는 용산도서관의 대출 규정을 사서는 또박또박 일러주었다. 또한 반납 일자를 연기하려면 직접 찾아와서 혹은 전화로 그 사실을 신고해야 하는데, 그렇지 않고 무단으로 대출 일수를 어기면 그 기간만큼 대출 자격이 상실된다는 사항까지. 사서의 말에 따르자면 당신은 반납 연기를 신청하는 전화도 한 통 없이 도서관의 공유 자료를 무려 넉 달 넘게 무단 독점한 셈이었다. 당신은 순순히 잘못을 시인하고 용서를 빌었다. 물론 여지껏 그 책을 먼지 낀 책장 구석에 방치했었노라는 설명은 하지 않았다. 사서는 여전히 어두운 표정으로, 앞으로 4개월 동안 자료를 대출받을 수 없으니 그리 알라고 말했다. 당신은 알겠다고 했다. 사서는, 한 번만 더 이런 일이 발생하면 그땐 대출 자격이 영영 박탈될 수 있다고 덧붙였다. 당신은 잘 알았다고 했다. 그러나 일련의 결과는 당신에게 그다지 가혹하거나 무거운 조치가 아니었다.

왜냐하면 저는, 떠날 사람이기 때문입니다.

떠나신다구요.

그렇습니다. 그러니 오늘 그 책을 반납할 수 있었던 게 얼마나 다행인지 모르겠습니다.

아.

생각해 보세요. 얼마나 끔찍한 일인지. 도서관 직원들은 반납되지 않을 책을 내내 기다리며 애를 태우거나 화를 내고, 책은 책대로 아무도 모르게 방구석에 처박혀 먼지만 쌓이고. 그게 넉 달이 아니라 4년이 될 수도 있고 40년이 될 수도 있는데.

그러고 보니 당신은 두툼한 등산용 점퍼와 색깔 짙은 청바지를 입고 있었다. 남색과 초록색과 노란색과 자주색이 탁한 줄무늬 티셔츠, 가 아니라 말이다. 등산용 점퍼. 그래서였는지 모른다. 그때 나는 히말라야라는 지명을 떠올리고 있었다. 중앙아시아와 인도를 반으로 가르는 세계의 등뼈. 에베레스트. K2. 로체. 마칼루. 마나슬루. 안나푸르나. 브로드피크. 아득한 옛날 바다 밑에서 솟구쳐 오른 지형임을 증명하는 화석들이 눈부신 만년설 곳곳에 웅크리고 있는, 또한 수많은 산악인들의 시신을 숨긴 저주와 신비의 땅. 수행자 사두, 바바, 요기. 그들의 사원 아쉬람. 힌두교와 밀교(密敎)와 성지 순례, 시바와 라마의 고향. 만년설로 뒤덮인 8천4백 미터 고지의 선두 캠프, 눈보라가 잠시 숨을 죽인 사이 희푸른 어둠이 내려앉고, 눈밭 위에 웅크린 A형 텐트는 이따금 불어오는 얼음 바람에 펄럭펄럭 몸을 떤다. 희푸른 하늘 저편에 달이 떠오른다. 그때 당신은 어디로 가는가.

어디로 가십니까?

확실한 것은 없습니다. 떠난다는 것밖에.

자리에서 일어선 당신은 몹시 무거워 보이는 배낭을 들어 양 어깨에 멨다.

가보겠습니다. 책도 반납하고 이렇게 뵙고 인사도 드리고. 여기서 할 일은 이제 다 끝났습니다.

당신을 따라 도서관을 나왔다. 낮 시간이 짧아지기는 했지만 아직은 저녁 어스름 한 점 없는 오후였다. 버스정류장에 선 당신은 팻말 쇠기둥에 볼록하게 솟아오른 페인트 찌꺼기를 손끝으로 득득 긁었다. 잿빛 비둘기 서너 마리가 후드득 날갯소리를 떨구며 정약용 동상 뒤편 숲길로 날아갔다.

기분이 어떠십니까. 떠나는.

글쎄요.

당신은 고통을 즐기는 변태성욕자처럼 얼굴을 찡그렸다.

잘 모르겠네요.

평생을 준비하신 보람이 있겠군요.

그렇게 내뱉고 보니 어째 의도와는 달리 무례한 소리 같다는 생각이 들어, 얼른 다음 말을 이어붙였다.

하여튼 잘 다녀오십시오. 몸 건강히.

고맙습니다.

남대문을 거쳐 광화문 쪽으로 운행되는 버스가 멈추어 섰다. 당신은 그럼, 이라고 웅얼거리며 어중띤 고갯짓을 했다. 그리고 등을 돌렸다. 빠르지도 느리지도 않은 걸음으로 버스에 올라타는 당신의 뒷모습을 나는 가만히 지켜보았다. 손을 흔들어줄 새도 없이 버스가 떠났다. 당신의 뒷모습. 우리 곁의 존재들에 대한 명상. 과연 그때 나는 당신의 뒷모습을 바라보며, 대단히 추상적인 제목의 책 한 권에 대해 생각하고 있었던가. 그것은 앞뒤가 맞지 않는 말이다. 우리 곁의 존재들에 대한 명상, 그리고 '제3의 시각' 연작들을 실제로 접한 것은 그날 당신을 떠나보내고 나서도 얼마 뒤의 일이었으니까.

당신의 여자. 겨울을 만난 것은 11월 9일 오후였다. 정확한 날짜를 기억하는 것은 그날이 당신이 떠난 뒤 처음 맞는 음력 보름이었기 때문이다.

전날 저녁 친구 몇 명과의 만남이 있었다. 그렇게 시작된 술자리가 그날 새벽 4시까지 이어졌다. 그렇게까지 나를 술 마시게 한 이는 얼마 전 논현동 영동시장 근처에 술집을 열었던 친구였다. 개업을 위해 내가 제공할 수 있는 게 어설픈 노동력밖에 없었듯 그 또한 내게 마음껏 답례할 것이라곤 술과 안주가 전부였다. 그의 개업집에서 시작해서 근처 맥주집으로 2차를 나갔다가, 노래방을 거쳐 다시 개업집으로 돌아오던 게 1시 넘어서였다. 손님 하나 없이 텅 빈 술집에 널찍하게 자리를 차지하고 앉아, 슬슬 지치기 시작하는 술잔을 주고받던 무렵이었다. 내일이 음력 보름이네. 아니, 오늘이구

나. 누군가 지나가듯 꺼낸 이야기를 역시 지나가듯 흘려듣다가, 나
는 문득 걸음을 멈추고 뒤를 돌아보듯 새삼 달력을 찾았다. 아아,
벌써 그렇게 됐나. 그리하여 나는 당신이 떠나고 나서 처음 돌아오
는 음력 보름을 놓치지 않을 수 있었다.

그날 아침을 거르고, 대중 사우나 휴면실에서 너댓 시간을 자느
라 점심마저 거르고도 술이 채 깨지 않은 나는 필경 유령 같은 얼굴
을 하고 있었을 것이다. 그런 얼굴로 인문사회과학 자료실의 종이
삭는 냄새 자욱한 책장 사이를 거닐었으리라. 저편으로 열린 책장
사이 통로를 누군가 스쳐 지나갔다. 지나가다가, 이편에서 소리를
내거나 아는 척을 하지도 않았건만, 힐끔 나를 쳐다보고는, 천천히
시야에서 비껴간다. 겨울. 당신의 여자였다. 우거진 숲 속 나무 그
림자 사이로 사라지는 들짐승을 뒤쫓듯 나는 걸음을 빨리 했다. 계
단 앞에 겨울이 서 있었다.

학교는……?

겨울, 생리불순 뒤끝의 거칠고 우울한 표정.

시험기간이에요.

아아.

상중(喪中)이에요. 어째서 내 귀에는 그렇게 들렸을까. 당신의 여
자를 마주한 나는 그만큼 난감했다. 어린 미망인에게 애도의 인사
를 전해야 할 때처럼.

아저씨 소식, 알고 계신가요?

바스락 바스락. 마른 잎 같은 목소리.

떠난다고 하던데요. 멀리로 여행을.

그건 저도 알아요. 제가 묻는 건 그 이후의, 무슨 소식이라도.

나는 고개를 저었다.

내 생각에, 당분간 그런 소식을 접할 기회는 없을 것 같네요. 그게 얼마나 될 지는 모르겠지만.

제 생각도 그래요.

부끄러웠다. 우울한 얼굴의 외국어고등학교 학생과 마주 서서 그따위 대화를 나누고 있는 내 자신이 몹시도 부끄러웠다.

혹시 알고 계세요.

뭘…….

왜 떠났는지. 무슨 이유라도 있는 건지.

글쎄요.

나는 부끄러움을 참고 더듬거렸다.

다른 사람은 모르는 뭔가가 있었겠지요. 아주 오래 전부터 고민해 온 문제라든가. 하지만 난 모릅니다. 말 그대로 다른 사람이니까.

겨울은 기대고 있던 벽에서 등을 떼어내었다.

이젠 잊을 수 있어요.

반짝 고개를 들어 나를 쳐다본다. 그 시선에 눈이 아팠다.

헤어진다는 건, 별로 중요하지 않으니까요.

까닥 고개를 숙여보이고 몸을 돌린다. 체크무늬 교복이, 어깨를 늘어뜨린 뒷모습이, 휠체어에서 내려 첫 걸음을 떼어놓듯 위태로운 걸음걸이가 계단 위로 한 발 두 발 멀어졌다.

그 해가 며칠 남지 않은 흐린 오후 모자 달린 쑥색 카디건의 남자를 만났다. 마주쳤다. 문득 길 앞을 막아서는 남자가 누구인지 나는 얼른 기억해 낼 수 없었다. 그럴밖에, 그곳은 용산도서관 3층 복도가 아니라 시청에서 광화문 쪽으로 입을 벌린 지하보도 근방이었으며 남자는 모자 달린 쑥색 카디건이 아니라 짙은 쥐색 양복을 입고 있었다. 더구나 용산도서관으로 말하자면 발길을 끊은 지 이미 두 달이 가까워가는 즈음이었으므로.
아아.
당신이었군요, 하고 나는 말하지 않았다. 그 시간 그 장소에서 우연히 마주친 인물이 당신을 닮은 남자가 아니라 당신이었다면 그때 나는 어떤 식으로 반응했을 것인가.
안녕하셨습니까.
실은 저기서부터 알아봤더랬는데, 처음엔 아닌가 했습니다.
남자는 손을 뒤로 뻗어, 여태 자기가 걸어온 길 어느 지점을 어색하게 가리켰다.
예에.
다행히, 그리고 당연히, 남자는 지난번처럼 어떠한 이유가 있어

내 앞에 나타난 것은 아니었다. 그래서였을 것이다. 사흘 밤낮을
쉬지 않고 걸어온 듯 지치고 남루한 표정은 그대로였지만 그 속의,
누구를 혹은 무엇인가를 뒤쫓아 헤매던 예전의 눈빛을 쥐색 양복
의 그에게서는 발견할 수 없었다.

혹시 알고 계십니까?

지나가는 투로 남자는 말했다.

뭘 말입니까?

실종신고를 했더군요. 그 사람 집에서.

그런 일이 있었군요.

일이 그렇게 되어 저로서도 정말 유감입니다.

…….

뭐, 가족들로서는 당장에 애가 타고 걱정이 되겠지만. 결국은 잊
게 되겠지요.

예에.

그 사람으로서는 어쩔 수 없는 선택이었는지 모릅니다. 그런 식
으로 끝을 맺는다는 게, 물론 남 보기에는 좋지 않지만.

그를 두둔하시는군요.

16차선 넓은 도로를 등지고 마주 선 남자는 내 어깨 너머로 바삐
오가는 행인들에 슬금슬금 눈길을 던졌다. 나와 시선 마주치기를
원치 않거나 대화에 집중을 하지 않고 있음에 분명했다.

글쎄요. 인간적인 측면에서 드린 말씀입니다.

아직도 그를 쫓고 계십니까.

그건.

적절한 어휘를 찾아 잠시 뜸을 들이던 남자는 양 입술 끝을 비죽이 늘어뜨렸다.

아직 이해를 못 하시는군요. 그건 변함이 있을 수 없는 일입니다.

그렇다면.

다만 지금은, 그가 멀리 떠나가 있을 뿐이지요.

여전히 이해하기 힘든 말씀만 하시는군요.

지하보도에서 올라온 행인들이 남자와 나를 비껴 광화문 쪽으로 멀어지고 낮은 하늘가로 길게 바람이 불어왔다. 그리고 나는, 복잡한 거리 한 가운데에서 우연히 마주친 남자와 그렇게 마주 서 있는 상황이 모르는 사람과 전화통화를 하는 것만큼이나 우스운 노릇이라는 것을 문득 실감했다. 내 얼굴에 그런 속내가 드러났을 것이다. 남자는 손을 내밀었다. 그게 작별의 악수를 청하는 것임을 나는 얼른 눈치채지 못했다.

가봐야겠습니다.

제가 공연히 바쁜 길을 막아섰군요.

무슨 말씀을.

한때 모자 달린 쑥색 카디건을 입었던 남자로부터 돌아서던 무렵, 우리 곁의 존재들에 대한 명상이 불쑥 내 안에 찾아들었다는 사실에 대해 이제 말해야 한다. 당신의 방 책장 아래, 먼지 낀 구석, 넉 달 넘게 버려져 있던 파란색 하드커버.

　최병관이란 사진작가의 작품집을 처음 만난 것은 버스정류장에서 당신을 떠나보내던 날이었다. 자료실에서 당신의 흔적을 찾기는 어렵지 않았다. 출입구 옆 사서실 구석에, 아직 서고에 정리되지 않은 그날치 반납 도서들이 차곡차곡 쌓여 있었으니 말이다. '1990년 파리 안 후프 화랑의 초대전을 시작으로 작가는 어둠과 빛의 강렬한 대비를 도구 삼아 존재와 허상, 형태적 서정성과 내적인 고독을 함께 연출해 내는 독특한 기법의……' 동료 작가의 추천사로 시작되는 사진집을 아무 생각 없이 뒤적이다가, 속 깊이 들어오는 사진 하나를 발견한다. 제3의 시각. 그 같은 표제의 연작 중 한 편이다. 어둑한 배경의 흑백사진 하나를, 나는 자리에 앉은 채 30분도 넘게 들여다보았다. 그 속에서 당신을 보았고 느리지도 빠르지도 않은 동작으로 버스에 오르던 당신의 뒷모습을 보았다. 고백컨대 모자 달린 쑥색 카디건의 남자와 헤어지던 시청 지하보도 앞에서, 나로 하여금 모래 언덕 같은 환영에 깜빡 젖게 만들었던 것 또한 우리 곁의 존재들에 대한 명상이요 제3의 시각 연작이었다.

　재래식 한옥 풍경. 카메라는 대청마루로부터 출입문 방향을 바라보는 중이다. 해넘이 무렵인 듯 통나무 기둥에 짙은 그림자가 비껴 앉아 있다. 그리고 반쯤 열린 문틈으로, 지금 커다란 개 한 마리가 어슬렁 어슬렁 집을 나서는 중이다. 사진에 보이는 것은 기둥과 문 사이로 막 사라지는, 퇴장하는, 황구의 뒷다리와 길게 말려 올라간 꼬리다. 제3의 시각. 작품 제목 옆에 작가의 글 한 줄이 남아 있다. 개의 조상은 늑대다. 수천 년, 어쩌면 수억 년 전쯤이었을 야생의 시절에.

　세상 어딘가에 어떤 식으로 존재하고 있는 당신에 대해 이제 나는 아무런 예상을 해볼 수 없다. 또한 당신과 있었던 일에 대해 더 이상 새로운 기억을 떠올릴 수도 없다. 미래는 열려 있지만 현재로부터 너무도 많은 가능성을 분열하며 존재하기에 종잡을 수가 없으며 기억되는 과거는 한 가지 모습으로 남아 있지만 점점 멀어질 뿐 이미 지금이 아니기 때문이다. 히말라야 만년설에 차가운 발자국을 남기며 홀로 선 당신을 상상하거나 지난 날 어느 저녁 시간 도서관 복도 끝에서 따분한 표정으로 달빛을 쬐고 있는 당신의 모습을 떠올리는 것은 그래서 조금의 의미도 없는 일이다.

　그러므로 이제 나는, 당신에게 오랜 작별을 고한다. 세상 멀리 있을 당신에게. 내 안에 희미하게 남은 당신에게. 더 이상 우연처럼 당신을 마주칠 일은 이제 없다. 아마도 그럴 것이다. 왜냐하면 당신과 내가 가지고 있는 시간은 근본적으로 다르므로. 적어도 내게는 그렇게 생각되므로. 따라서 처음의 당신이 내게 발산하던, 지극히도 숨막히던 낯익음의 정체에 대해서도 나는 더 이상 궁금해하지 않기로 한다. 왜냐하면 나는 영영 깨닫지 못할 것이므로. 당신

에 대한, 깊고 어두운 우주, 당신과 나라는 낯설은 별들 사이에 꾸
준히 존재해 온 관계, 관계의 관계들에 대해서.

에티카, 기하학적 질서에 따라 증명된

에티카, 기하학적 질서에 따라 증명된
(Ethica in Ordine Geometrico Demonstrata)

제1장 돌층계와 왼쪽 발목 간의 관계성을 중심으로

(Chapter 1 : Centering around the correlation between stone stairs and the left ankle)

지난 2월 12일 이단은 계단에서 미끄러져 다리가 부러졌다. 초록색 페인트칠을 한 철제 계단이었고 지상까지 고작 여섯 칸을 남겨놓은 높이였다. 발 끝에 마땅히 닿아야 할 오돌토돌 철제 계단의 감촉이 미끄덩 빗나가는 순간 이단은 아득히 가정했다. 드디어 내가 날아가는구나. 그리고 여섯 계단을 우당탕탕 굴렀다. 은빛 수수한 작은 종(鐘) 한 쌍이, 그때 머릿속 빈 공간을 반짝 스치고 지나갔던

것 같다. 시멘트 바닥에 달라붙은 코를 떼어내며 일어서는데 복숭
아뼈가 시큰거리고 발목에 힘을 줄 수 없었다. 날개가 돋긴커녕 다
리가 부러진 것이다. 그래서 이단은 다시, 이거 꿈을 꾸고 있는 것
아닌가 가정하지 않을 수 없었다. 실로 1초가 될까말까한 순간에
우당탕탕 일어난 재앙이었다. 일단은 왼쪽 발목 부근이 떨어져 나
갈 듯 아팠으며 무엇보다 늘 오르내리던 계단 밑바닥에 철퍼덕 엎
어져 있는 자기 처지가 도통 믿기질 않았다. 꿈이 아닐까. 꿈이라
면 능히 가능한 일인데. 그렇다면 지금 꿈을 꾸고 있는 것이 분명한
가. 누군가 다가왔다. 이단은 누군가의 파란색 바짓단을, 고개를
들어 구릿빛 건강한 피부와 부리부리한 눈매를 보았다.

"다리가 부러진 모양이군요."

"그렇습니다. 이거 참."

파란색 싱글 양복을 입은 남자였다. 바지와 상의와 와이셔츠 모
두 크레파스로 칠한 듯 새파란 색이라니. 이단은 자신의 처지도 잊
고 껄껄 웃을 뻔했다.

"하마터면 큰 변을 당하실 뻔했습니다."

"그러게나 말입니다. 아이구구. 절 좀 일으켜 주실 수 있겠습니
까?"

남자는 등을 돌리고 풀썩 주저앉았다.

"일으켜서 될 일입니까? 업히세요."

"이거 정말 죄송합니다. 그럼 신세 좀 지겠습니다."

"누구나 실수를 하는 법인 걸요. 실수는 곧 운명이죠."

이단을 업은 남자는 빠른 걸음으로 건물을 벗어나 큰길로 나섰다. 횡단보도를 건너는 왼쪽 발목이 조심성 없이 덜렁거리며 이단을 고통스럽게 했지만 조금만 천천히 걸어달라고 할 수는 없었다.

"아 참!"

"왜 그러십니까."

파란색 양복의 남자가 숨을 헐떡이며 물었다. 등에 업힌 이단은 난감스레 중얼거렸다.

"아니, 아닙니다. ……아이구. 이걸 어째."

"말씀하세요. 헥헥, 뭐 잘못된 게 있습니까? 다리 부러진 거 말고."

"실은 오늘 가문회의가 있는 날이거든요. 거기 가봐야 하는데."

"가문회의라. 중요한 자리인가요?"

"그런 셈이죠. 깜빡 잊고 있었지만."

"하지만 어떻게 합니까. 이렇게 다리가 부러지셨는데."

"그렇군요."

"어쩌나. 그럼 거기로 모셔다 드릴까요?"

"……아니요. 그러지 마십시오."

"잘 생각하셨습니다. 지금 상황에서 병원 말고 어딜 가시겠습니까."

6주 진단을 받았다. 왼쪽 복숭아뼈에 철심을 박고, 뼈가 아물기를 기다려 실밥을 뽑은 후에는 깁스를 해야 한다는 것이다. 재수가 없었더라면 영영 절름발이 신세를 못 면할 뻔했다고 닥터는 말했다. 이단은 재차 곤혹스러웠다. 뒤집어 말하면, 지금은 억세게도 재수가 좋은 셈이라는 것인가. 거기서 꿈이 깨었다. 2월 12일. 이른 아침의 창밖이 검푸르게 밝아 있었다. 별난 꿈이구나. 이단은 자리를 털고 일어섰다. 더는 잠이 올 것 같지 않았다. 더구나 가문회의가 있는 날이다. 명예와 신의의 회관은 경기도 이천 지나 있었다. 시내에 나가 잠깐 볼일을 본 뒤 점심시간에 맞추어 시외버스를 타면 되리라. 사과박스 안 깊숙이 개켜져 있는 양복을 꺼내고 하얀 와이셔츠에 다리미질을 하고 넥타이를 맨다. 빵 한 덩어리에 우유를 적셔 검소하고 맛없는 아침 식사를 마치고, 역시 빵 한 덩어리에 우유를 적셔 이데아를 먹이고, 검은 면양말을 신고, 얇은 인조가죽 지갑을 양복 뒷주머니에 넣고, 거울 앞에 서서 옷 맵시를 비추어본 뒤 옥탑방을 나섰다. 그늘진 옥상 구석에는 지난 주 한바탕 내린 눈이 녹지 않아 지저분하게 쌓여 있었는데 그럼에도 다시 큰 눈이 쏟아질 듯 잔뜩 찌푸린 하늘이다. 별난 꿈이었어. 이단은 토닥토닥 계단을 타 내려갔다. 덕분에 일찍 일어나게 되었으니, 그래서 시내로 나가 안경점 일까지 볼 수 있어 얼마나 다행인가. 그 순간 오른쪽 발바닥은 여섯 번째 계단의 디딤판을 아슬아슬 향하고 있었다. 저편 현관에서 마침 은회색 아침 햇살이 와아! 소리치듯 밀려들며 마치 천국으로 향하는 지하 통로처럼 보였는데, 그때 무슨 빌어먹을 노릇인지 이단은 발을 헛디디고 말았다. 발 끝에 마땅히 와 닿아야 할 견고한 돌계단의 감각을 놓치며 허공을 향해 붕 날았고, 드디어 내가 날아가는구나 가정해 볼 겨를도 없이 여섯 계단을 통채로 굴렀다. 와당탕탕. 삽시간에 왼쪽 발목을 깔아뭉개며 엉덩방아를 찧었다. 아이구 소리가 흘러나왔다. 이단은 엉덩이를 툭툭 털며 일어섰다. 그러려고 했다. 그러나 몸을 움직일 수가 없었다. 작두에 발목이 잘려나간 듯 감각이 없으면서도 아프기는 무진장 아팠다. 차가운 돌 바닥에 애들처럼 주저앉아 하 난감하고도 황당스러움에 숨도 못 쉬고 씨근덕거렸다. 이번만큼은 꿈이겠거니 생각할 수 없었다.

"이거 누구야, 이단?"

"아이구 죽겠다. 나 좀."

"거기 앉아 뭐하는 거야?"

파란색 양복을 입은 남자는 오지 않았다. 와당탕 아이구구 소란에 슬그머니 고개를 들이민 사람은 건물 관리인 조항문 선생이었다.

"다리가 부러졌나봐요. 나 참, 오늘 들어 두 번째야."

"조심하잖구. 산재보험 처리도 안 될 걸."

"너무 그러지 마요. 아이구구, 누구나 실수를 하는 법이라는데."

"온 제기. 누구나 즈그집 계단에서 엎어져 다리가 부러진대?"

조항문 선생은 빈 자리 숭숭한 뒷머리칼을 긁적이면서 끌끌 혀를 찼다.

“보고만 계실 거예요?”

“아니면.”

“일으켜주던가, 아이구 아야, 업어주던가.”

“업어주는 거 좋아하네. 119 부를 테니 기다려봐.”

그래서 지난 2월 12일부터 장장 한 달하고도 23일 동안 이단은 정형외과 병실 신세를 지게 되었다. 가문회의에는 결국 참석할 수 없었다. 도매시장 안경 골목에 들러 미뤄오던 일을 처리하려는 계획 또한 허사가 되었음은 물론이다.

왜 계단에서 굴렀을까. 침상에 누워 커다랗게 깁스를 한 왼쪽 다리를 굽어보며 이단은 온종일 고민했다. 어째서 계단이란 말인가. 하필 계단에서 떨어지는 꿈을 꾸고, 꿈에서 깨자마자 또 계단에서 구르다니. 왜 그랬을까. 평소 계단이라는 것에 악감정이 있어, 계단만 보면 발로 걸어차거나 침을 뱉은 적도 없었다. 계단에서 한 번만 굴러 떨어져봤으면 하고 바라거나 딱딱한 돌계단에서 데굴데굴 구르면 어떤 기분일까 상상한 적 또한 없었다. 계단을 오르내리며 세상을 욕하거나 우주를 향해 저주의 노래를 부른 적도 없었다. 그런데 어째서 그랬을까. 그날, 어느 집 수도 계량기가 터져 계단 바닥이 미끌미끌 얼어붙었거나 여섯 번째 디딤판을 내딛는 순간 갑자기 발목에 쥐가 났다면, 그랬다면 이런 고민은 필요도 없었을 것이다. 왼쪽 발목이 부러지는 결과가 똑같더라도 말이다. 그러나 그날, 재수 없게도 그런 일은 없었다. 그렇다면 왜일까. 평생 잘 오르내리던 계단에서 그날은 왜 하필.

입원 열흘 만에 첫 문병객이 찾아왔다. 먼 친척 piq 씨였다. piq 씨의 얼룩덜룩한 고라니 가죽 외투에는 차가운 늦겨울 냄새가 매캐하게 묻어 있었다.

"좀 어때?"

"오셨어요."

"꼴하곤. 누워 있어."

piq 씨는 깁스를 한 이단의 다리에 시선도 주지 않고 미간을 찌푸렸다.

"항상 말썽이군 자넨."

"계단에서 굴렀어요. 매일 오르내리는 계단인데 고만."

"알고 있네."

"이상하지 뭐예요. 그날 아침 계단에서 구르는 꿈을 꾸었거든요. 그러고는 실제로 계단에서 굴러 떨어지고."

"지난 가문회의에 참석하지 않았더군."

"그랬죠. 계단에서 굴러 다리가 부러졌으니까요."

"원로들이 언짢아하는 기색이야. 짐작하고 있겠지만."

"어쩔 수 없죠. 하루 두 번씩이나 계단에서 구를 줄 저라고 상상이나 했겠어요."

"원로들은 그런 사사로운 문제에 개의치 않으시네. 문제는 자네

가 지난 2월 12일 명예와 신의의 회관에 출석하지 않았다는 점이
지."

"하지만, 그날 전 계단에서."

"계단 얘기 좀 그만 할 수 없나? 안 보는 사이에 이상해졌군. 마치
계단에 취한 사람처럼*."

"죄송합니다."

벌겋게 늘어진 piq 씨의 턱살은 숨을 내쉴 때마다 홀로 살아 있는
고깃덩이처럼 불룩불룩 몸을 뒤채었다. 한심한 자식 같으니, 이단
을 향해 그렇게 투덜거리는 것 같았다.

"에에, 내가 지금 어디서 오는 길인지 아나?"

"글쎄요. 큰 이모님이라도 만나고 오셨나요?"

"내가 무당인 줄 아나. 죽은 사람을 만나고 다니게."

"그럼요."

"성 선생을 뵙고 왔다네."

"성 누구요? 아아, 성 교구장님."

"끔찍한 소문이 있더군. 가문회의에 말야."

"끔찍한 소문이라면."

"대대적인 파문 선고안이 통과될 것 같다는 거야. 청년회 식구를
대상으로."

---

* "신에 취한 사람" 스피노자를 빗댄 F. 노발리스의 말.

“누가 불신선언이라도 했대요?”

“자넨 정말 경을 칠 소리만 잘도 골라 하는군. 도대체 어느 쳐죽일 이단이 그런 소릴 지껄이던가.”

“아니요, 그저 대대적으로 목을 친다길래.”

“들어봐. 더 끔찍한 소문이 있으니까.”

“뭐죠.”

“놀라지 말게. 그 대상 가운데⋯⋯.”

4인용 병실의 나머지 세 곳은 비어 있었고, 따라서 병실 안에는 두 사람뿐이었건만 piq 씨는 조심히 고개를 빼들고 주의를 살폈다.

“자네가 끼어 있다는 거야.”

“제가요? 제가 파문을?”

“목소리 낮추게.”

큼직한 얼굴에 비해 실팍하기 그지없는 입술을 못마땅하게 오물거렸다.

“하나님 맙소사. 성 선생에게 그 이야기를 듣고는 어찌나 쥐구멍이라도 찾고 싶던지.”

이단은 미간을 찌푸렸다. 깁스한 왼쪽 엄지 발가락이 갑자기 가려웠던 것이다.

“내 물어봄세. 뭐 짚히는 게 없는가?”

“짚히다뇨?”

“가문 어른들의 눈밖에 날 짓을 했다거나.”

“글쎄요.”

“잘 생각해 봐. 숨길 생각일랑 말고. 모두 자네를 위해서고 나를 위해서니까.”

“감사합니다.”

“감사할 일이 아냐. 아녈말로 나한테 딸린 식구가 몇인가 말일세. 솔직히 자네야 그런 면에서는 속이 편하겠지만.”

“맞습니다.”

“그러니 어서 말해 보게.”

“글쎄요. 내라는 찬양금 꼬박꼬박 내고, 어디서 이교도들과 밥 한 번을 같이 먹은 적도 없고. ……아, 저번 가문회의에 빠져서 그런가? 그건 아닐 텐데.”

“끝내 솔직해지길 두려워하는군.”

“예?”

“그렇다면 내가 먼저 말을 꺼내지. 혹시 말야. 어디 글 같은 거 써낸 적 없어?”

“글, 이라구요?”

“자네는 시인 아닌가.”

“에이. 일년 가야 발표 한 번 제대로 할까말까하는 주젠 걸요. 아저씨도 잘 아시면서.”

“최근에 글을 써냈던 게 언제인가.”

“작년 가을인가, 맞아요. 별다른 내용 아니었어요.”

"별다른 내용 아니라."

"그렇다니까요. 그것 때문에 파문을 당해야 한다면 빨랫비누로 머리를 감았다는 이유로도 파문을 당해야 할 걸요."

"딱한 사람. 그 판단은 우리가 하는 게 아닐세."

"그럼 원로들요? 바보가 아닌 이상 원로들도 그 글을 문제 삼지는 않을 겁니다."

"기도서에 손을 얹고 맹세할 수 있겠나?"

"물론이죠. 손을 얹고 말 필요도 없다니까요. 그나저나 괜히 기분 나쁘네."

"기분나쁜 건 문제가 아니야. 자네, 파문 선고가 뭘 의미하는지 모르지는 않겠지?"

"물론이죠. 그래서 더욱 어처구니가 없군요."

piq 씨가 휴우, 시커먼 한숨을 뱉어냈다.

"하여간 나도 모르겠네. 신의 뜻이라면, 그게 무엇이건 어쩌겠나."

황황히 일어서서 코트를 걸쳐 입는다.

"가보겠네. 하여간 부디 몸 조심하라구."

"예."

"몸조심하라는 내 말 절대로 새겨들어야 하네. 이제부터라도 공연히 의심받을 데 기웃거리지 말고. 해서 아니 될 일 빠져서 아니될 미혹일랑 아예 꿈도 꾸지 말고."

"걱정 안 하셔도 됩니다. 어딜 기웃거리려 해도 다리가 이러니."
"지금까지 했던 이야기는 부디 비밀에 부쳐두시게. 그리고 오늘 나는 여기 안 온 사람이네. 알아듣겠나?"

어째서 계단일까. 무슨 이유로 굴러 떨어졌을까.

늦겨울이 녹아 개나리 가지에 물이 오를 때까지 줄창 병상에 누워, 철제 창틀 밖으로 희멀겋게 어룽거리는 병원 앞뜰을 내려다보며, 싱겁고 맛없는 병원식을 깨작거리며, 목이 길다란 플라스틱 소변통에 누가 볼새라 급히 볼일을 보다가, 이단은 문득 생각했다. 그 순간, 발을 헛디딜 만큼 어둔 밤중도 아니었다. 시간에 쫓겨 두 계단 세 계단씩 마구 타 내려가거나 자명종을 계란 대신 삶은 뉴턴처럼 깊은 생각에 빠져 있지도 않았다. 계단 바닥에서 시커먼 손 하나가 불쑥 튀어나와 발목을 잡아채지도 않았다. 그럼에도, 왜 하필 계단에서 굴러 떨어졌을까. 무슨 이유가 있었을까. 도통 해답이란 없을 것 같은 고민에 이단이 그렇게 집착했던 것은 그로서 자신 앞에 펼쳐진 결과가 너무도 가혹한 때문이었다. 여섯 번째 디딤판과 오른쪽 발바닥이 잠시 어긋났던 사소한 사건으로 인해 무슨 일들이 일어나고 있는가. 무릎이 까지거나 이마에 멍이 들어 잠깐 아픈 정도도 아니고, 벌써 한 달이 넘게 병원에 드러누워 취미 안 맞는 소독약 냄새를 맡으며 잠에 들고 잠에서 깨는 생활이라니. 가문회의에 참석을 못해 그 때문인지 몰라도 파문 대상으로 지목되기까지 했으니. 안경알 가는 일도 못해 당장 병원비 걱정이 만만치 않은 판이니.

황사 바람이 창틀 위에 누렇게 흔적을 남기던 어느 날 오후. 불편한 자세로 기지개를 켜던 이단의 귀에 어떤 음성이 반짝 떠올랐다. 어쩌면 그날, 필시 계단에서 굴러야만 했던 것일까. 여섯 번째 계단에서 데굴데굴 굴러 발목이 부러지고 병원 신세를 져야 하는, 애초부터 그렇게 정해진 일이었을까. 그래서였을까. 그래서 계단에서 굴렀고 그래서 왼쪽 발목이 부러졌으며 그래서 조항문 선생의 도움으로 119 구급차를 타게 된 것일까. 해가 뜨고 달이 차듯, 정해진 순서 따라 그렇게 진행되었던 것일까. 그렇다면 그날,(불행하게도 이단의 고민은 거기서 그치지 않았다) 그 사실을 미리 알고 조심했더라도 그런 일이 닥치고 말았을까. 계단을 피해 내내 집구석에 처박혀 있었거나, 예를 들어 삼척 해수욕장에서 온종일 모래찜질을 하거나 억압복에 칭칭 감겨 정신병동 창살 안에 갇혀 있었대도 정해진 순서대로 그 시간이 오면 똑같은 계단을 굴렀을까.

"놀랍군요. 그렇게나 쓰잘 데 없는 생각을."

회진차 병실에 들어선 닥터 예스맨은 별로 흥미 없는 표정이었다.

"말이 나온 김에 말인데, 이거 아십니까? 연간 계단 실족사고 사망률이 각종 암 발병 사망률보다 높다는 것을."

"그래요?"

“생각해 보세요. 세상에 발암물질이 더 많을지 계단이 더 많을지. 게다가 암 세포는 투병인 한 사람의 생명력을 앗아갈 뿐이지만 계단은 한꺼번에 두 명 이상의 목숨을 손쉽게 걷어가기도 하거든요.”

“어떻게 그럴 수 있죠?”

“브라질에서 얼마 전에 그런 일이 있었죠. 아벨란제컵 결승전인가, 역전골이 들어가자 관람객들이 펜스 가까이 모여들어 난리복대기를 치다가 계단에서 우르르 굴러 열네 명이 목숨을 잃었죠. 일천구백육십년도에 서울역에서도 그런 사고가 있었습니다. 설을 쇠러 가던 귀성객들이 개찰구에 떼거리로 몰려들다가 계단에서 우르르 뒤엉켜 서른한 명이 죽고 마흔한 명이 병신 되었으니. 깔려 죽고 밟혀 죽은 압사라고는 하지만 결국 계단 때문에 일 터진 셈이죠. 그러니 얼마나 다행입니까.”

“글쎄요. 그 얘긴 태어나기도 전 일이라서 잘.”

“나 이거야. 아니 그럼 제2차 세계대전이 일어났던 사실도 모른다고 하실 겁니까?”

“죄송합니다. 그런데 왜 다행이라고 하시죠?”

“제 말씀은, 그러니 계단에서 굴러 발목 부러진 것 가지고 너무 우울해하실 필요가 없다는 겁니다. 사실 정형외과에 있으면서 계단 실족 환자 만나는 건 변소 앞에서 휴지 들고 줄선 사람 보는 만큼이나 흔하거든요.”

"그렇군요."

그 많은 사람들이 모두, 그날 그때 계단에서 굴러야 했던 필자였을까.

"사실 계단에 발이 걸리거나 헛디뎌 넘어지는 것은, 다리를 들어 올리고 내려놓는 반복운동의 리듬이 깨지는 순간 일어나죠. 계단을 오를 때 한 칸은 높다고 발을 높이 올리고 다음 칸은 그 높이에 맞추어 낮게, 그렇게 발 내딛는 높이를 걸음마다 일일이 조정하는 사람은 세상에 없습니다. 대개 한두 칸을 디딘 뒤에 무의식적으로 어떤 리듬을 유지하게 되거든요. 그 리듬이 왜 깨지는가. 원인은 여러 가지가 있을 겁니다. 일단은 들쭉날쭉한 높낮이의 계단을 만든 설계사나 시공자의 잘못을 들 수 있겠고, 근육의 규칙운동을 지시하는 신경계통에 혼란이 일어났을 수도 있고, 아니면 귀신이 장난을 쳤거나."

"귀신이라구요?"

"그렇습니다."

"하지만 선생님은 의사 아닙니까."

"의사지요, 귀신이 아니라. 무슨 문제가 있나요?"

"아니…… 아닙니다."

"호수나 깊은 개울에는 물귀신이 있고 집마다에는 집귀신이 있습니다. 왜 사고 다발지역이라고 다른 곳보다 인명사고가 잦은 도로구간이 따로 있지 않습니까. 그건 길귀신 때문이고."

“그렇다면 제가, 계단의 귀신에게 깜빡 홀렸다는 겁니까?”

“글쎄요, 내가 보기엔.”

닥터 예스맨은 연인의 목덜미를 어루만지듯 다정스레 이단의 깁스 다리를 쓰다듬었다.

“선생은 그저 계단에서 굴러 발목이 부러졌을 뿐입니다. 그렇게 된 원인은 이제 그다지 중요하지 않다는 걸 한시도 잊지 마십시오. 그게 치료에 도움이 됩니다.”

“……”

“신장이 안 좋은 사람은 신장 때문에 평생을 고생하고 간에 종양이 들어앉은 사람은 간 때문에 죽는가 하면 혈압이 높은 사람은 그것 때문에 환자 소리를 듣죠. 계단은 더욱 다양합니다. 계단 때문에 머리가 깨지거나 이가 부러지거나 갈빗대가 나가는 등 종잡을 수가 없으니까. 선생의 경우 왼쪽 발목이 부러졌고 말이지요. 그것은, 원인이 어찌 되었건 변하지 않을 결과입니다. 시간은 뒤로 흐르는 법이 없고, 세상 모든 결론에는 멀리서 부여된 고유의 영혼이 깃들어 있으니까요. 그 점을 무엇보다 존중하시라 이 얘기입니다.”

“멀리 부여된 영혼이라니, 혹시 예스맨 선생님도 명예와 신의의 회관에 다니십니까?”

닥터 예스맨은 혀 씹은 표정을 지었다.

“바리새인 같은 질문을 하시는군요. 대답은 예스가 아니라 노입니다.”

4월 3일 오전. 이단은 진기톱으로 깁스를 벗겨내고 퇴원했다. 석고 족쇄로부터 풀려난 왼쪽 다리는 눈에 띄게 하얘졌고 잔털이 많이 자라 있었다. 엄지발가락을 원없이 긁을 수 있는 점만으로도 이단은 행복했다. 거리는 완연한 봄날이었다. 파란 하늘 아래 화사한 무늬의 노란색 분홍색 봄옷을 차려입은 행인들이 나비 팔랑이듯 거리를 거닐었다.

그러나 50여일 동안 비워두었던 옥탑방 문고리를 잡아 열었을 때, 이단은 난장판으로 들쑤셔진 집 안 꼴에 가슴 철렁 내려앉고 말았다.

"오오, 이데아! 불쌍한 것!"

뼈와 가죽만 남은 이데아는 탁자 밑에 휴지뭉치처럼 구겨져 있었다. 주인의 외침에 냐옹 소리도 없이 천천히 고개를 들었다가, 힘없이 떨군다. 토실토실 솜베개처럼 살이 올라 있던 예전의 이데아가 아니었다.

"내가 그만 너를 잊고 있었구나, 이런 세상에."

쥐나 바퀴벌레를 잡아먹지 않았다면, 이데아가 마지막으로 먹은 음식은 지난 2월 12일 아침의 우유 적신 빵 한 덩어리가 고작이었다. 먹을 것을 찾아 온 집 안을 들쑤시다가 힘이 빠져 죽을 시간만 기다리고 있었으리라. 신세 편히 병원에 누워 지내며 그토록 까맣게 잊고 있었다니. 눈물이 핑 돌았다. 이단은 종잇장처럼 가벼워진 이데아를 부둥켜안았다.

"가엾은 것. 내가 죽일 놈이다."

냉장고 속 우유는 유지방 층이 카키색으로 상했으며 주발에 반 남아 있던 밥알은 모래알처럼 딱딱해져 있었다. 파키라, 행운목, 어린 벤자민 고무나무 등 창가의 화분 세 개 가운데 살아남은 놈은 하나도 없었다. 구석구석 헐어버린 집 안에, 그나마도 예전의 실체성을 간직하고 있는 것은 이데아뿐이었다. 이놈의 집구석을 어떻게 한담. 아아, 일단 이데아에게 뭘 좀 먹여야겠어. 다급해진 마음으로 다시 현관을 나설 때였다. 아까는 보지 못하고 지나쳤던 물체가 발 밑에 물큰 밟힌다. 편지봉투였다. 하얀색이, 문틈에 끼어 먼지를 쐬느라 반쯤 회색으로 변했다. 선연하게 찍힌 신발 밑창 자국 사이로 1,340원짜리 등기물 바코드 스티커가 붙어 있다. 왼쪽 상단에 발신인 주소가 보인다. 하눌님의 자손 영생체. 이단은 봉투 끄트머리를 북 찢어냈다.

"이거 뭐야. 출석통지서?"

작년 7월, 구청 홍보과에서 전화가 왔다. 계간으로 발행하는 소식지에 실을 시 한 편을 부탁한다는 것이다.

— 관내에 사시는 작가 몇 분은 이미 수락을 하셨습니다. 원고료는 소설은 장당 6천원이구요, 시는 일괄적으로 편당 7만원에 책정되었습니다. 마감은 8월 말까지구요. 써주실 수 있죠?

290

[별지 제101호서식]

출 석 통 지 서

사건번호 및 사건명 : 불성심처벌법 제다조 제12항 이교도 출판물에 관한 사항

청　　구　　사　　건 : 계간 세화소식(세화구청 발행 기관지) 2003년 가을호

청　　　　구　　　　인 : 영생체 청년 규찰반

피　　청　　구　　인 : 이 단 형제

위 사건에 관하여 귀하의 진술을 청취하고자 하오니

아래와 같이 출석하여 주시기 바랍니다.

아　　　래

1. 일시 : 2003.3.12　　오전 :

　　　　　　　　　　　오후 : 3시 30분

2. 장소 : 명예와 신의의 회관 이천 지회당 3층 12호

2003년 3월 5일

규찰심사관 그레고리 9세　　(인)

[출석안내]

1. 문의사항이 있으시면 [전화 031-769-4017]로 연락하시기 바랍니다.

2. 출석하실 때는 이 통지서 · 주민등록증 및 인장 기타 참고자료를 지참하시기 바랍니다.

32325-20111일
99.6.9. 승인
210mm 297mm
(일반용지 60g/m²)

세상에 시인이 다 말라죽었나. 이단은 속으로 중얼거렸지만 거절할 이유는 없었다. 지면이나 고료의 수준을 따져볼 처지도 물론 아니었고 말이다. 시 한 편을 쓰기 위해 이단은 며칠을 그저 걸었다. 웃옷 주머니에 볼펜과 메모지를 챙겨 넣고 늘 다니던 산책길을 부지런히 걸었다. 넝마주이를 하듯, 실로 넝마나 헌 종이를 줍고 다니듯. 그리고 계간 세화소식 가을호의 초대시란에 그 결과물이 실렸다. 까맣게 잊고 있던, 과연 그 글이 문제였을까. 이교도 출판물이라니. 이단은 외삼촌 piq 씨의 소심한 표정을 떠올렸다. 그는 혹시, 이 사단의 전모를 이미 눈치채고 있었던 것이 아닐까. 제기랄. 이럴 줄 알았으면 돈 7만원을 포기하는 건데. 아니, 병원에만 누워 있지 않았다면. 그랬다면 규찰반의 출석명령에 응했을 텐데. 그랬다면 열심히 사죄하고 있는 대로 변명을 늘어놓았을 텐데.

계단, 모두 그놈의 계단 때문이야! 이단은 콜라 마시고 체한 때처럼 속이 부글부글 끓었다. 지난 2월, 고작 여섯 칸을 남긴 돌계단에서 데굴데굴 구르고 나서 도대체 되는 일이 없다. 왼쪽 발목이 똑깍 부러지고, 안경알 하나 갈지 못한 채 두 달 가까이 병원 신세를 지고, 병원비로 적잖은 돈을 날리고, 파키라와 행운목을 말려죽이고, 이데아를 아사 직전으로 만들고, 가문회의의 요구에 몇 번씩이나 불응하고, 이제는 날짜가 멀리 지나버린 출석통지서를 받아 읽고 있어야 하다니. 출석통지서. 출석통지서. 이단의 눈에는 그 글자가 파문통지서로 보였다. 이럴 수 있을까. 계단에서 구르던 그 순간부터 이 모든 것이 이미 예정되어 있었을까. 이단은 모래 바람 부는 골고다 언덕에 홀로 선 기분이었다.

"여어, 오셨네?"

바닥 세척제와 2킬로그램들이 쌀 한 봉지와 800원짜리 카스테라, 소화제와 보리차와 계란 한 줄을 사들고 건물에 들어서는데 누군가 뒤통수에 대고 아는 척을 해온다. 관리인 조항문 선생이다.

"오늘 퇴원했어요."

"사람 참. 그럼 나 왔소 기별이라두 던져놓고 갈 일이지."

"저번엔 정말 감사했습니다. 병원까지 업어주시고."

"업어주다니, 난 그런 적 없는 걸?"

"참. 그 사람은…… 아니었지."

"그래. 다 나은 거여?"

"덕분에요."

"그나마 다행이네. 앞으루 조심하시라구. 공연히 애문 병원에 생돈 들이지 말고."

"그래야죠. 그럼 수고하세요."

몸을 돌려 계단에 한 발을 올려놓는데 잠깐, 하고 조항문 선생은 말했다.

"문지방에 엿이라도 붙여놨나, 뭐 그렇게 급해? 깜빡할 뻔했네."

"예?"

"지난번에 말야. 누가 거기를 찾아 왔더라고."

"저를요?"

"지지난 주던가."

"누가요?"

"내가 아나. 이러저러해서 병원에 누워 계실 거라 했지. 그랬더니 군소리 없이 돌아서던데."

"누구지?"

"돌아오시면 뭐라 일러드릴깝쇼 했더니 대답도 않고 이걸 내밀데. 전해 달라고."

안 계셔서 그냥 갑니다. 메모 보시는 대로 연락 부탁합니다. 존 위클리프*. 010-4304-5950. 수첩에서 찢어낸 듯 한쪽 면이 들쭉날쭉한 종이에 그렇게 써 있다. 휘청휘청 날아가는 펜글씨 서체도 그 이름도, 그저 낯설고 생경했다.

"모르는 사람이야?"

"어어, 예."

"모르다니 그럴 수가 있나. 뭐야, 혹시 사채 끌어다 쓴 적 있어?"

"아뇨. 연락 한번 해보죠 뭐."

존 위클리프. 누굴까. 이 이름이 혹시, 앞에 예정되어 찾아올 재

---

* 존 위클리프(John Wycliffem 1320~1384). 옥스퍼드 대학 철학교수. 영국 국민이 낸 세금과 수익은 반드시 국왕에게 돌아가야 한다고 설교하는 한편 교계와 세속의 사명감을 엄격하게 구분해 영국의 성직자는 로마 교회로부터 분리하고 독립할 것을 주장하는 등 종교 개혁에 앞장섰다. 사후 콘스탄츠 공의회에서 이단 선언을 받았으며 유해는 대중 앞에서 파헤쳐져 태워지고 재는 템스 강에 뿌려졌다.

앙은 아닐까. 몹시 뒤숭숭해하고 있을 때 조항문 씨가 지나가듯 중얼거렸다.

"아래 위 새파란 양복을 입고 있던데. 조폭은 아니겠지?"

제2장 破門者가 無名 詩人에게 미친 몇 가지 영향요인

(Chapter 2 : Factors of influence an excommunicate can exert on a nameless poet)

그로부터 만 이틀을 고민하던 이단은 결국 열 자리 낯선 숫자를 향해 전화를 걸기로 마음을 굳혔다. 재앙이건 축복이건 그 두 가지가 아닌 무엇이건, 결국 맞이하게 되어 있는 미래라면 애써 피하려 해도 소용없을 것이겠거니. 그런 생각에서였다. 기력을 회복한 이데아는 외출 준비를 하는 이단을 보고 불안한 듯 냐옹거렸다. 이데아의 보드라운 목살을 조물락거리며 이단은 중얼거렸다. 걱정 말아라, 이데아. 두 달씩 집 안에 갇히는 일은 이제 없을 테니. 네 운명이 그토록 가혹하지 않다면 말야. 봄비 내리는 날이었다. 거리에는 비 젖은 아스팔트를 닮은 검은색 우산들이 출렁출렁 물결쳤다. 평화공원까지 가깝지 않은 거리를 걷느라 이단의 바지 밑부분은 오줌 싼 것처럼 펑 젖고 말았다.

"걷는 것을 즐기는 편이라서요. 유일한 취미가 산책이죠."

“듣던 대로 검소하신 분이군요.”

“검소한 게 아니라 가난한 겁니다.”

“게다가 겸손하시기까지. 역시 형제님을 만나뵙기 잘 했다는 생각이 드네요. 전 검소한 분을 좋아합니다. 존경한다고 할까요. 검소하다는 건, 신이 우리와 함께 하고 있다는 진리를 몸소 실천하는 삶의 방식이니까요.”

“몹시 부담스럽군요. 그만 하시죠.”

곱슬머리에 탄력 있는 구릿빛 피부, 부리부리한 눈매. 존 위클리프는 인상적인 목소리를 가지고 있었다. 자두빛 건강한 입술을 경쾌하게 달싹이며 노래하듯 지저귀듯 말을 뱉어내는데 의외로 귀에 쏙쏙 들어왔고, 무슨 말을 해도 믿어야만 할 것 같은 호소력이 물큰 손에 잡힐 듯했다. 그럼에도 이단은 목이 탔다. 애꿎은 냉수만 거푸 비우고 또 비웠다. 마주앉은 존 위클리프는 지난 2월 12일 아침 이단의 꿈에 나타났던 파란색 싱글 양복의 남자였다. 왼쪽 발목이 부러져 덜렁거리는 자신을 병원까지 업어주었던, 놀랍게도 그 사람이 분명했다.

“실은 얼마 전에 형제님이 발표하신 시를 읽었습니다. 나는 알았네, 제목이 그랬죠.”

“아.”

“좋은 글이더군요. 깊은 감명을 받았습니다.”

“아이구 참.”

"서둘러 결론 비슷한 말씀을 드리자면, 형제님의 고결한 가능성을 그때 보았다고 할 수 있겠지요."

"설마요."

"사소한 단어와 단어가 어우러지면서 모르는 새에 기대하지 못했던 의미를 창조하는. 우주의 법칙 혹은 삶 이면의 비밀스러운 진리까지가 암호문처럼 조합되는. 그래서 시를 신들의 언어라고 하던가요. 이런, 감히 아는 척을 했군요. 어쨌거나 그래서, 여러 차례 망설이다가 이렇게 만나뵙자고 마음 정한 겁니다."

도대체 뭐가 어떻게 되어가는 것일까. 외삼촌 piq 씨와 명예와 신의의 회관 규찰반에 이어, 이 남자까지 벌써 세 번째이다. 그 글이 왜? 도대체 왜? 시인이라는 이름을 얻은 이후 이렇게나 다양한 반응을 얻은 적은 여태 없었다. 물론, 이단은, 이 같은 의외의 상황이 조금도 즐겁지 않았다. 내용 없는 편지를 받은 때처럼 불안하고 불길할 따름이었다.

"저어. 유쾌하지 않은 말씀 하나 드리겠습니다."

이 자는 혹시, 하고 이단은 문득 상상한다, 명예와 신의의 회관에서 나온 인물 아닐까. 느닷없는 경계심에 이단의 혀는 삶은 순대처럼 뻣뻣해졌다.

"어, 예."

"형제님이 요즘, 적잖은 곤경에 빠져 계신 걸로 압니다. 뭐 저보다야 잘 알고 계시겠지만. 바로 청년회 파문건 말입니다."

"그 이야기를 들으셨군요."

"죄송합니다. 귀가 쓸데없이 커서."

"……."

"파문이 두려우십니까?"

존 위클리프의 눈이 가스불처럼 타올랐다.

"어어. 전 그저."

"신중히 생각하십시오, 형제님."

파문이 두려우냐니. 외삼촌이 들었다면 뒤로 자빠졌을 질문이구나.

"지금 대답하시지 않아도 좋습니다. 정말이지 너무나 중요한 문제이니까요. 밤 하늘 가득 빛나는 영혼의 위치를 결정하는 것만큼이나."

"영혼의 위치요?"

"그 전에 기억하셔야 할 것이 있습니다. 형제님의 그 시, 거기에 어떠한 폭력으로도 꺾을 수 없는 진리가 담겨 있다는 사실을 말입니다."

"……."

"생각해 보십시오. 그로써 파문을 당한다면, 진리가 진리로서 억압을 받아야 한다면, 그것이 어느 집단이건 얼마나 부당하고 우스운 노릇일지를."

"이해가 가지 않는군요."

무슨 말을 하든지 믿어야만 할 것 같은 목소리. 프로판 가스처럼 푸르게 반짝이는 눈빛. 현기증이 난 이단은 창밖으로 시선을 돌렸다. 비 그치지 않은 오후 거리가 영안실 가는 길목처럼 스산해 보인다.

"가식은 생명을 병들게 합니다. 쉽게 씻어낼 수 없는 죄악이죠."

비 젖은 거리 풍경을 고스란히 담아내는 창틀 구석에 조그만 장식물이 매달려 있다. 은종이다. 은빛 수수한 조그만 종 한 쌍, 금방이라도 딸랑딸랑 울어줄 것 같은. 언젠가 그런 모습을 본 적이 있다고 이단은 생각한다. 그러나 언젯적 일인지 도통 생각이 나지 않는다.

"신중히 생각하십시오, 형제님. 정녕 파문이 두려우십니까?"

병원에서 퇴원한 지 보름이 지났다. 늦겨울과 짧은 봄이 그새 지나고 어느덧 여름이었다. 왼쪽 발목은 깨끗하게 나았고 깁스한 흔적도 조금씩 사라져갔다. 그럼에도 이단의 일상은 좀처럼 제 궤도를 찾지 못하고 삐걱거렸다. 그간 비워두었던 공백이 컸을까, 모든 것이 새로 시작하는 것처럼 혹은 남의 일 떠맡은 것처럼 낯설고 혼란스러웠다.

존 위클리프. 추적추적 비 내리던 그날 오후로부터 이단은 한시도 벗어날 수 없었다. 예기치 못한 노릇이었다. 어디서 무엇을 하건 그의 냄새가, 그의 경쾌한 목소리가, 그의 눈빛이, 그가 했던 말이, 그의 창백한 얼굴이 예고도 없이 나타나 감각기관을 윙윙 울려 대었다. 밥술을 뜨다가, 안경알을 갈다가, 칫솔질을 하며 거울을 노려보다가 문득 그의 기운이 옆에 있는 듯 생생히 느껴졌다. 상사병도 아니고, 정말 알지 못할 경우였다. 神의 人格性과 自然에 대하여. 게다가 그 같은 글자가 음절마다 어절마다 만화경 속 색 조각처럼 형체와 위치를 바꿔가며 이단을 멀미나게 했다.

— 저는, 이단입니다.

존 위클리프는 말했다.

— 대부분 그렇게 부르지요. 알고 계시겠지만.

— …….

— 하지만 너무 괴물 보듯 하지는 마십시오. 한때는 대단히 강력한 집단 속에 깊숙이 안주한 채, 주어지는 생활 속에 무심히 헛세월을 보낸 적도 있었으니까요. 선민이라는 날카로운 가시 울타리를 만들어놓고 그 밖의 세상 모든 사람들을 이단으로 몰아넣는 그러한 집단 안에서.

— 아니 그럼.

이단은 숨이 막혔다. 얼굴 한쪽에 보기 흉한 낙인이 찍힌 파문자는 산 속에 숨어 지내며 어린아이의 간을 빼먹고 산단다. 어른들의 무시무시한 이야기에 인상을 찌푸리던 어린 시절이 있었다. 바로 그 존재가 눈앞에 버젓이 나타나서는, 파문이 두렵지 않냐고 묻다니. 세상에, 내 주위에 무슨 일인가 벌어지고 있어!

14년 전. 촉망받던 신학대 학생 한 명이 명예와 신의의 회관으로부터 버림을 받았다. 〈神의 人格性과 自然〉에 대하여. 그 같은 제목의 논문 한 편 때문이었다. 논문은 학생의 것이었는데, 논문 심사를 맡은 가문의 원로들은 그의 신앙 혹은 신을 받드는 자세에 문제가 있다고 판단했다. 그리고 지적된 사항들을 충심으로 수정해 새로운 논문을 제출할 것을 명했다. 그러나 학생은 그 같은 결정을 수긍하지 않았다. 어리석고 무능한 원로의 처사에 따른다면 자신의 신앙이 두 번 죽음을 당하는 것이라고 감히 나섰던 것이다. 결국 원로들은 이 불성실한 청년을 가문의 이름으로 벌하지 않을 수 없었다. 그렇지 않을 경우 자신들의 어리석음과 무능함을 인정하는 것이 될 테니 말이다. 예정된 절차에 따라 청년은 혹독한 비판과 함께 파문을 선고받는다. 원로회는 거기에 더해 3일 간 기도원 출입구에 엎드려 있어야 하는 형벌을 내렸다. 72시간 동안 문중의 기도사와 신도들은 매번 그의 등을 짓밟고 기도원을 출입했다. 육체적 고통보다 모욕감을 참지 못한 청년은 박해자들에게 짤막한 짧은 항의 편지를 남기고 자살했다. 그의 이름은 존 후스*. 위클리프의 형이었다.

— 이단 형제님의 시를 우연히 접하고, 자연스럽게 형의 논문을

---

* 존 후스(John Hus, 1369~1415). 보히미아의 종교 개혁자. 빈농가에서 출생하고 프라하 대학에서 신학을 배웠다. 당시 보히미아에 전파되었던 위클리프의 주장에 공감하고 교회의 세속화를 비난했다. 1412년 교황 요하네스 23세가 나폴리 왕 토벌을 위하여 속죄부를 판매하자 이를 통렬히 비난하여 민중봉기를 촉발시켰다. 콘스탄츠 종교회의에 소환되어 1415년 이단자로 화형에 처해졌다.

떠올리게 되었습니다. 놀라운 일 아닙니까. 생전 만나보지도 못한 두 사람의 글이, 표면적인 형식이 전혀 다르건만, 결국 똑같은 이야기를 하고 있다니.

— ……

— 더욱이 형제님이 처한 이즈음의 곤경에 비추어, 역시 비슷한 처지에서 고통받았던 형의 생전 모습을 회상하지 않을 수 없었구요.

이단은 귓가에 무시로 웅웅거리는 존 위클리프의 목소리에 진절머리가 날 정도였다.

— 인간이 잔인하다구요.

— 그렇습니다. 진리를 애써 외면하거나 그 앞에 교만한 이들일수록 더욱.

— 무슨 말씀이신지.

— 칼날과 송곳을 수없이 박아넣은 나무통에 이단자를 집어넣고 언덕 위에서 통을 굴리는 형벌. 이단자의 어린 자녀를 잡아 그 부모가 보는 앞에서 끓는 물 속에 집어넣는 형벌. 끓는 납을 귓속과 입속에 들이붓는 형벌. 눈알을 파내고 혀를 자르는 형벌. 뙤약볕에 나체를 거꾸로 매달아놓고 보름 동안 말려 죽이는 형벌. 네 마리의 말과 소가 사방으로 달려가며 쇠사슬에 묶인 사지를 찢는 형벌.

— 아이, 그만 하세요. 갑자기 토할 것 같아!

— 역겨우십니까. 저도 마찬가지입니다. 그러나 그게 현실입니

다.

—…….

— 기억하십시오. 고작 30년 전만 해도, 다름 아닌 명예와 신의의 회관을 대표한다는 사제자들에 의해 그 끔찍한 일들이 종종 벌어지곤 했다는 사실을 말이지요.

—…….

— 이단자의 영혼을 정화한다는 미명 아래에서 요즘은 또 어떤 폭력이 자행되고 있습니까. 사회활동에 돌이킬 수 없는 장애를 주고, 온갖 지위와 권리를 박탈하고, 심지어 개인이 평생 모아왔던 재산과 생계수단까지를 모조리 압수해 버리고.

—…….

— 생각해 보십시오. 정의란 무엇이며 진실이란 무엇입니까. 참된 믿음이란 또 무엇입니까.

— 제발 그만. 머리가 아프군요.

그렇게 며칠이 지났다. 일주일이 지나고 보름이 지났다. 이단은 달리 아무 일도 할 수 없었다. 어디서 무엇을 하건 정신의 반을 그에게 빼앗겨 지내다시피 했으며, 제대로 밥술을 뜨지도 안경알을 갈지도 칫솔질을 하지도 못한 채 속 빈 고무인형처럼 멍한 얼굴로 하루를 맞고 하루를 보내었다. 상사병이 아니라면 귀신에 홀린 것일까.

나는 알았네

푸른 하늘의 종달새 한 쌍
유유히 한들거리는 코스모스 길
한들 바람 오가는 공원의 벤치
참으로 아름다운 계절 앞에,
신께 감사와 더불어 간절한 부탁 드리노니

"그 마음 변치 마옵소서."
"자연을 혼란케 하지 마옵소서."

그러나 신은 대답이 없으니
이유는 단 하나
세상에 예정되지 않은 예외는 없다는 것.

자고로 하늘 아래 변화무쌍한 가능성이 있다지만
어찌 맺히지 않은 꽃이 활짝 피어나고
저물지도 않은 하늘이 동터오를 수 있으랴!

그러므로 나는 알았네, 나는 보았네

한 점 우주로부터 영원히
온 세상의 세상 속에 함께 깃들어 있는
지지 않을 생명의 빛을.

이단의 하루하루는 황폐해졌다. 일기에 적을 만한 사건은 어느
하루도 생겨나지 않았고, 늘 부는 바람처럼 흥미 없는 일과들이 시
적시적 그의 곁을 스치고 지나갔다. 뭐 하나 하고 싶은 것도 마음
쓰이는 일도 없었다. 아침 해를 맞는 게 귀찮았으며 저녁에 잠자리
드는 일도 귀찮았다. 하루 두 끼 먹던 것이 한 끼로 줄고, 그조차 내
키지 않으면 종일을 내처 굶었다. 황폐해진 생활을 증명하듯 눈언
저리는 죽은 사람의 것처럼 거무튀튀 퀭해져갔다. 똑 한 달 보름 굶
은 이데아 꼴이었다.

　존 위클리프와는 전혀 연락이 닿지 않았다. 수차 전화를 걸었지
만, 뚜르르 뚜르르르 오랜 신호음 끝에 '지금은 전화를 받을 수 없
으니' 안내 목소리만 나왔다. 어찌된 일인지 알 수가 없었다. 거리
에서 이단을 마주친 사람들은 먼발치에서 다시 한 번 그를 돌아보
며 고개를 갸웃거렸다. 저 사람 왜 저래. 온몸의 뼈마디가 죄다 어
긋난 것처럼 흐물흐물 생기가 없어서. 동네 산책도 예전처럼 즐겁
지 않았고 반짝거리는 싯귀의 영감도 떠오르지 않았다. 내가 왜 이
렇게 되었지. 계단 때문일까. 이제는 그런 고민에 빠질 기운도 의
욕도 없었다.

바람 부는 해질녘. 핏빛 벽돌로 지어진 4층 건물에 한 남자가 들어선다. 땅 속으로 꺼질 듯 불안한 뒷모습이다. 육중한 유리문이 남자를 삼키고 덜컹, 덜컹, 앞뒤로 제 몸을 흔들더니 가만히 멈추어 선다. 사람이 지나가면 자동으로 불이 켜지는 조명 제어 장치가 오늘따라 고장난 모양이다. 계단 위로 저녁 어스름이 자욱하게 내려앉고, 가득한 정적 속에 남자의 발소리가 뚜걱뚜걱 울려 퍼진다.

"형제님."

귀에 익은 목소리. 걸음을 멈춘 이단이 등 뒤를 돌아보았다.

"안색이 어둡군요. 가엾은 이."

2층 계단참에서 3층으로 향하는 텅 빈 계단의 한 지점. 계단 아닌 형체가 눈에 들어온다. 이단은 숨을 멈추었다.

"당신…… 존 위클리프 씨군요."

"안녕하세요."

남자는 빙그레 웃었다.

"얼마나 고생이 많으셨습니까."

"말씀 마세요. 요즘 들어 되는 일이 하나도 없습니다."

하고 싶은 말이 너무나 많음에도, 왈칵거리는 심장을 달래기 위해 두어 차례 숨을 골라야 했다.

"왜 이렇게 됐는지 저도 모르겠습니다. 도무지 이해를 못할 일들뿐이니. 느닷없이 계단에서 굴러 다리가 부러지고, 일거리는 다 떨

어지고, 은행 잔고는 3만원도 안 남았고, 가문회의로부터 파문을
당할지도 모르고, 매사에 의욕도 안 생기고.”

“저런, 하지만 두려워 마십시오 형제님.”

“모두 존 위클리프 씨 당신을 만난 뒤의 일입니다. 아니면 계단
때문인지도 모르지요. 아니, 저도 잘 모르겠습니다. 그러니 말해
주세요. 제가 무슨 병에 걸린 것인지.”

“하지만 형제님.”

남자는 다시 미소를 지었다.

“저는 존 위클리프가 아닙니다.”

“예?”

“제 이름은 존 후스입니다. 위클리프는 저의 동생이죠.”

그러고 보니 남자는 존 위클리프가 아니었다. 그를 많이 닮긴 했
지만 말이다. 이단은 한 걸음 뒤로 물러섰다. 놀라 숨이 멎었다.

“하지만 당신은, 오래 전에 죽었다고 들었는데요.”

“그렇습니다. 그럼에도 형제님이 짐 진 고통을 덜어드리기 위해
이렇게 나섰습니다. 동생이 먼 곳으로 떠났기 때문에 여기까지 올
수가 없었거든요. 그러니 그렇게 놀라지 마십시오.”

“어어.”

계단의 귀신. 계단의 귀신. 하얗게 빈 이단의 머릿속에 그런 단어
가 껄껄 웃듯 메아리쳤다.

“가엾은 시인이여.”

존 후스는 천천히 손을 내밀었다. 굵고 거친 손마디가 마른 잎처럼 가볍게 이단의 어깨에 내려앉았다.

"이제 방황을 끝내야 합니다. 그리고 찾아내십시오. 형제가 할 수 있는 일을."

"내가 할 수 있는 일?"

"그렇습니다."

"그게 뭐죠?"

"직접 찾아내셔야 합니다. 그렇지 않고서는 아무 의미도 없습니다."

"알 수가 없군요."

"자신을 고달프게 하는 것. 거기에 길이 있습니다."

존 후스는 손바닥을 펼쳐 보였다. 조그만 은종 한 쌍이, 흐릿한 어둠 속에서 발광체인 양 은은한 빛을 발하고 있다.

"이걸 가져가십시오. 이 소리로 잠든 생명을 깨우십시오. 온 세상의 세상 속에 함께 깃들어 있는, 지지 않을 생명의 빛을."

거기서 잠이 깼다. 깊은 새벽, 머리 모양 따라 둥글게 패인 베개가 땀에 젖어 축축했다. 참으로 이상한 꿈이었다. 이단이 상체를 일으켜 세웠다. 내가 지금 누굴 만났던 거지?

만 이틀 동안 이단은 죽은 듯 오랜 잠에 빠졌다. 깊고 만족스러운 잠에서 깨어난 그는 제일 먼저 쌀을 씻어 밥을 안쳤다. 간만에 식사

다운 식사를 하고, 따뜻한 물로 머리를 감고, 오래도록 양치질을 했다. 그리고 간만에 산책을 나섰다. 날씨 좋은 초여름 공기에서 풋풋한 나물 냄새가 나는 것 같았다. 별스럽게도 힘이 났다. 새 생명을 얻은 기분이었다. 눈밑 퀭하게 보내야 했던 지난 몇 주가 꿈처럼 아득했다. 집으로 돌아온 이단은 손발을 씻고 정성들여 책상을 정리했다. 그리고 책을 펴들었다. 라틴어, 신학, 코페르니쿠스 천문학과 데카르트 철학을 쉬지 않고 읽기 시작했다. 낡은 책 속의 흐릿한 글자들은 영혼 깃든 날벌레가 되어 이단의 가슴속 깊이 깊이 날아들었다.

수차례의 자비로운 회유와 경고를 무시한 이단에 대해 명예와 신의의 회관은 결국 파문을 선고했다. 첫 번째 원로회의가 있은 지 3개월만인, 6월 초의 일이었다. 파문 선고안의 일단은 다음과 같다.

"……천사들의 결의와 성인의 판결에 따라 베네딕투스 이단*을 우리로부터 추방하고 저주한다……. 이단이여, 밤낮으로 저주받고, 잠 잘 때도 일어날 때도 저주받을지어다……. 신께서는 그를 결코 용서하지 마시고, 노여움과 분노가 그를 향해 불타게 하소서……. 신께서는 가문회의 안의 모든 부족에서 그의 이름을 지우고 파멸을 내리소서……. 이로써 어느 누구도 말이나 글로 그와 교제하지 말 것이며, 그에게 호의를 보여서도 안 되며, 그와 한 지붕 아

---

* 베네딕투스 스피노자(Benedictus de Spinoza, 1632~1677).

래 머물러서도 안 되며, 그를 향해 4에르렌(2m)보다 가까이 다가가
서도 안 되느니라…….”

제3장 삭제된, 혹은 존재하지 않는 이름들에 관한 고찰

(Chapter 3 : A Study of eliminated or extinct names)

파문자로서 이단의 남은 생은 모든 파문자가 맞이하는 그것처럼
저주스러운 고통의 나날이었다. 아무도 그를 찾지 않았으며 가문
의 누구도 그를 상대하려 하지 않았다. 이렇다 할 경제활동도 더 이
상 지속할 수 없었다. 모든 것이 파문 선고안의 내용 그대로였다.
그의 곁에 새로이 자리를 잡은 것은 너그럽고 인정 많은 이웃이 아
니라 극도의 빈곤과 고독이었다. 얼음 송곳처럼 차가운 피를 가진
사람도 견뎌내지 못할 나날들. 그리하여 이단은 불행했던가.

5층 옥탑방을 감옥 삼아 이단은 혼자만의 시간 속에 깊숙이 침잠
해 들어갔다. 파키라와 행운목과 어린 벤자민이 죽어나간 화분에
다시 관음죽을 심고, 아침이면 멀리서 찾아온 손님을 대하듯 관음
죽 길다란 이파리들과 다정한 대화를 나누고, 값싼 곡물을 갈아 쑨
죽으로 하루 한 끼의 식사를 했다. 하루에 한 번 빠르지 않은 걸음
으로 동네를 산책했고, 거리에서 만나는 사람마다 화답이 올 줄 모
르는 인사를 즐겨 던졌다. 집에서 지내는 나머지 시간은 온종일 책

상에 붙어앉아 책을 읽고 글을 썼다. 그래서 사람들은 이단이 미쳤다고 생각했다. 끔찍한 가난과 외로움이 그를 미치게 했다는 것이다. 혹자는 지난 겨울 계단에서 굴러 떨어졌을 때 머리를 다쳤던 게 분명하다는 주장도 했다.

명예와 신의의 회관으로부터 파문을 당하고 만 3년 만에 이단은 그의 짧은 생을 끝마쳤다. 사인은 폐결핵이었다. 렌즈 수리공이라는 직업이 폐에 나쁜 영향을 미쳤을 것이고, 부실한 영양상태가 죽음에 더욱 가까이 그를 등떠밀었을 것이다.

그가 쓴 원고는 사후 어느 3류 출판사에 의해 책으로 엮어졌다. 『에티카─기하학적 질서에 따라 증명된 윤리학』*. 모두 다섯 장(章) 안에 74개의 정의(定議)와 15개의 공리(公理), 259개의 정리(定理)와 다수한 증명(證明)으로 구성된 이 저서는 그러나 독자나 평단 모두로부터 아무런 반응도 얻어내지 못하고 쉽게 묻혀갔다.

50년 후, 풍수지리설과 양자물리학에 조예가 깊은 한 아마추어 인문학자가 괴상한 제목의 책 한 권을 손에 쥐었다. 그에게 표지 나달나달한 문고본을 건넨 이는 먼 친척 할아버지뻘 되는 구순 노인이었다. 학자는 예사롭지 않은 호기심에 몸을 떨었다. 명예와 신의의 회관, 으로부터 파문을 당한, 무명 시인의, 윤리학 저서라!

호기심의 발견과 사회적 환원을 삶의 지표로 삼고 있는 학자는

---

* 스피노자의 실제 유고작은 『에티카─기하학적 질서에 따라 증명된 윤리학』이 아니라 『국가론(Tractatus politicus)』이다.

그리하여 만사를 제껴놓고 이단의 짧은 생애에 대한 연구를 시작했다. 먼저 그의 다른 저작물과, 당시의 시대적 사회적 분위기를 파악할 수 있는 각종 자료를 수집하기 시작했다. 그러나 그 결과물은 실망스러울 정도였다. 소위 인간성의 암흑기라는 50년 전 상황을 증명하기라도 하듯 각종 도서관에 보관된 그 시대의 자료들은 분량 자체가 형편없는 수준이었다. 더욱이 객관적인 자료 가치가 적은 기록들이 대부분이었다. 또한 이단의 경우, 자비 출판한 시집 하나 낸 적이 없는 알짜 무명시인임이 재차 확인되었다. 지금은 위성도시로 편입된 옛 지방자치단체의 홍보지에서 그의 글 한 편을 유일하게 발견할 수 있었을 뿐이다.

출발부터 부실했던 예의 연구는 도통 진전을 보지 못하고 헤매다가 두 개의 커다란 벽에 부닥치고 만다. 첫 번째 장애는 뜻밖에도, 이단의 유고 저서였다. 표지 나달나달한 문고본 말이다. 결론부터 말해 학자는 그 내용을 도통 이해할 수 없었다. 읽고 또 읽고, 고어(古語) 사전과 문장론 관련 책자를 옆에 쌓아놓고 세부적인 문맥 해독 작업을 벌였지만 도통 손에 잡히는 것이 없었다. 그간 난해하다는 이론서들을 손가락에 침도 안 묻히고 술술 넘기던 학자적 자부심이 뭉개질 뿐이었다. 글이 어려워서가 아니다. 반대로 저서 속 언어는, 언어가 조합하는 의미들은 초등학교 고학년 수준 아닌가 의심스러울 정도로 쉽고 단순했다. 겉보기에 그랬다. 안타깝고 자존심 상하는 것은, 그 테두리를 깨고 넘어갈 돌파 지점을 발견해 낼 수 없다는 점이었다. 행간과 자간에 꼭꼭 숨겨놓았을, 그리하여 명예와 신의의 회관으로부터 가차 없이 파문을 당한 그 위험한 논리가 무엇인지, 학자는 끝내 짐작조차 할 수 없었다. 또 하나의 장애는 먼 친척 할아버지인 조항문 노인이 소개해 마지않았던, 존 위클리프와 그의 형 존 후스에 관한 부분이었다. 이단에게 철학적 신학적 영감을 제공했다는 이전 시대의 파문자들. 그러나 아무리 자료를 들쑤셔봐도 그러한 인물들의 기록은 찾아낼 수 없었다. 방대하기 그지없는 '명신회' 총회원 명부를 샅샅이 살펴도 그 결과는 마찬가지였다.

이단이라는 작자는 애초에 연구대상으로 삼을 인물이 아니었다. 특출날 것 없는 그가 가문으로부터 버림을 받은 것은 운이 안 좋았거나 그만큼 어리석었기 때문이리라. 견고하게 가로막힌 두 개의 벽 앞에서 학자는 그렇게 결론 내릴 수밖에 없었다. 치매 노인에게 감쪽같이 속았던 자신이 한심스러웠다. 호기심의 사회적 환원은 물론, 낡은 책 한 권으로 연구 지원기금을 수혜받으려던 장미빛 꿈은 그렇게 불발로 끝이 났다. 『에티카―기하학적 질서에 따라 증명된 윤리학』. 그리하여 오랜 어둠 속에 잠시 세상의 빛을 쐬었던 이단의 유고작은 다시금 긴긴 암흑의 시간 속에 묻히게 되었다. 그 책의 마지막 부분은 이렇다.

만일 진리가 눈앞에 있다면 그리고 큰 노력 없이 찾을 수 있다면, 그것이 모든 사람에게서 등한시되는 일이 도대체 어떻게 있을 수 있을까?* 그러나 모든 고귀한 것은 힘들 뿐만 아니라 드물다. 이것만으로 설명은 충분하다.

　※ 譯者註—이 論文은 이단의 갑작스러운 죽음으로 여기서 未完으로 끝났다.

　이단은 채 원고를 완성하지 못하고 숨을 거두었던 것이다.

---

*『에티카……』의 한 구절. 원저에는 '진리가'가 아니라 '행복이'로 기술되어 있다.

자비로운 그녀

자비로운 그녀

남자는 물었다.

자비심을 아십니까.

엉뚱한 단어가 튀어나왔으므로 나는 소래 어시장의 여자에 대해 생각하지 않을 수 없었다. 어딘가 혹은 무엇인가에 깊이 중독된 인상을 가진 남자는 이어, 16년 전부터 여자를 알고 지냈노라고 떳떳하지 못한 목소리로 중얼거렸다.

가까이 하지 마세요. 불행해지는 취미가 없으시다면.

그렇다면 자신이 줄곧 16년 동안 불행했다는 사실을 밝히고 싶었던 것일까. 남자는 박꽃처럼 하얗게 취해 있었다. 새벽 두 시.

중독된 남자를 만난 곳은 수원 시내였다. 와송주 창포주 복령주

납주 계명주 하일청주 진도홍주 갈근술 녹용주 당귀주 다래주 민들레주 목련주 도화주 등등 이름조차 생소한 전통술들을 30여 종 넘게 차림표에 적어내린, 24시간 문을 닫지 않는 민속주점이었다. 꽃피고 달뜨면. 이름이 그랬다. 황병기의 가야금 산조가 넌출지게 흐르는 전통주점도 전통스럽지 못하게 날밤을 지새는구나 생각하던 무렵이 새벽 두 시였으며 수원시 팔달구 우체국 사거리 근방이었던 것. 일상적인 시공간으로부터 멀찌감치 떨어진 그 일회적이고 이질적인 상황에, 그날 아니었으면 어쩌면 평생 그런 유래가 없었을 그 시간 그 술자리에서, 어찌하여 그런 우연까지를 불쑥 마주치게 되었을까.

석 달 반 만에 모임을 가진 것은 그날 저녁 여덟시가 넘어서였다. 역시 수원 외곽의 원천 유원지라는 곳이었다. 저수지가 있고 물비린내가 있고 풀밭과 놀이공원이 있고 음식점과 모텔촌이 있음으로 해서 인천 월미도와 잠실 석촌호수와 양수리를 비벼놓은 듯한 그곳에서 메기 매운탕과 빙어 튀김을 먹었다. 저수지를 에워싼 길 끝, 화장실 바닥이 물살에 출렁이는 수상 가옥식 음식점이었다. 수원토박이 최는 저 사는 동네라는 구실을 내세워 닭몰이 하듯 우리를 몰고 다녔다. 식당을 찾고 음식을 주문하고 계산을 치르고, 자리를 정리하고 택시를 잡아타고 시내로 나가 맥주집으로 노래방으로. 그리고 이어진 술자리가 꽃피고 달뜨면이었다. 80년대 민중가요판을 주름잡던 방 모씨가 사장이라고 했던가. 농민가는 듣지 못

했지만 술 냄새 나는 대화들은 우리들이 처음 만나던 시절로 급하게 뒷걸음질을 쳤다. PC방 사장 송이 치악산 겨울 산행 중 조난할 뻔했던 일화를 꺼내고 올 봄에 과장을 단 배가 그 무렵 만나고 헤어지던 여자들의 이름을 기억해 내었다. 술자리는 뜬금없는 여자 이야기로 이어졌다. 소학교 때 책상을 같이 했던 아이들의 이름과, 패(佩), 경(鏡), 옥(玉) 이런 이국 소녀들의 이름과, 벌써 애기 어머니 된 계집애들의 이름과 질펀한 무용담을 흘려들으며 국화주만 홀짝거리던 무렵이다. 내 쪽으로 시선이 모여들었다. 남 얘기만 구경할 셈이냐, 너도 아무 소리나 지껄여봐라, 그런 분위기. 그래서, 얼마 지나지 않은 일화 한 토막이 마침 생각났으므로, 그 이야기를 거짓말 섞어 치장하기 시작했다. 그때였다. 어딘가 혹은 무엇인가에 깊숙이 중독된 얼굴을 가진 남자 하나가 우리들 속에 와락 끼어들었다. 나무뿌리에 발이 걸려 엎어지듯 말이다.

자비심을 아십니까.

옆 테이블에서 홀로 동동주 항아리 바닥을 긁던 남자였다. 언제부터 우리에게 귀를 기울이고 있었을까. 왜소한 체구에 검정 가죽 점퍼가 반질반질 닳았고, 기름 낀 머리칼은 막 빗질을 한 듯 앞이마에 찰싹 달라붙어 있다. 내 앞자리에 털썩 엉덩이를 깔아뭉개더니 어딘가 심하게 중독된 얼굴을 들이민다.

16년 동안 여자를 알고 있었습니다. 풀잎 같은 여자죠. 잡아 뜨려 하면 손을 베이는.

　동료들은 남자가 아니라 내 쪽에 눈치를 주고 있다. 어떻게 되는 작자냐. 내칠 것인지 받아들일 것인지 어서 결정해라. 눈으로 그렇게 묻는다. 나 역시 그저 황당할 따름이었다. 끌고 가서 처치해, 그렇게 명령 내릴 입장도 아니었고 말이다. 묘하게 뒤틀린 공기를 눈치 챘는지 남자는 어색하게 입끝을 비틀었다. 자비심 운운하며 덤벼들 때의 눈빛은 어느덧 사그라 들고 없었다.

　죄송합니다. 제가 방해를 한 모양이군요. 전 그저, 귀에 익은 이야기가 나오길래.

　판 돌아가는 것을 유심히 지켜보던 배가 빈 술잔을 내밀었다. 한잔 하시겠습니까. 줄곧 혼자이신 것 같던데.

　남자는 늙은 개처럼 얌전했다. 그는 머리 회전이 빠르거나 불청객으로서 흠 잡히지 않을 처신에 대단히 익숙한 사람임에 분명했다. 술 항아리가 서너 번 들고 나면서 가득 담긴 술잔을 엎어 탁자를 치우게 하고, 혹은 멍하니 허공을 쳐다보다가 알아들을 수 없는 문장을 반복해서 중얼거리는 등의 주사를 이따금 보이기도 했지만 시빗거리는 되지 않았다. 그게 여태 마셔온 주량을 감당 못하고 있다는 신호라면 우리들 역시 그보다 나을 바 없는 처지였다. 그러던 때다. 탁자 위의 일회용 라이터를 집으려던 내 손이, 역시 불을 찾던 남자의 손과 포개어졌다. 순간 눈이 마주쳤다. 흐릿한 시선으로 나를 쳐다보던 남자가 라이터를 집어들고 불을 당겨주었다. 그리고 중얼거린다.

가까이 하지 마세요. 불행해지는 취미가 없으시다면.

남자가 사라진 것은 취객의 웅성거림과 담배연기로 찌든 실내가 세시 반을 향해 가라앉을 무렵이었다. 화장실에 갔다 오니 그의 자리가 비어 있었다.

"갔다구?"

"말도 없이 슬그머니 사라지더라. 상습범 같던데."

어째 믿기질 않아 주위를 둘러보는데, 배가 시큰둥히 대꾸했다.

"그래서 유심히 봤는데, 저 혼자 먹은 건 계산하는 거 같더라. 카운터에 서더니 이쪽저쪽 주머니에서 돈을 뒤지고 있던데."

난감함 비슷한 감정이 그때 등줄기를 잠깐 훑고 지나갔던가. 에에, 이제 취하지두 않네. 고등학교에서 지구과학을 가르치는 권이 기지개를 켜듯 중얼거렸다. 새벽 네 시. 술독을 끌어안고 있어도 마시면서 취하면서 깨어갈 시간이었다. 배가 어깨를 건드렸다.

"자비심이라. 그거 사람 이름인가?"

대답 대신 흐흥 웃었다. 그러자 최가 다그친다.

"여자 맞지? 말해 봐."

그리고 보니 나를 제외한 모두가 내심 기다렸던 모양이다. 남자의 돌연한 등장으로 끊겼던 이야기의 나머지 부분을.

"아까 그랬잖아. 어깨에 흉터가 있었다고."

"그 친구 보니까 뭐야, 자기가 아는 여자라는 거 같던데."

"뭐야 그럼. 이런 우연이 다 있나."

“정말이니?”

반 남은 국화주를 털어 넣고 마저 웃었다. 믿기지 않기야 나 역시 마찬가지.

“몰라 나두.”

여자를 나는 만났다. 단 한 번이다. 만난 지 한 시간 만에 마주앉아 술을 마시고 네 시간 만에 몸을 섞었다. 술을 마신 곳은 소래 어시장 입구의 꽃게탕 집이었고 몸을 섞은 곳은 택시를 타고 나와 남동공단 부근의 서해장인가 서원장인가 하는 여관이었다. 후배 결혼식이 그날 있었다. 축의금 내고 악수하며 아는 척하고 식 구경하다가 피로연장에 가서 갈비탕 한 그릇 비우고 나니 할 일이 없었다. 뒷자리의 하객들이 하는 이야기를 무심코 엿듣다가 결혼식장에서 소래가 멀지 않다는 것을 알게 되었다. 소래라는 이름을 접하고는, 어리석게도 서해 연안의 정취 가득한 포구 풍경쯤을 떠올리고 말았다. 발 디딜 틈 없이 늘어선 횟집과 모락모락 김을 내는 포장마차와 생선 좌판들로 들끓는 어시장이 아니라 말이다. 길을 걷다가 어깨를 부딪치듯 만난 여자는 라면 한 봉지를 사러 집 앞에 나온 행색이었다. 화장기 없는 맨얼굴과 구겨진 면바지만큼이나 대하기에 부담이 없었던 여자에게서는 오래된 옷에서 나는 장롱 냄새 혹은 좀약 냄새가 조심성 없이 풍기고 있었다. 매우 오랜만에 어두컴컴한 옷장에서 꺼내졌음을 스스로 증명하려는 듯 말이다. 여자는 나보다 세 살이 위였다. 세 살 연상의 여자를 알았던 적이 예전에도 있다. 외국인 회사에 다니던 여자였다. 마지막으로 그 여자를 만났던 것이 공교롭게도 3년 전이다. 어째서 공교롭다는 표현을 쓰는가 하면, 헤어질 무렵 그녀의 나이가 소래에서 여자를 만나던 내 나이와 같았던 셈이기 때문이다. 참고로 3년 전에 헤어진, 큰 키에 마른 팔다리와 투명한 피부를 가진 그 여자는 1년 넘도록 알고 지내오는 동안 한 번도 몸을 열어주지 않았다. 나 역시 그녀의 몸에 대한 관심이 그다지 크지 않았던 것 같다. 맥주 한 병이면 쉽게 혀가 풀어지던 그 여자는 소래에서 만난 여자와 여러 가지 면에서 달랐다. 소래의 여자와 달리 외국인 회사의 여자는 하늘하늘한 바지 정장을 주로 입고 다녔으며, 소래의 여자가 살아 있는 반면 외국인 회사의 여자는 얼마 전 교통사고로 세상을 떠났다. 그녀가 살아 있었다면 소래의 여자와 같은 나이일 것이다. 서해장 혹은 서원장에 들어가 30여 분 만에 여자의 벗은 몸에서 떨어질 때까지 나는 두 번인가 그 여자를 생각했다. 죽은 사람을 추억하는 행위는 그렇게 예기치 않은 상황에서 불쑥 발생하곤 했다.

여자의 어깨에서 사선으로 그어진 흉터를 발견한 것은 재떨이를 찾아 침대방 안을 휘둘러보던 때였다. 아는 만큼 보인다더니 보려는 만큼 보인다는 말도 있는가, 섹스에 몰두할 동안은 까맣게 모르고 있던 상처가 눈에 불쑥 들어온다. 길을 걷다 어깨를 부딪치듯 만난 여자와 네 시간 삼십분 만에 행위를 가진 뒤, 그 같은 어깨 흉터는 대화를 열 좋은 구실이 되어 주었다.

왜 그랬어요?

여자는 그게 무슨 소리냐는 표정으로 눈을 껌뻑였다. 그러다가 생각난 듯 왼쪽 어깨로 고개를 돌렸다. 아아, 이거. 하듯이.

물렸어요, 개한테.

날카로운 물건이 베인 듯, 어깨로부터 가슴 위까지 길다랗게 부풀어 오른 흔적.

특이한 이빨을 가진 개였나봐요.

사납기도 하고. 하나같이.

한 마리가 아니군요.

여러 마리 있죠.

어디……에요?

여기. 이 안에.

검지 손가락을 세워 자신의 양 가슴 가운데를 쿡 찌른다. 자해. 여자와 내 사이에 가로놓인 사막을 생각한다. 자해니 하는, 지나간 생애의 신산스런 그늘과 관련 있을 여자의 신상 혹은 이력에 대해 떠올려볼 아무것도 내게 있을 리 없었다. 꽃게탕 집에서 거무튀튀한 밴댕이 젓갈을 깨작이며 주고받은 이야기란 즉흥 대사의 가면놀이 정도에 불과했으니.

안 아팠나요?

여자가 소리 없이 히죽거렸다. 침대에서 몸을 일으킨다. 처질 만큼 나이를 먹기 시작한 알몸이 부끄럼 없이 화장대 앞으로 다가간다.

저는 세상에 두려운 게 없는 사람이에요. 아무것도.

대단히 강한 분이시군요.

강한 게 아니에요.

민감한 성감대를 쓰다듬듯 거울 속 흉터 자국을 조심히 어루만진
다. 사막, 여자와 나 사이에 가로놓인.

저주를 받은 거죠. 개들에게.

다섯시. 머잖아 뿌옇게 동이 터올 무렵 꽃피고 달뜨면을 나섰다.
달은 이미 졌고 모두들 귀가 멍해질 정도로 지쳐 있었다. 너나없이
말을 아끼며 걷는 데에 열중했다. 서너 시간 눈을 붙였다가 곧바로
12인승 비스트로에 실려 움직여야 하는 일정이었다. 우체국 사거
리 근방 번화가는 아직도 깊고 깊은 유흥의 밤이었다. 술집과 편의
점과 단란주점과 허연 연기를 내뿜는 괴물상으로 입구를 장식한
나이트클럽 앞을 넋 나간 혼령들처럼 스쳐 지났다. 숙소로 잡아놓
은 모텔에 막 들어섰을 때다. 예상 못한 광경에 모두 할 말을 잃고
말았다. 피곤하다고 일찌감치 자리를 빠져나온 송이 이불 속에 단
정히 누운 채 잠들었고, 그 맞은 편, 화장실 문께에 누군가 쓰러져
있다. 커다란 벌레처럼 웅크린 상체. 중독된 남자였다.

"그거…… 내가 아까 지나가는 말로 그랬거든. 우리는 요 근처 여
관에서 잠깐 눈 붙였다가 날 밝으면 제부도로 움직일 참이다, 생각

있으면 같이 가자.”

“제기랄. 방 호수까지 가르쳐줬단 말이야?”

“아니. 그러다 웃고 말았는데.”

배는 죄지은 표정이 된다.

“카운터에 물어본 모양이구만. 친구들 자는 방이 몇 호냐고.”

“하여간 어쩐다, 저 물건을.”

“어쩌긴. 같이 데리고 잘 작정이야?”

최가 모로 누운 남자의 어깨를 거칠게 잡아 흔든다. 이거 보쇼. 어어, 야! 너 안 일어나? 고함을 쳐보지만 남자는 끄응 소리 한번 내지 않는다. 그토록 깊은 잠에 빠진 건지, 아니면 곰을 만난 사냥꾼 흉내를 내고 있는 건지.

“이 자식 정말 혼이 나고 싶은가.”

씩씩거리며 남자의 목덜미를 잡아 쥐고 일으켜 세운다. 방바닥에 등이 달라붙었는지 여간 무거워 보이지 않는다.

“놔둬. 잠이나 자자.”

글쎄, 그때 어떠한 종류의 강박관념에 사로잡혔던 것 같다. 꿈도 없이 깊은 잠에 빠진 남자를 밤거리로 내몰아서는 안 된다는, 왠지 그래서는 안 될 것 같은.

“뭐야?”

“그래, 크게 해 끼칠 것 같지는 않은데, 하룻밤 적선하는 셈치자구.”

배의 뒤를 이어 권이 내 편에 서주었다.

"에에. 이러다 정말 날 샌다. 그래봐야 얼마 못 잘 텐데 이러는 시간이 아깝네."

다음 날. 아니, 그날 아침. 송이 널브러진 이불 사이를 질겅질겅 밟고 다니며 우리들을 흔들어 깨웠다. 일어나 빨리. 아이고 술 냄새. 일어들 나라니까. 길 막히기 전에 서둘러야지. 부지런하게도 아침 일찍 원천 유원지까지 쫓아가 차를 찾아온 그는, 밤 사이 새로 늘어난 식구의 존재가 영 의아한 눈치였다. 해장 담배를 빨다가 깊은 기침을 연거푸 뱉어내던 권이 화장실로 달려갔다. 새벽까지 들이부었던 것을 변기 위에 게워내는 소리가 문틈으로 꾸역꾸역 이어졌다. 대개 무심한 표정이다. 말을 안 해서 그렇지 비슷한 형편이었던 것이다. 개중에서 가장 팔팔한 이는 중독된 남자였다. 기상을 재촉하는 송의 잔소리에 군기 든 이등병처럼 후닥닥 몸을 일으키더니 기세 좋게 기지개를 켠다.

잘들 주무셨습니까. 어어, 덕분에 이거 아주 자알 잤네.

누구에게랄 것 없이 애매한 인사말을 중얼거리고는 바쁠 것 없어 보이건만 부지런을 떨기 시작한다. 이부자리를 개키고 방바닥에 나뒹구는 휴지조각이며 재떨이를 주섬주섬 치운다. 그리고 검은색 가죽가방을 걸머졌다.

야아. 날이 환하게 밝았구나.

그러더니 구두를 꾹꾹 꿰어 신고 현관문을 열어 제낀다. 왜 먼저 가시느냐고 나서는 사람은 물론 없었다.

교대로 화장실을 들락거리며 찬물로 북북 세수를 하고, 쓰린 속에 닝닝한 여관 생수를 들이붓고 여장을 챙겼다. 모텔 현관을 나서 차 댄 곳에 다다랐을 때 남자는 파란색 비스트로 옆구리에 쪼그려 앉아 있었다. 푸세식 변소에 앉은 자세로 포옥포옥 담배를 빨아대는 그 모습에 배가 중얼거렸다.

"제부도까지 따라갈 모양이네. 총무, 저 아저씨 회비 받아라."

아무도 웃지 않았다. 송이 운전대를 잡고 배, 권, 내가 뒷자리에 몸을 실었다. 조수석에 올라탄 최가 세차게 문을 닫았다.

"출발해?"

시동을 건 송이 조심히 묻는다. 차창 밖에 엉거주춤 서 있는 저 남자를 어쩔 거냐, 그런 뜻이다. 퉁퉁 부은 얼굴을 딱딱하게 일그러뜨린 최가 깊은숨을 들이마시고, 다시 길게 내뱉는다. 그리고 창문을 열었다. 사이드 미러 속에 휘청 반사된 남자를 향해 냅다 외친다.

"거 뭐해요? 탈려면 얼른 타든지."

수원역에서 발안 쪽으로 가다가 306번 도로를 타면서 길은 1차선 지방도로로 바뀌었다. 최의 길 안내로 12인승 비스트로는 거침없이 속도를 냈다. 십여 분을 달리니 화성군 송산면이 나온다. 송산에서 서신으로, 서신에서 대부 삼거리로, 언덕길을 벗어나자 창밖으로 시커먼 바다가 펼쳐졌다. 제부도는 무슨. 볼 거나 있을까. 사람들의 비협조적인 반응에 최는 큰소리를 쳤다. 수원 온 김에 한번 가서 나쁠 거 없다, 바다도 있고. 아무렴 시내에서 술이나 퍼마시는 것보단 낫지. 고작 30분여를 달려온 참에 그의 공언은 신빙성이 입증된 셈이다.

제부도. 섬까지 연결되는 뻘밭에 시멘트 포장이 된 게 80년대 말이라고 했다. 그리하여 하루 두 번은 바닷물에, 두 번은 사람들에게 통행을 허락해 주는 길이 생겨났다. 검문소 앞에 차가 멈췄다. 제부도로 들어서는 입구인 셈이다. 바닷길은 아직 열리지 않은 상태였다.

"뭐야, 못 들어간다는 거야?"

앞이마로 차창을 툭툭 치며 졸다가 깨어난 권이 웅얼거렸다.

"기다려봐. 10분 남았네."

"10분?"

"저기."

통행차단기가 가로놓인 검문소 위에 커다란 전자식 숫자판이 보인다. 오늘의 길 열리는 시간. 오전 10:33~19:33. 오후 22:08~ 07:59.

"그렇구나. 아예 시간에 정해져 있네."

"그래야 때맞춰 움직일 수 있겠지."

"여자 어떻게 할 때는 좋은 데다. 길 끊어지는 시간 외워놨다가 퍼져버리면 되잖아."

권의 말에 오늘로 여덟 번째 제부도에 온다는 최가 투덜댔다.

"여기 처음 오는 새끼들은 왜들 똑같은 소리만 하는지."

차단기가 올라갔다. 앞뒤로 줄지어 늘어서 있던 차량들이 물 빠진 바다길로 덜컹덜컹 미끌어져 들어간다. 거무튀튀 젖은 시멘트 길. 바닷물이 막 빠져나간 흔적이다. 섬까지 이어진 길은 2킬로미터 남짓, 물이 차면 심할 경우 수심이 3미터까지 올라온다고 했다. 권의 말마따나 여태 몇 쌍의 남녀가 이 길을 핑계로 제부도의 밤을 맞이했을지 모를 일이다. 구실만 좋으면 뜻밖에 호락호락 맺어지기도 하는 게 관계다. 특히나 남녀 간이라면.

섬 입구에서 길은 양편으로 갈라진다. 왼쪽 길은 굽어져 가늠할 수 없고, 오른쪽 길로는 고만고만한 식당들이 끝도 없이 이어져 있다. 물론 왼쪽 길이고 오른쪽 길이고 가다 보면 처음의 출발점과 만나게 되어 있었다. 섬 가장자리를 빙 둘러 이어진 길이니까. 쓰린 속을 달래야 했으므로, 어렵지 않게 오른편 길로 의견 일치를 보았다. 식당이래봐야 대개가 횟집 아니면 바지락 칼국수 전문점이었고, 두 집 걸러 한 집 꼴로 '97년 SBS 맛자랑 멋자랑에 소개된 집' 운운의 문구를 간판 귀퉁이에 내걸고 있다. 갯마을 바다내음이라는 곳에 들어가 사람 숫자대로 바지락 칼국수를 시켰다. 뜨끈한 온돌 바닥이 깔린 식당 안은 시간이 애매해서 그런지 텅 비어 있다. 선반 위 TV 소리만 홀로 시끄럽고, 구석 자리에서 중년 남녀가 머리를 맞대고 묵묵히 국수가락을 퍼넣는 중이다. 남자는 번들번들 발라

넘긴 머리칼에서 포마드 냄새가 나는 듯했고 여자는 뒷모습이지만
덜 매끈한 옷매무새가 매우 지쳐 보인다. 어떤 사이일까, 제부도의
남녀. 칼국수가 나왔다. 한 그릇씩이 아니고 커다란 플라스틱 항아
리 두 곳에 3인분이 나뉘어졌다. 아닌게 아니라 휘저으면 젓가락에
달그락 걸릴 정도로 바지락이 많다.

"이 아저씨 어디 갔네."

한 입 가득 국수발을 욹아 넣은 배가 우물거렸다.

"누구? 아아."

남자가 보이지 않는다.

"차에서 분명히 같이 내렸는데. 안 들어왔나."

"화장실 갔겠지."

모두 내 눈치를 살피고 있다. 그리고 보니 분위기는, 남자에 대해
서라면 자동적으로 내게 책임을 묻는 식이다. 그 시선들에 등이 떠
밀렸다.

"내가 나가볼게."

흐린 하늘. 바닷바람이 세고 차갑다. 남자는 식당에서 멀지 않은
방파제에 걸터앉아 있다. 커피를 뽑아 마셨는지 자판기 종이컵에
담뱃재를 톡톡 털며 물 빠진 개펄을 내려다보고 있는 중이다.

"왜 안 들어오시고."

"아아, 예에."

졸다가 뒤통수를 얻어맞은 사람처럼 몸을 움찔하더니 시커먼 가

죽 가방을 끌어안는다.

"괜찮습니다."

"괜찮긴뇨. 뭐라도 좀 드셔야지."

관계란 우스운 것이다. 때로는 아무런 구실이 필요 없을 때도 있다.

"실은 생각이 전혀 없어서요. 여기서 찬바람 쐬는 게 더 좋습니다."

"그래도."

"정말입니다. 음식 냄새만 맡아도 속이 뒤틀려서."

"저런."

"그러니 들어가서 드세요. 좀 있으면 나아질 겁니다."

별 수 없이 등을 돌렸다.

"이따가 몇 시쯤 올라가실 계획입니까?"

"글쎄요. 어두워지기 전에 움직여야겠죠. 일곱시 반인가 길이 막힌다니까."

"길이 막힌다, 그렇군요."

남자의 표정이 쓸데없이 비장해졌다.

"그럼, 그때까지 뭘 하실 건가요. 제 말씀은…… 시간이 많으니까."

"글쎄요."

영문을 모를 일이었다.

"그냥 섬이나 한 바퀴 둘러보겠죠. 왜요?"

"아뇨. 그저."

종이컵을 구기면서 머뭇머뭇.

"그저 수, 술이나 한 잔 하고 싶어서요. 하도 오랜만에 오는 바다라."

자리로 돌아오니 두 명은 상에서 물러나 TV에 시선을 주고 있다. 젓가락을 놓지 않은 나머지 둘도 그다지 열심인 표정이 아니다.

"다 먹은 거야?"

"별로 땡기지 않네. 어서 먹어."

"그 사람은?"

"요 앞에. 생각 없대."

TV에서는 도전 지구촌 탐험대가 열심히 떠들고 있다. 연극인 출신의 남자 탤런트 한 명이 아프리카 말리에 도착했다. 오랜 전통에 묻혀 수천 년 세월을 잊고 사는 투아레그족. 그들은 매년 12월부터 3개월 동안 낙타 등에 소금을 싣고 수백 킬로미터에 달하는 사하라 사막을 횡단합니다. 소금을 마을로 가지고 내려와 생필품과 교역하는 것이 이들의 생계수단이죠. 어렵게 캐러밴과 합류한 탤런트 오지언 씨가 드디어 사하라 사막 횡단에 나섰습니다. 오로지 태양과 별자리와 모래 언덕의 움직임만이 길잡이가 되어주는 길고 고독한 일정 속에서……

"저 사람 말야, 너랑 했다는 그 여자를 안다고 했지?"

최가 목소리를 낮추었다.

"어떻게 아는 사이래?"

한 순간, 네 사람의 귀가 쫑긋거리는 것을 나는 보았다.

"몰라 나도."

앞접시를 들어 칼국수 가닥을 바삐 퍼 담았다.

"난들 아나. 속세의 연들이 어떻게 꼬여 있는지."

오후가 되면서 바람이 잦아들었다. 휴일 오후를 맞이한 제부도는 대체로 차분했다. 전날의, 필경 새벽녘까지 이어졌을 휴양객들의 난장에 녹초가 되어 섬 전체가 긴 늦잠에 빠져 있다. 오가는 차량이나 사람도 퍽 뜸한 편이었고 점심 때가 되었건만 호객행위를 하는 식당조차 눈에 띄지 않는다. 그 때문이다. 밀물이 바닷길을 막아설 때까지 많은 시간이 남아 있다는 남자의 말에 뒤늦게 공감을 한다. 주차장에 차를 대어놓고는 섬 일주로를 어슬렁 어슬렁 걷기 시작했다. 그럴듯한 배경이 나오면 둘씩 셋씩 모여 사진을 찍고, 그 유명하다는 매바위 앞에 교대로 서서 1회용 카메라 모델이 되고, 들이대는 카메라에 싫다고 손사래를 치기도 하고 그러다 시들해져서는 이른바 해변 카페에 들어섰다. 신축 여관 서너 채 사이, 해변이라기보다 시커먼 갯벌이 창밖 가득 보이는 곳이다. 녹차에 유자차에 커피에 입맛따라 찻잔 하나씩 앞에 놓고 두런두런 말놀음으로 시간을 떼우기 시작했다. 그러다가 느닷없는 조개구이 이야기가 나왔다. 석화에 바지락에 꼬막에 백합에 가리비에 잔뜩 쌓아놓고 구워대는 술집을 봤다고 권은 소리를 높였다. 그의 말이 아니더라도, 아까 식당 골목을 지나며 엇비슷한 조개구이집들이 드문드문 간판을 내걸고 있었던 것을 기억 못하는 사람은 없었다.

석쇠에 짭짤하게 구워지는 조개 연기를 안주 삼아 낮술이 이어졌다. 방파제 너머로 멀리 빠져나간 바다를 내려다보며 짭짤한 바닷것을 씹으며, 채 두 시간이 못 되어 일곱 개의 소주병이 바닥을 비웠다. 내내 운전만 시킬 거냐고 투덜대며 조갯살만 파먹은 송을 제외하고 다섯 명. 적지 않은 양이었다. 일껏 깨어가던 취기에 다시 발동이 걸리고 우리들은 가두리 양식장의 스티로폼 부표처럼 둥둥 떠올랐다. 여섯시 사십분. 날이 저물 시간이었다. 배가 뜬금없이 김동진의 가곡을 2절까지 불러 제꼈다. 지퍼를 올리며 화장실에서 나오던 최는 일몰도 없이 흐려지는 하늘과 바다의 경계 지점에 대고 삿대질을 했다.

"가자. 바다로 가서 한 잔 더 하자."

저무는 해에 목을 비끄러맨 사람들처럼 서둘러 방파제를 내려섰다. 멀리 빠져나갔던 물살이 찰랑찰랑 갯벌을 핥으며 몰려들고, 어두워지면서 바람이 다시 세졌다. 눅눅하게 젖은 모래밭에 엉거주춤 쪼그려 앉아 캔맥주를 마셨다. 아 씨발, 일요일 다 갔네. 새우깡을 아작아작 씹던 권이 투덜거렸다. 배는 느닷없이 노래를 청했다. 누구 한 곡 불러봐, 나 아까 했잖아. 너부터 해라. 그러면서 지적한

게 하필 송이었는데 온종일 술 한 방울 안 마신 그가 저무는 밀물에
대고 노래를 불러줄 턱이 없었다. 미친 새끼 아까부터 노래 타령이
야. 아 씨발, 하라면 좀 해. 그때였다. 중독된 남자가 일어섰다. 온
종일 있는 듯 없는 듯 얌전하게 술잔만 붙들고 있던 그였다. 남들
한 잔 마실 때 두 잔 마시고 남들 조갯살 씹을 때 안주 없이 한 잔을
더 마시던, 누가 시키지 않는 이상 좀처럼 말 한 마디 할 줄도 모르
던. 그렇게 얌전만 떨더니, 화난 사람처럼 들고 있던 맥주 깡통을
던지고 홀연히 일어선다. 너 나 할 것 없는 시선들이 몰려들었다.
옥신각신하던 배와 송이 제풀에 입을 다물었다. 뻣뻣하게 지탱하
고 선 몸이 앞뒤로 건들건들 흔들리고 있다.

　　연분홍 치마가 봄바람에
　　휘날리드으으라

몹시 부정확한 발음으로 악을 쓰기 시작한다. 봄날은 간다. 술 취
해 늘어지는 가락에 모두들 손뼉 박자조차 잊었다.

　　산제비 너엄나드는 성황당 길에
　　꽃이 피며언 같이 웃고
　　꽃이 피며언 같이 울듯
　　알뜰한 그 매앵서에애

보옴나알은 가아안다아아.

　그리고는 몸을 돌린다. 푹푹 빠지는 모래밭을 허우적 허우적 밟으며 멀어진다. 저문 바다 쪽이다. 어딘가에 푹 처박힐 듯 위태로운 뒷모습을 나는 쫓았다.
　어디 가십니까.
　걸음을 멈추지 않는다.
　그냥, 오바이트 좀 하려구요.
　같이 가시죠. 저도 볼일이 급한데.
　어둠이 짙어가며 밀물은 살아 움직이는 물체로 변했다. 머잖아 발목을 집어삼킬 기세이다. 남자와 나는 방파제 아랫길을 나란히 걸었다. 모래밭 위로 찰랑 쏴아아 바닷물 드나드는 소리가 쉼없이 오간다.
　가방 안에 뭐가 들어 있나요.
　예?
　그 가방 말입니다. 화장실 갈 때도 들고 다니시던데.
　아, 이거.
　으쓱 어깨끈을 고쳐 멘다.
　별 거 아닙니다. 칫솔, 면도기, 속옷, 양말…… 뭐 그런 거.
　서류 가방 속에 칫솔과 양말이라.
　여행을 즐기시는 모양이군요.

여행.

늘 그렇게 준비를 하고 계시잖아요. 아무 때나 떠날 수 있도록.

방파제 위로 올라설 수 있도록 만들어진 계단을 향해 남자가 달려갔다. 구석 자리에 와락 허리를 꺾는다. 멀건 물을 토해 대기 시작한다. 그 옆에 나란히 서서 오줌을 누었다. 지퍼를 올리고 다가가 등을 두드려줄 때까지 남자는 허리를 펴지 않았다. 입가를 북북 훔치고는 퉤, 침을 뱉는다.

즐기는 편이죠. 괴로우니까.

눈물 그렁그렁한 얼굴에서 누군가의 낯익은 표정을 읽었다. 자비심. 참으로 난감한 일이다. 자비심을 아느냐고 남자는 내게 말했다. 그러고 보면 여자도, 남자처럼 무엇엔가 깊숙이 중독된 얼굴을 하고 있었던가. 어둠 속에서 누군가 달려왔다.

"뭐하고 있어?"

숨찬 목소리. 권이다.

"왜."

"안 올라갈 거야? 길 끊기게 생겼다."

시계를 보았다. 일곱시가 넘어 있다.

"정말이네. 다들 어디 있는데?"

"남 걱정하고 앉았네. 다들 차 안에서 두 사람 기다리고 있어."

이렇게 헤어지는 건가요. 여관을 나와 큰길에 이르러서이다. 어두워진 공단로 위로 무섭게 내달리는 트럭들을 지켜보며 여자는 말했다. 그럼요? 그러자 피식 웃는다. 화장기 없는 눈가에 잔주름이 서너 개 구부러졌다. 싱거운 아저씨네. 각자 갈 길 가기 전에 소주 한 잔 합시다, 이렇게 나와야 되는 거 아닌가요?

여자가 사는 곳은 시흥, 삼원사라는 절이었다. 보살. 스님의 세끼 공양을 비롯한 산문 내의 잡다한 종사를 도맡아 뒤치다꺼리하는. 여자의 옷에 배인 좀약 혹은 오래된 옷감 냄새의 정체는 그러고 보니 경내에서 피우던 향 냄새였다. 아는 불자의 소개로 생면부지의 경기도 시흥에 자리를 잡은 게 3년째라고 했다. 그나마 깊은 산속이 아니라 주택가 구석에 자리잡은 절이라 다행이죠. 왜요? 덜 갑갑하니까. 그 이전에는 무슨 일을 하셨느냐고 나는 물었다. 대답이 궁금해서가 아니라 왠지 그래야 할 것 같아서였다.

글쎄. 정리 안 되는 생활이었죠. 집도 가족도 다 팽개치고, 건달 시절이라고 할까.

여자 건달도 있습니까.

그러자 어처구니가 없다는 듯 내 얼굴을 빤히 쳐다본다.

여자 중도 있는데요.

삼원사에서 모시는 스님이 여승이란다. 집도 가족도 다 팽개친 여자의 건달 시절에 대해 나는 더 이상 캐묻지 않았다. 누구나 아팠던 때가 있을 수 있지만, 모두가 그로부터 완벽히 자유로운 것은 아니니까.

걸어 걸어 남동공단 근처를 기웃거리다가 마을버스정류장이 있는 길가의 족발집에 찾아들었다. 길게 썬 당근을 씹으며 소주 두 잔을 비운 여자는 금세 해낙낙해졌다. 족발이 나오자 제일 큼직한 뼈부터 집어들며 한 마디 한다.

스님 일찍 자리에 드시고 나면 노보살님이랑 가끔 이거 시켜놓고 술 한 잔씩 하고 그러는데.

노보살님?

저말고 한 분이 더 계시거든요, 할머니가.

서로 의지도 되고 괜찮겠습니다.

소주잔을 냉큼 비우더니 시커먼 돼지 발목을 거침없이 뜯는다.

예, 덕분에 가끔 이렇게 외출도 할 수 있고. 자비심이란 이름도 노보살님이 지어주셨죠.

자비심. 좋군요, 자비심.

애한테도 다행이죠. 어쩔 때 보면 정말로 친할머니 같다니까.

애라구요.

아, 초등학교 1학년짜리 딸이 있어요.

하지 않아도 될 말을 덧붙인다.

아빠는 물론 없구요.

예에.

있기야 있죠. 없는 거나 마찬가지지만.

…….

왜 안 드세요? 족발 안 좋아하시나.

가까스로 제부도를 벗어난 비스트로는 아침에 왔던 길을 거슬러 올라갔다. 중간에 서울로 빠지는 도로가 있었지만 최를 내려놓기 위해서는 수원 시내를 거쳐야 했다. 수원 초입에서부터 길이 막혔다. 어둔 4차선 도로 위로 붉은 브레이크등이 줄줄이 늘어서 있다. 여섯시가 넘으면서 급증한 휴일 나들이 차량으로 이 시간까지 고속도로 부근 정체가 계속되고 있습니다. 가다서다 반복하는 구간은. 교통방송 라디오를 돌려 끈 송이 운전대에서 손을 떼고 의자에 몸을 제꼈다. 에에, 제대로 걸렸는데. 등받이에 벌러덩 뒤통수를 뉘인 배는 제부도에서 건져온 〈봄날은 간다〉를 내내 흥얼거렸다. 남자는 가운데 좌석에 가방을 끌어안고 구부정히 앉아 있다가, 어느샌가 앞자리에 꾸벅꾸벅 인사를 하며 졸기 시작했다. 나머지는 창문을 활짝 열어놓고 죽어라 담배 연기만 피워 올렸다. 팔소매에 배인 바다 냄새는 좀처럼 빠지지 않았다.

스물여덟이던 해, 그게 정확히 몇 년 전일까. 여자는 강원도 인제에 있었다. 나고 자라고, 아직까지 한 번도 벗어난 적이 없는 곳이었다. 전문대를 졸업하고 건축설계사 사무소에서 일하던 시절. 그리고 한 남자를 알게 된다. 사막의 달 같은 눈동자를 가진 남자였다. 운명이라고 아주 쉽게 여자는 말했다.

이런 거구나, 그런 생각이 들더라구요. 누가 가르쳐준 것도 아닌데.

여자는 행복한 꿈에 잠시 빠져든 표정이었던가. 혹은 먹물빛 그림자가 불쾌해진 얼굴 위를 뒤덮고 있었던가.

그냥 느낌이 오는 거. 이불 뒤집어쓰고 있어도 뱃속까지 꾸역꾸역 밀려오는 거. 아무 일 없이도 그냥 알 수 있는. 그런 경험 있으세요?

글쎄요.

일생 동안 그런 경험 한 번 못하는 사람 많을 걸요. 사랑? 그거야 애들 장난이고.

서너 차례 남자를 만났다. 그리고 몸을 나누었다. 지금도 기억나요. 그날 너무 취해가지고. 그냥 줘버렸지. 술이 원수야. 남자처럼 여자는 웃었다. 그리하여 생겨난 게 지금의 딸아이다. 그렇게 확신할 수 있는 것은, 그게 처음이자 마지막 관계였기 때문이다. 사막의 달에 대한 여자의 기억은 그로써 끝난다. 듣고 나니 황당했다. 당사자에게는 그렇지 않겠지만, 단순하게 정리된 옛 이야기 한 토막을 전해 듣는 입장에서는 그랬다.

왜 헤어졌죠?

해서, 어렵게 묻고 말았다. 여자는 젓가락으로 새우젓 알갱이를 집어 입에 가져갔다.

왜냐니. 내 말 못 들었어요? 운명이라고.

남자의 결혼으로 4개월 만에 막이 내려진 운명. 그로부터 무관하지 않게 이어졌을 여자의 건달 시절. 그리하여 결국은 시흥 삼원사까지? 남 살아온 내력이 눈앞에 휙휙 지나가는 통에 갑자기 얼굴 마주하기가 민망했다. 그러거나 말거나 여자는 잘 먹고 잘 마셨다. 아귀스럽다고 해야 할지 천진난만하다고 해야 할지, 입 모양을 거침없이 일그러뜨리며 돼지뼈에 붙은 살점을 뜯고 술잔을 비운다. 그래주는 게 다행이었다. 소주 두 병에 눈 밑 잔잔히 꽃물이 배었다. 양육비라고 아직까지 돈을 받고 있으니. 나도 웃기는 년이야, 그 인간도 재수 옴붙었고. 그리고 보면 애 아빠 되는 남자와 아직 연락이 오가는 모양이었다. 그래서 뭐라 할 말을 찾지 못하고 손가락으로 물컵만 뱅뱅 돌리고 있을 무렵이다. 뜻밖의 사건이 벌어졌다. 여자의 표현처럼 실로 운명적인, 나로선 그렇게밖에 말할 수 없는 순간이었다. 느닷없이 터져 나온 풀벌레 울음소리. 좁은 가게 안을 가득 채우고도 그치지 않는다. 매우 특이한 종류였으므로, 그것이 핸드폰에서 나는 소리임을 깨달은 것은 여자가 바지 주머니에서 둥글납작한 전화기를 꺼내든 후였다. 네에, 여보세요. 핸드폰을 뺨에 가져갈 때까지만 해도 여자의 목소리는 밝았다. 그러다 두어 마디가 더 오가고, 싸늘하게 얼굴 굳어지는 것을 나는 보았다.

응…… 응…… 그래…… 왜 또? ……어디긴 어디야. 알면 뭐하려구……. 알았으니까 전화 끊어, 나 바쁘니까. ……남이야 어쩌건. 너야말로 술 처먹구 전화하지 마! ……시끄러워, 끊어.

애꿎은 전화기가 지저분한 식탁 위로 툭 던져진다. 사막의 달, 사막의 달. 바야흐로 목도한 운명 혹은 우연의 무뚝뚝한 얼굴에 공연히 가슴이 두근거렸다.

그분인가요.

예?

참견해서 죄송합니다. 그런데…… 지금 그 전화, 그분 맞죠?

……?

그 남자 분 말입니다. 여지껏 말씀하신.

아아.

무슨 소린가 고개를 갸웃거리다가, 이내 뭔가를 깨달은 모양이다. 찌푸러들었던 얼굴이 밝아진다. 그리고 실실 웃기 시작한다. 맘 좋은 치매 노인처럼.

아녜요 그 사람. 하하, 난 또 뭐라고.

아니라구요?

그렇다니까요.

잘못 넘겨짚었군요. 죄송합니다.

죄송할 거 없어요. 하필 이런 때 전화를 건 사람이 잘못이죠. 아아, 재미있다.

물잔이라도 엎어뜨린 기분이었다. 여기요, 이거 하나 더 주실래요. 주방으로 고개를 돌린 여자가 큰 소리로 소주 한 병을 청한다.

다른 사람이에요. 지금 온 전화.

그렇군요. 전 그저.

누구냐 하면, 그래요. 우리 애의 아빠가 될 뻔한 사람이죠. 말하자면.

예?

남편 말예요. 애 아빠.

죄송하지만 저어, 이해가 잘 가지 않는군요.

인제군 인제읍. 쉽게 지나쳤던 운명. 그것은 전체의 일부였다. 사건의 시작, 이라고 할 수 있는 이야기는 그로부터 다시 8년이라는 세월을 더 거슬러 올라가야 한다. 여자의 말을 제대로 이해하지 못한 것은 그러니 당연한 노릇이었다.

한 잔 더 하세요. 괜찮으시죠?

아, 예.

술도 어느 만큼 되어가던 참이겠다, 두 배로 얼떨떨할밖에 없었다. 말하자면 난해한 복선이 설정된 영화의 앞부분을 놓친 채 전체적인 구성을 이해하려 했던 폭이랄까.

8년 전의 8년 전. 여자에게는 결혼을 약속한 남자가 있었다. 전문대에서 알게 된, 같은 과 동기였다. 친구처럼 지내던 그들의 만남은 여자가 졸업을 하고 남자가 군대를 다녀온 뒤까지 이어졌다. 그리하여 어찌어찌 집안 간에 혼약이 성사되는 단계로 발전한다. 별다른 갈등이나 고민이나 문제도 없는, 지극히 평범한 삶의 과정이었다. 운명이 찾아오기 전까지는 말이다. 한 과정의 마지막에 스치듯 만난 사람은, 불행하게 사막의 달이었다. 스물여덟. 건축설계사 사무소에 근무하며 결혼을 6개월을 앞둔 무렵이었다.

파혼을 먼저 요구한 건 저였어요. 애는 죽어도 못 떼겠더라구. 그러면서까지 잘 먹고 잘 살아서 뭐 하겠느냐, 그런 오기가 생겼던 거죠. 그즈음 그랬거든요. 사는 게 전부 화나는 일뿐이고. 아무튼 난 두려운 게 없는 사람이니까. 담배 하나만 피울게요.

대답하기도 전에 한 개비를 빼물고는 끊었는데, 그렇게 중얼거리며 불을 붙인다. 간만에 피우는지 두어 번 기침을 내뱉다가, 그래도 끝까지 붙들고 꽁초를 만든다. 그러고 나서도 분이 안 풀리는 모양이다. 플라스틱 통에서 물을 따라 벌컥벌컥 비워낸다.

바보 병신 자식 같으니. 지겨워 지겨워. 이게 벌써 몇 년째야. 내가 다 지겨워서 죽겠다니까.

우연히 어깨를 스치듯 만난 상대에 대해 너무 많은 것을 알게 된다는 것은 혼란스러운 일임에 분명했다. 내 머릿속은 험하게 뒤엉킨 사건의 실타래를 정리하기에 바빴다. 여자는 화가 나 있다. 느닷없이 전화를 걸어온 사람 때문이다. 아니, 누군가 전화를 했다는 사실 자체인지도 모른다. 그럼에도 나는 궁금했다. 여자는, 왜 화가 난 것일까. 아직 중독된 남자를 만나지 않은 때였다.

소주 세 병에 족발 한 접시를 말끔히 비우고 여자와 나는 거리로 나섰다. 시흥으로 영등포로, 두 대의 택시를 나누어 타고 헤어졌다. 기회가 되면 연락하라는 따위의 인사는 물론 생략한 채였다.

서울에 도착하니 열한시가 넘었다. 제부도 바닷길을 벗어나 꼬박 네 시간이 걸린 셈이다. 종로 1가에서 권, 배, 나와 남자가 내렸다. 홀로 운전대에 남은 송이 반짝 손을 들어 보였다. 들어가들 쉬어. 그래 가라. 종일 운전만 하느라 고생했네. 초록색 직진 신호가 떨어지고, 1박2일 동안 이리저리 우리를 몰고 다니던 12인승 비스트로가 사거리 너머로 부르릉 멀어졌다. 마침 멈추어 선 택시에 대고 권과 배가 동시에 소리쳤다. 신촌 두 명! 고단한 주말 일정이 그렇게 끝났다.

"어느 쪽으로 가시나요?"

그러자 남자는 대단히 황송해 견딜 수가 없다는 듯, 슬그머니 반 걸음을 물러선다.

"아니, 괜찮습니다."

"그게 아니라."

"먼저 가세요. 전 조금 있다가."

그렇게 우물거리며 칫솔과 속옷과 양말이 든 가방을 고쳐 멘다. 남자는 고단한 여정을 끝내고 돌아온 것이 아니라 새로이 먼 길을 떠나려는 사람 같다. 그 정도에서 남자와 떨어지고 싶었다.

"여하튼 어제 오늘 즐거웠습니다. 나중에 기회 있으면 또."

"폐만 끼쳐서 이거."

"갑니다 그럼."

불빛 꺼져가는 일요일 저녁의 종로 거리 속으로 서너 발짝을 걸어가다가 뒤를 돌아보았다. 헝겊 인형을 파는 노점상 귀퉁이에, 남자는 꼼짝도 않고 있었다.

"저어."

나는 물었다.

"자비심을 아십니까?"

그러자 차도 쪽으로 슬그머니 시선을 돌린다. 아무런 표정 없이, 가래침을 삭히듯 입술을 오물거리다가, 한 마디를 뱉어낸다.

"다 쓸데없는 일인 걸요. 어서 가세요."

국회의원 선거날이었다. 15대라던가 16대라던가, 사상 최저의 투표 참여율이라는 보도와는 무관하게 TV는 방송국마다 특집 개표 중계방송 경쟁이 붙었다. 각 정당 득표율, 예상 의석 분포, 시도별 투표 참여율 등등. 여덟시가 지나면서 선거구별 개표율이 15%를 넘어서고 당선 가능 후보자 윤곽이 드러났다. 맘 급한 아나운서들은 가능성 높음, 당선 확실 따위의 구분을 지어가면서 지역별 선두 후보와 1, 2위 간 표 차이를 숨 가쁘게 읽어 내려갔다. ……오산·화성. 민주당의 강성구 후보가 2만8천4백26표로 1위를 달리고 있습니다. 2위는 한나라당의 정창현 후보. 표 차이는 5천6백43표입니다. 다음은 경기도 시흥. 1위는 민주당의 박병윤 후보. 2만4천6백84표. 2위는 한나라당의…….

온종일 TV 리모컨과 씨름을 하다가, 둥글넓적한 얼굴에 금테 안경을 쓰고 인자한 미소를 짓고 있는 3선 출신 정치인의 초상을 일 없이 쳐다보다가, 머릿속에서 쏴아아 물꼬 터지는 소리를 들었다. 시흥. 경기도 시흥. 없는 듯 감쪽같이 가라앉아 있던 기억이 경기도 시흥이라는 주문에 활짝 열린다. 소래 포구. 남동공단. 삼원사. 느닷없이 나타난 여자에의 기억을 더듬으며, 탓할 거라곤 의뭉스러운 기억력밖에 없었다. 그러다가, 누군가의 어둑한 뒷모습을 문득 마주치고 만다. 중독된 남자였다.

"삼원사입니다."

"예. 저어."

"여보세요. 말씀하세요."

맹세컨대, 딱히 어쩌자는 생각이 있어서는 아니었다. 지극히 사무적인 목소리. 그럼에도 어렵지 않게 여자의 얼굴을 떠올릴 수 있었다.

"자비심이라는 보살님 계십니까."

"전데요."

"그럴 것 같았습니다.

"……."

"안녕하세요."

"누구……."

"소래에서 만났던 사람입니다. 꽃게탕. 족발."

"아."

별 일 다 있네, 하고 있을 표정이 눈에 빤히 보였다. 잠시 후 여전히 사무적인 음성이 안부를 물어온다.

"안녕하셨어요."

"감사합니다. 기억해 주셔서."

"힌트가 좋았어요. 절간에 전활 해서 족발에 꽃게탕이라니."

"죄송합니다."

"이 번호는 어떻게 아셨어요? 114?"

"그렇습니다."

"그랬군요. 용건을 여쭤도 될까요."

"뵙고 싶습니다 한 번."

"왜요?"

"이유가 있어야 하나요."

달리 방법이 없었으므로 느물느물 나가기로 작정을 한 참이다. 수화기 저편에서 잠시 고민에 빠져든 숨소리가 들릴락 말락 했다.

"……글쎄요. 제가 요즘 나갈 수 있는 상황이 아니라서."

"아."

"지난 달부터 백일기도도 들어갔거든요."

"백일기도라. 좋은 일이군요."

"……"

"찾아뵈어도 실례가 되지 않겠습니까."

"좋을 대로 하세요. 오는 사람 막는 데는 아니니까. 그런데 오늘요?"

"물론이죠."

"원 세상에."

　시흥은 초행길이었다. 여자가 일러준 대로 원중초등학교 앞에서 택시를 내렸다. 주택가 안에 조그맣게 자리 잡은, 여자의 딸아이가 다닌다는 학교다. 두어 골목을 들락날락 헤맨 끝에 붉은 페인트 글씨로 쓰인 간판을 찾아냈다. 삼원사 → 어항 속처럼 화창한 날씨였다. 하굣길의 초등학생들이 구멍가게 앞에 모여 동전뽑기를 하고 있다. 구식 양옥과 다세대 건물이 번갈아 늘어선 야트막한 주택가, 손바닥만한 공터를 끼고 단층 한옥이 얌전히 웅크리고 있다. 일부러 찾지 않는 이상 지나치면서도 눈에 띄지 않을 성싶은 그곳이 삼원사였다.

"어서 오세요."

　내가 오는 기척을 듣기라도 했던가. 철제 대문을 살며시 밀어제끼니 기다리고 서 있던 여자가 나를 맞아주었다. 앞으로 손을 모으고 희미하게 웃는다.

"오랜만이군요."

"들어오세요."

　여자의 뒤를 따라 불당을 지나고 뒷마당을 지났다. 살림채에 들어선다. 좁은 거실에 부엌과 방 하나가 딸린 곳이다. ……이익 없는 말을 실없이 하지 말고 내게 상관없는 일을 부질없이 시비치 말라. 오는 것을 거절 말고 가는 것을 잡지 말며, 내 몸 대우 없음에 바라지 말고 일이 지나갔음에 원망하지 말라. 남을 해롭게 하면 그것이 마침내 자기에게 돌아오고 세력을 의지하면 도리어……. 단아한 국악 가락을 배경으로 남자 성우의 굵직한 목소리가 흐르고 있다. 웬만한 등산로나 관광지의 토산품 판매점, 사찰 같은 데 가면 무시로 들을 수 있는 '명상의 말씀'이었다. 불당에서 틀어놓은 것이리라.

"앉으세요. 커피 드릴까요?"

"예."

주방과 살림방의 중간쯤, 냉장고 맞은 편에 아담한 찻상이 놓였다.

"아무도 안 계신 것 같네요."

"스님은 출타중이세요. 노보살님도 어디 나가셨고."

"예에."

"점심 드셨어요?"

"막 먹고 오는 길입니다."

행여 점심 공양을 대접받을새라 거짓말을 했다.

"백일기도중이라고 하셨습니까."

"예. 하루 네 번 시간 맞추어 기도 드리는 거예요. 다 하는 건데요 뭐. 그런데 거르지 않으려고 작정을 해놓으니, 공연히 바쁘네요.

마음 여유도 없고."

"대단하십니다."

"전 아무 것도 아녜요. 천일기도 10년 기도 하시는 분들 숱한 걸요."

"백일 동안 뭘 그렇게 기도하십니까. 전 잘 몰라서."

"글쎄요 전, 그저."

한쪽 얼굴을 찡그리며 미지근한 웃음을 흘린다.

"심심해서요. 사는 게."

"잘 살아보자는 거겠지요?"

"그런 셈이죠."

다른 사람 같다. 남동공단에서의 그 모습을 좀처럼 찾아볼 수가 없다. 하긴, 생선시장에서 만난 사람과 절에서 만난 사람이 같을 수 있을까. 옷에 배인 좀약 혹은 오래된 옷감 냄새. 그 비슷한 향 냄새가 조용한 실내에 가득했다. ……마음이 명리에서 벗어나야 하는 것이다. 또 욕심을 끊고 마음을 식은 재처럼 만들어야만 도를 깨닫게 되는 것이니라. 참으로 청렴결백한 사람에게는 청렴결백하다는 명성조차…….

"무슨 생각하세요?"

"아니요. 그냥."

엉겁결에 생각지도 않은 소리를 지껄였다.

"도 닦기 참 좋은 데 같다는 생각을 했습니다."

"도라구요?"

여자가 알 수 없는 표정을 지었다.

"그 말이 맞긴 맞는 모양이네요. 우리 모두 전생에 한 번은 중이었다더니."

그때였다. 우리가 들어왔던 반대쪽 문이 왈칵 열렸다. 주황색 가방을 양 어깨에 멘 여자아이가 냉큼 들어서더니 다짜고짜 손을 내밀고 외친다. 엄마, 나 돈. 여자의 얼굴이 밝아졌다. 왜 늦었니? 으응, 지애랑 거북이 사먹었어. 여자의 손에서 천 원짜리를 빼앗아든 아이가 신발장 위의 돼지저금통에 그것을 집어넣는다. 출근 카드를 찍듯이. 구멍가게에 몰려 있던 아이들 중에 저런 가방을 든 뒷모습이 있었으리라. 인제군. 건축설계사 사무소. 사막의 달. 난감한 일이다. 그 따위 이야기들이, 순간 주책스럽게 머릿속 빈 자리에 난무하기 시작한다. 참으로 덧없구나. 행여 들킬까 분주히 머릿속을 털어낸다. 나 지애네서 놀다 올게요, 그래두 되죠? 너 구몬수학은. 구몬수학 소리에 아이가 건강하게 달아오른 얼굴을 찡그린다. 에이, 한 시간만. 마주 본 모녀가 빙긋 웃음을 교환한다. 그럼 다녀오겠습니다아. 아이의 얼굴에서, 순간 누군가의 낯익은 인상을 얼핏 발견했던 것 같다.

"매일 천원씩 저금하는 모양이네요."

"학교에서 시키나 봐요. 그래 봐야 다 한 주머니에서 나갔다가 다시 들어올 걸."

"많이 닮았어요."

"누구, 저를요?"

"아뇨. 엄마 말고."

"누굴까."

"그저, 누군가 닮은 것 같아서요. 제가 아는."

그러다가 황급히 입을 다물었다. 중독된 남자의 이야기를 입밖에
낼 수는 없는 일이다. 그에 대한 이야기를 하려고 찾아온 게 아니
다. 중독된 남자라니. 핏줄이 인연이라면, 그는 삼원사의 모녀에게
한 톨 무게의 연도 닿아 있지 않은 인물이다.

"누굴까."

고개를 갸웃거리더니 남 이야기 하듯 중얼거린다.

"사람을 닮았겠죠. 사람 뱃속에서 나왔으니까."

여자의 자비로운 농담에 나는 처음으로 웃었다. 대관절 어쩐 일
로 찾아왔냐고 묻지 않는 여자가 고마웠다.

당신을 만나는 개와 늑대의 시간

초판 1쇄 인쇄 2011년 10월 14일
초판 1쇄 발행 2011년 10월 19일

지은이   한차현
펴낸이   김환기
펴낸곳   도서출판 이른아침
디자인   성지선 이솔잎
편 집   이단네 허윤희
마케팅   권명희
관 리   이민정

주 소   서울시 마포구 마포동 324-3 경인빌딩 3층
전 화   02)3143-7995
팩 스   02)3143-7996
등 록   2003년 9월 30일 제 313-2003-00324호
이메일   booksorie@naver.com

ISBN 978-89-93255-84-3 03810
정가 12,000원

※잘못 만들어진 책은 구입하신 서점에서 교환해 드립니다.